国家出版基金项目
NATIONAL PUBLICATION FOUNDATION

清代婦女文學史

梁乙真◎著

山西人民出版社
山西出版傳媒集團

圖書在版編目(CIP)數據

清代婦女文學史／梁乙真著.－太原： 山西人民出版社，2015.3
（近代名家散佚學術著作叢刊／許嘉璐主編）
ISBN 978-7-203-08970-4

Ⅰ.①清… Ⅱ.①梁… Ⅲ.①婦女文學－文學史－中國－清代 Ⅳ.①I209.49

中國版本圖書館CIP數據核字(2015)第037145號

清代婦女文學史

主　　編　許嘉璐
著　　者　梁乙真
責任編輯　梁晉華

出 版 者　山西出版傳媒集團·山西人民出版社
地　　址　太原市建設南路21號
郵　　編　030012
發行營銷　0351-4922220　4955996　4956039
　　　　　0351-4922127(傳真)　4956038(郵購)
E-mail　sxskcb@163.com　發行部
　　　　sxskcb@126.com　總編室
網　　址　www.sxskcb.com

經 銷 者　山西出版傳媒集團·山西人民出版社
承 印 廠　山西出版傳媒集團·山西人民印刷有限責任公司

開　　本　700mm×970mm　1/16
印　　張　25.5
字　　數　212千字
印　　數　1—3000册
版　　次　2015年3月　第1版
印　　次　2015年3月　第1次印刷
書　　號　ISBN 978-7-203-08970-4
定　　價　65.00圓

《近代名家散佚學術著作叢刊》編委會

出版説明

近代名家散佚學術著作叢刊選取一九四九年以後未再刊行之近代名家學術著作共一百二十册，編例如次：

一、本叢書遴選之著作在相關學術領域具有一定的代表性，在學術研究方向、方法上獨具特色。

二、爲避免重新排印時出錯，本叢書原本原貌影印出版。影印之底本皆經專家組審定，原書字體大小，排版格式均未做大的改變，原書之序言、附注皆予保留。

三、本叢書分爲八大類，以作者生卒年編次。

四、爲使叢書體例一致，本叢書前言後記均采用繁體字排版。

五、個别頁碼較少的版本，爲方便裝幀和閲讀，進行了合訂。

六、少數學術著作原書内容有個别破損之處，編者以不改變版本内容爲前提，部分進行修補，難以修復之處保留缺損原狀。

七、原版書中個别錯訛之處，皆照原樣影印，未做修改。

八、所選版本之抽印本頁碼標注，起始至所終頁碼均照原樣影印，未重新編排標注新頁碼。

由於叢書規模較大，不足之處，殷切期待方家指正。

總序／

披沙瀝金，以爲鏡鑒

◇許嘉璐

多年來有一個問題始終在我腦中盤桓：爲什麽在十九世紀末到二十世紀初，在短短的幾十年裏，中國的各個學術領域竟涌現了那麽多大師級的人物？這是中國近代史上一個極爲重要的現象，我認爲，如果不能給出令人滿意的答案，我們撰寫的近代學術史將是不完整的，甚至是缺乏靈魂的。後來我知道，著名人類學家克羅伯曾提出過一個問題：爲什麽天才成群地來？看來這種現象的出現並非中國所獨有，思考其所以然的也大有人在。而在那一次世紀之交中國的情況，似乎應驗了「天才成群地來」這個令克氏久久不解的疑問。錢學森先生曾從相反的方向提出了相同的疑問：爲什麽我們這個時代出現不了杰出人才？後來人們稱這個問題爲「錢學森之謎」。

要回答這些疑問不是件容易的事。與其迅速地囫圇地探尋，不如先多了解那些讓中國近代學術（應該包括人文科學和自然科學）史上閃耀着光輝的大師們的作品和自述，從而在腦海里盡量「復原」他們所處的環境和在那種環境下的心理路徑，從中或許可以得到一些啓示。

有一點是顯然的，這就是他們雖然都已遠離塵世而去，但是他們獨立思考的品性、求知治學的真誠、困厄窮愁中對節操的堅守，恐怕是他們共同的主觀因素，一直影響到現在，而且將會永遠留存下去。

就思想界、學術界而言，二十世紀上半葉是一個新説和舊説碰撞，中學和西學融匯的大時代。那時的學人極爲重視言行操守，同時具備現代知識分子的理想信念；他們的學術研究十分純净，絶少功利因素；他們的視界開闊，以包容的心態和嚴謹的風格造就了成果的大氣與厚重。至於在客觀因素一面，他們實際是在用工業化時代的事實解説着太史公所説的名山之作「大抵聖賢發憤之所爲作」，困厄苦難使得他們「皆意有所鬱結」。這種鬱結，幾乎和個人的名利毫無牽涉，他們永遠不能釋懷的，是民族的存亡、國運的興衰、民衆的福禍和文脈的續斷。

那個時代也是近代歷史上最大規模的中西古今學術調適、創新的時期，學術方法上的交互滲透和融合、創新亦可謂「於斯爲盛」。斯時之學人是要在封閉的屋墻上鑿出窗子的勇士，是使人能够看看外部世界的第一批導夫先路者；或者可以説，他們是在「意有所鬱結」時「彷徨」和「吶喊」的「狂人」。

相對於那時的哲人們，後來者是幸運兒。現在的形勢是，近三十年來學界空前繁榮，衆多學科有了長足之進，其中很重要的一點是學界有了更新穎、更廣闊的國際視野，似乎接續上了百年前的學壇盛事。但細想想，「古」與「今」還是有差別的。其異，主要不在於世界情勢、學術進展、工具改善這些客觀存在，而在於在廣泛吸收各國優長的同時，自身文化的主體性越來越受到重視，換言之，「拿來主義」已經延長了「拿來」的程序，加上了試用、甄別、篩選、吸收、融合、成長。就我孤陋所見，在當今地球上，面向所有異質文明，努力汲取我之所缺，其範圍之大和心態之切，似乎無出中國之右者。從這個角度説，我們已經超越了前輩。但是事情還有另外一面，學術，特別是人文學科，其職業化、「沙龍化」和功利性，以及隨之而來的浮躁病却嚴重了。從這個角度説，是不是我們已經後退得够可以的了？而這是不是我們這個時代出不了大師的原因之一呢？

民國學術界的特點之一是極爲注重對傳統的反省、批判與繼承。他們對傳統文化盡最大的努力進行整理和研究。一方面，由於戰亂頻仍，民不聊生，學者們擔起了讓中華文化薪火相傳的歷史責任；另一方面，他們要通過對中國傳統文化的整理、挖掘來重振民族自信心。這一時期對傳統文化進行整理的全面而深入是前所未有的，舉凡文字學、語言學、經濟學、法學、哲學、政治制度、書法繪畫、金石學……規模之宏大，研究之精微，令人嘆爲觀止。

民國學術推動了現代學科體系的建立。在對傳統文化整理和研究的基礎上，吸收西方的文化思想和理念，推動和建立了中國現代學科體系。例如，在對語言文字和音韵學成果進行整理、研究的基礎上開始着手規範之，建立了國語學；深入研究書法、國畫，將其融入了現代美術學科；在廢除舊有學制後逐步建立起小、中、大學較完整的科目和學科體系。

民國學術也改變了傳統學術方式，建立了新的研究範式。以現代科學考古爲發端，科研的實踐和成果使中國知識界真正認識到在實驗、比較基礎上的邏輯分析對學術研究的重要，推進了中國學術的一大演變。至於我們常説的打破士大夫傳統、走出書齋到田野鄉村和市民中進行調查研究、結束了經學時代，以歷史眼光檢視儒學和諸子等等，都是確立新學術範式的努力。這一轉變，也標誌着中國學術界脱胎換骨，全面進入了現代，爲此後的學術發展奠定了堅實的基礎。當然，西方啓蒙運動以來，在「現代性」和「現代化」裏潛伏着的缺陷和謬誤也傳到了中國，這些不能不在前哲的著作裏留下痕迹。這並不奇怪。類似的情况，古往今來孰能免之？猶如今天的我們，誰敢自稱我之所見就是永恒的真理？在這個問題上兩個時代所異者，或許就在昔時大家創立新説或譯註西學著作，往往是懷着對學術和前哲的敬畏而爲之，故而常常誤不在我；當今則往往出於對學問和他人的輕蔑，或以所研究的對象爲謀己的工具，因而難辭主觀之咎吧。翻閱他們的心血之作，這些復雜的狀況可以顯見，可以視之爲我們的一面鏡子。

滄海桑田，世事變幻，歷史的動盪和時代的遮蔽，使當年許多大師的一些極有價值的學術著作被棄於故紙堆中，不能不令人有遺珠之憾。爲此，山西人民出版社不惜以數年之艱辛，披沙瀝金，編輯出版這套近代名家散佚學術著作叢刊，凡一百二十册，計文學、史學、政治與法律、美學與文藝理論、民族風俗、宗教與哲學、經濟、語言文獻共八大類别。所選皆爲作者之純學術著作，無論是其見解、精神，抑或是其時代烙印，都是後輩學人可資借鑒的寶貴財富。他們出版這套叢書，意在讓世人不忘來程，知篳路藍縷之不易，爲民族文化的傳承再增薪木。

出版社的初衷，與我近年來所思所慮近似，故願略述淺見於書端，以與策劃者、編輯者和讀者共勉。

二〇一四年七月六日

改定於自安東回京途中

前言／猛回頭，那支支紅燭

——二十三種民國文學研究著作概覽

◇梁歸智

「視爾夢夢，天胡此醉？於時處處，人亦有言！」

此聯乃北京宣南（宣武門外舊城區）北半截胡同四十一號中「莽蒼蒼齋」楹聯。齋主何人乎？即戊戌變法失敗而捐軀之「六君子」中翹楚譚嗣同字復生號壯飛者也。慈禧太后發動政變，逮捕維新黨人，友人勸譚嗣同逃避，他堅辭曰：「外國變法未有不流血者，中國變法流血請自嗣同始。」乃於一八九八年九月二十四日被捕，繼而遇害於菜市口。臨刑前仍大呼曰：「有心殺賊，無力回天；死得其所，快哉！快哉！」

自此而後，果然爲變法——改變社會制度而流血不止，一九一一年十月十日辛亥革命成功，中國歷史上最後一個封建王朝被推翻，一九一二年一月一日中華民國成立。然餘波未息，新瀾迭起，袁世凱竊國，張勛復辟，北洋軍閥混戰，國民黨軍北伐，中國共產黨成立，國共爭鋒，時而合作，時而破裂，日本入侵，八年抗戰，勝利後繼以三年内戰，終於以一九四九年十月一日建立中華人民共和國而告一大段落。

從一九一二年一月一日到一九四九年十月一日，凡三十八年，此即「民國」時段也。

三十八年過去，彈指一揮間。戰焰紛飛，生靈涂炭，歷史真是「相斫書」！而文明的燭火，點點簇簇，飄曳閃爍於如磐夜氣之中，雖遭暴風，遇疾雨，而終不熄不滅。其中最具象徵性的事件，乃一八九七年二月二十一日在上海成立之商務印書館，於一九三二年一月二十九日遭日本侵略軍針對性轟炸，占全國出版量百分之五十二的出版巨頭損失一千六百三十萬元，百分之八十以上資産被毁，其所屬東方圖書館同時被炸，四十五萬册圖書化作劫灰，其中有無數古籍善本、孤本！日軍侵滬司令鹽澤幸一狂吠：「炸毁閘北幾條街，一年半就可恢復，只有把商務印書館、東方圖書館這個中國最重要的文化機關焚毁了，牠則永遠不能恢復。」而劫難後的商務印書館，懸掛出「爲國難而犧牲，爲文化而奮鬥！」的巨幅標語，經半年即宣告復業，實現了「日出一書」的奇迹。

由於歷史演變的吊詭，民國時期的出版物，在一九四九年以後的中國大陸，大多數遭遇了被遺忘的命運，沉埋於少數圖書館的塵封角落。斗轉星移，時來運轉，二十一世紀進入了第二個十年，山西人民出版社推出這套叢書，遴選民國出版的若干學術精品，分學科編纂，蔚爲盛事大觀。此分卷是對中國文學（主要是古典文學）的研究，共二十三種。下面對這二十三種書籍作一個概覽性的介紹。

先看這些書的作者。生年不明者毋論外，出生最早的當屬韓柳文研究法的撰者林紓，他誕生於一八五二年（清文宗咸豐二年），卒於一九二四年（民國十三年——一九一二年爲中華民國元年）。出生最晚的是陶淵明批評的作者蕭望卿，誕生於一九一七年（民國六年）。這二十位作者中，一些是後來成爲大家的著名人物，林紓之外，有大學者徐珂、章太炎、陳寅恪、吕思勉、陸侃如、周貽白、趙景深，著名作家蕭乾等。此外的作者，則屬於有一定學術建樹或僅留下少量著述的文化人。

從作品看，這二十三種著作有某一種文學或某個人作品的分論，如詩經之女性的研究、曹子建詩的研究，也有某一長時段的文學史或文藝理論性質的概説，如清代詞學概論、中國戲劇小史。其中陸侃如三種，趙景深兩種；而陳寅恪和蕭望卿的兩種著作研究對象相同而又篇幅短小，合爲一册；陸侃如有兩種合爲一册。故，這裏一共有二十位作者的二十三種著述，却是二十一册文本。

分册介紹述評，是按照著作內容所關涉之中國文學史發展綫索的先後爲序？還是以研究者的情況或者書册的寫作出版先後爲序？却是一個頗讓人躊躇的問題。因爲近四十年的民國，正是中國社會從傳統向近現代激烈轉型的時段，不僅作者的思想認識，書册的觀點立場，而且連書寫的語言文風，都存在鮮明的古今遞嬗演變的痕迹。經考量，决定采取折衷的立場，即基本上按照文學史發展的脈絡綫索，先概説性著作，後專題性研究，同時顧及其他因素，將徐珂、林紓、章太炎的三種以文言文表述的著述放在最後予以推介月旦，也算是對横跨清王朝與民國兩代之文化先驅者的致敬。

中國文學小史，作者趙景深，生於一九〇二年，卒於一九八五年，主要以元雜劇、宋元南戲和古典小説的輯佚考證而名世，代表性著作爲曲論初探、宋元戲曲本事、宋元南戲考略、中國小説叢考等。這本中國文學小史是他二十多歲時的作品，上海的大光書局出版，後再版重印，達二十次之多。他於一九三六年寫「十九版序」，這樣説道：「十年前，我跟隨着新文學浪漫運動的巨潮向前推動，當時我充滿了熱情和詩趣，喜歡説一點帶有情感的話，喜歡像做詩一樣的寫文章。……也許讀者們這樣的愛讀這本小書，使牠達到十九版，清華大學入學考試且曾指定此書爲唯一的參考書，大約都是爲了牠使人讀起來不至於十分頭痛吧？」

以西方的學科意識而撰述「中國文學史」，二十世紀以始，共有數百本。第一本中國文學史爲何人所寫？或曰英國人，或曰日本人，或曰俄國人。中國人自己最早撰寫的中國文學史，一般認爲乃林傳甲一九〇四年撰中國文學史，黄人（黄摩西）亦於同年撰同名之書。林著是在當年之京師大學堂即後來之北京大學撰成，黄著是在當年之東吴大學即後來之蘇州大學撰成，歷史演變的軌迹斑斑俱在。趙景深的這本「小史」，名副其實，牠篇幅很小，如作者自表，「我只是寫一本中國文學的常識；或者，我是在説一個故事」。其特色不在學術含量的全備高深，而在簡略概約，蜻蜓點水，却時見談言微中；同時文風清麗活潑，很適於普及。

中國文學小史凡三十五節，第一節「緒論」，第二節「詩經」，第三節「屈原宋玉」，第三十四節「清代的詩文」，第三十五節「最近的中國文學」。從詩經、楚辭始，司馬相如和司馬遷，曹氏父子，陶淵明與謝靈運，唐詩，宋詞，元曲，明清的小說、傳奇和詩文，面面俱到，而最後一節，更有聞一多、汪靜之等的詩歌，郁達夫、魯迅等的小説，田漢、丁西林等的戲劇，周作人、朱自清等的散文等。

比起今日的文學史經典著作，此書自然不可能在材料的全備準確和學理的系統精深方面爭勝，但其特色也頗堪注目，即那時還沒有後來的一些教條框架，因而一些說法能讓人眼前一亮，細想也頗堪玩味。如論到李白和杜甫的同異，這樣對比：

李白：南方化、仙品、出世、浪漫、受道家影響、才、情、樂自然；

杜甫：北方化、聖品、入世、寫實、本儒教見地、學、性、泣時事。

與後來的經典化定位大同小異，而更加言簡意賅，同時還有一些生動的表述，如這樣談論李白：「我們也曾想像到一個眸子炯然，腰束玉帶，身穿宮錦袍，在采石磯邊狂歌於船頭的詩人麽？這便是天才豪放的李白。」後面對李杜的「優劣」也一語到位：「李白是樂天的，杜甫是悲觀的。」「他們兩人作風如此不同，當然我們不能分出優劣來。」比起一九四九年以後幾部文學史的某些教條化論述，以及郭沫若的李白與杜甫之立場偏頗，民國時期學人的思想自由客觀公允躍然紙上。

詩經之女性的研究，謝晉青著。此書曾作爲商務印書館「國學小叢書」、「萬有文庫」而數次出版重印。謝氏生於一八九三年，卒於一九二三年，乃日本留學生、南社社員，另有譯著西洋倫理學史（原作者日本人三浦藤作）。詩經之女性的研究共十節，其實就是對十五國風裏的女性題材特别是愛情婚戀詩歌的思想與藝術分析評價。其「緒論」説：「我這次是想在詩經中，發掘古代婦女問題的，並不是做考據底工作，在意義方面，我們總以詩底本義爲歸宿，那些不可靠的誤解，我們一概不取。在藝術方面，我們總以普遍而真摯的平民主義爲歸宿，那些不自然的附會穿鑿，我們也一概排斥。」「結論」則總結説：「詩經底十五國風，原來存詩一百六十篇，其中經我認爲有關婦女問題的，共計八十五篇。這八十五（篇）詩，若再依性質來區别，那就是：最多的爲戀愛問題詩，其次即爲描寫女性美和女性生活之詩，再其次就是婚姻問題和失戀問題底作品了。爲什麽戀愛問題底作品，占最大的數目呢？這就因爲兩性問題，是在人類生活上，占最重要的地位底證據。」

此書的許多具體分析賞鑒相當細緻，頗能體現民國以來西方推崇女性張揚人性思潮對古典文學研究的影響，一九四九年以後中國文學史中的相關評述，傾向立場，實承其緒。

有關楚辭的著作，共選有兩種：陸侃如屈原與宋玉、何天行楚辭作於漢代考。

陸侃如，生於一九〇三年，卒於一九七八年，是二十世紀五六十年代中國著名古典文學專家，他與夫人馮沅君合著之中國詩史是開創性的著作。此外撰有樂府古辭考、陸侃如古典文學論文集、中國文學史簡編、中國古典文學簡史，及與高亨合著楚辭選，與牟世金合著文心雕龍選譯、劉勰論創作、劉勰與文心雕龍等。屈原與宋玉是在他的處女作屈原、宋玉基礎上整合而成，却也算得上這一研究領域初具規模的「集大成」之作。書共六節：一、引論；二、屈原的生平；三、屈原的作品；四、宋玉的生平；五、宋玉的作品；六、餘論。最後列「參考書目」，自王逸楚辭章句、洪興祖楚辭補注、朱熹楚辭集注以下凡四十種。可以說，後來關於楚辭研究的許多重要問題都已經有所體現或涉及，算得上是此領域近現代研究的一册早期代表性著作。

楚辭作於漢代考的作者何天行生於一九一三年，卒於一九八六年，對浙江遠古文化——良渚文化的發掘考證有重要貢獻，出版有杭縣良渚鎮之石器與黑陶，是著名的考古學著作。楚辭作於漢代考受當時顧頡剛疑古學派的影響，論證楚辭各篇皆作於漢代，離騷的作者是淮南王劉安。這種觀點是楚辭研究中的一家之言，後來朱東潤也持相近觀點。楚辭作於漢代考的寫作曾受到蔡元培的鼓勵，完成於抗日戰爭發生前夕，作爲一種歷史痕迹，於楚辭學的演變具有參考價值。

漢代詞賦之發達，商務印書館一九三五年出版，其作者金秬香，生平待考，他另有駢文概論一書，爲商務「萬有文庫」第一集中叢書，則金氏乃當時知名文化人無疑。漢代詞賦之發達共十章，對漢賦作了比較全面的考察研究，其第一章「辭字之解釋」辨析「辭」與「詞」字義語源的來龍去脈，認爲「楚辭漢賦」中「辭」應作「詞」，故全書行文，皆稱「詞賦」。其後各章，對「賦字之定義」、「詞賦之源流」、「詞賦之作用」、「詞賦之分析」、「漢代詞賦之所由盛」、「漢代詞賦之所由衰」、「漢代詞賦發達之原因」、「漢代詞賦之種類」、「漢代詞賦之變遷」分別討論，漢代重要詞賦作家作品多已涉及，全書行文爲淺近文言。由於詞句多古僻，深入研討漢賦者歷來不多，此書可視爲漢賦研究的早期圭臬。

陸侃如樂府古辭考，完成於一九二五年，商務印書館一九三〇年出版，堪稱是對漢樂府研究的開山之作。共八章，依次爲：一、引言；二、郊廟歌；三、燕郊歌；四、舞曲；五、鼓吹曲；六、横吹曲；七、相和歌；八、清商曲。序例有云：「樂府是中國文學史上很重要的材料。但是研究起來，較詩經楚辭爲難，因爲没有適當的參考書。……近來研究詩經楚辭的人很多，但很少有人研究樂府的。這本小册子的問世，便是希望能引起讀者對於樂府的興趣，大家來作湛深的研究，使樂府的真價值不致永久的湮没。」雖是「小册子」，而能於漢樂府爬梳史料，清理源流，辨析考鑒，確有開闢之功，後來的研究者，實受其惠。

此册還另有陸侃如的一篇論文左思練都考，北京大學出版部一九四八年出版，乃對西晉詩人左思撰寫三都賦構思十年的傳統説法提出异議，認爲「事實上三都賦的構思恐怕超過二十年」，引證古籍，分析辯駁，是一篇專門的考證文章。

原廣州師範學院院長陳一百，生於一九〇九年，卒於一九九三年，是一位教育家。其所著曹子建詩研究於一九四〇年由上海三通書局出版，一九七一年香港大地出版社再版。書分上下篇，上篇包括曹植傳略、曹子建集的傳本考略、曹植詩歌的情感、後世諸家對曹植的評論；下篇兩部分，分别是曹植詩選讀和曹植樂府選讀，文末附有清代學者丁晏的魏陳思王年譜。此書也算對曹植其人其詩的一種早期研究的痕迹，可供後來者借鑒參考。

陶淵明之思想與清談之關係、陶淵明批評二書篇幅不大，故合爲一册。前者爲陳寅恪的一篇論文，燕京大學哈佛燕京社一九四五年出版；後者爲蕭望卿著，開明書店一九四七年出版。陳寅恪生於一八九〇年，卒於一九六九年，是名震遐邇的文史大師，毋庸多介。蕭望卿生於一九一七年，卒於二〇〇六年，曾先後於西南聯大和清華大學深造，並與聞一多、朱自清、沈從文等大家交往密切，一九四九年後任教於河北師範學院中文系，述而不作，僅有此陶淵明批評傳世。

陶淵明之思想與清談之關係不愧名家名作，條理清明，言簡義豐，實爲後世研陶之先驅。文章首先追溯從漢末、魏到晉的「清談」之風，「然則當時諸人名教與自然主張之互異即是自身政治立場之不同，乃實際問題，非止玄想而已」。「略述淵明之前魏晉以來清談發展演變之歷程既竟，茲方論淵明之思想，蓋必如是，乃可認識其特殊之見解，與思想史上之地位也。」再討論陶淵明與佛教徒慧遠等頗有交往，而其思想不染佛風，乃因爲「蓋其平生保持陶氏世傳之天師道信仰，雖服膺儒術，而不歸命釋迦也」。同時，陶淵明「自以曾祖晉世宰輔，耻復屈身異代」，他的「自然」思想，「與當日實際政治有關，不僅是抽象玄理無疑也」。

最後論定陶淵明作爲思想家的崇高地位：「淵明之思想爲承襲魏晉清談演變之結果及依據其家世信仰道教之自然説而創改之新自然説。……不似舊自然説之養此有形之生命，或別學神仙，惟求融合精神於運化之中，即與大自然爲一體。……故淵明之爲人實外儒而内道，捨釋迦而宗天師者也。推其造詣所極，殆與千年後之道教採取禪宗學説以改進其教義者，頗有近似之處。然則就其舊義革新，『孤明先發』而論，實爲吾國中古時代之大思想家，豈僅文學品節居古今之第一流，爲世所共知者而已哉！」

陶淵明批評共三章：陶淵明歷史的影像、陶淵明四言詩歌論、陶淵明五言詩的藝術。這本書是文學史角度的陶淵明專論，與陳寅恪的思想論合而觀之，可謂陶淵明的「全影」，一九四九年後陶淵明研究的輪廓理路，其實皆在其籠罩之下。

此書前有朱自清的序，言短義豐，對陶淵明批評的價值貢獻，可謂已經説盡。陶淵明「詩最少，可是各家議論最紛紜。考證方面且不提，只説批評一面，歷代的意見也够歧異够有趣的。本書『歷史的影像』一章頗能扼要的指出這種演變。在這紛紜的議論之下，要自出心裁獨創一見是很難的。但這是一個重新估定價值的時代，對於一切傳統，我們要重新加以分析和綜合，用這時代的語言，重新表現出來。本書批評陶詩，用的正是現代的語言，一鱗一爪的，雖然不是全豹，表現着陶詩給予現代的我們的影像。這就與從前人不同了。」「本書二三章專論陶詩的作風和藝術，不厭其詳。從前人論陶詩，以爲『質直』『平淡』，就不從這方面鑽研進去。但『質直』『平淡』，也有個所以然，不該含胡了事。本書詳人所略，便是這方面的努力。」「陶淵明的創獲是在五言詩。本書說『到他手裏，才是更廣泛的將日常生活詩化』，又說他『用比較接近說話的語言』，是很得要領的。」「歷來評論者推崇他的五言詩，因而也推崇他的四言詩，那是有所蔽的偏見。本書論四言詩一章，大膽的打破了這個偏見，分別詳盡的評價各篇的詩。」

陶淵明之思想與清談之關係用文言行文，簡潔清雅；陶淵明批評則是生動活潑的白話文，沒有一九四九年後的八股教條氣味。今天的人閱讀起來，也感到很親切的。

唐代文學史，陳子展著。陳氏生於一八九八年，卒於一九九〇年，一九三三年起一直任教於復旦大學，以詩經直解、楚辭直解名世。唐代文學史於一九四四年由作家書屋（姚蓬子在上海開的書店）出版，一九四七年重印，共八章，分別是：一、說到唐代文學；二、初唐詩人；三、盛唐詩人；四、中唐詩人；五、晚唐詩人；六、古文運動；七、唐人小說；八、晚唐五代詞人。對整個唐代文學，作了梳理概述，篇幅不長，內容全面，可以視爲後來中國文學史唐代文學部分的早期代表作。其中的說法，今天看來自然不新鮮，放在當年的時代背景下，則頗可稱道。如論李白與杜甫的優劣：

可見一個肯自命爲狂者，一個不諱言爲腐儒。一個抱超世主義，源於道家思想；一個抱淑世主義，源於儒家思想。一個幻想超昇仙境，一個不忍離開君國。總之，他們的作品都是他們自己生命純真的表白。

大抵李杜於詩的手法上，一個側重自然，一個側重雕飾。風格上一個豪放飄逸，一個沈（即「沉」）鬱頓挫。各有各的價值，各有各的生命。

商務印書館「國學小叢書」有顧彭年杜甫詩裏的非戰思想，一九二八年出版，一九三三年重印，據作者序言，書完稿於一九二五年。商務印書館「萬有文庫」中又有顧氏現代歐美市制大綱一書，一九三〇年出版。此外知道他從事過新體詩的翻譯與創作，其餘生卒年和生平等則概不清楚。杜甫詩裏的非戰思想共五章加一個附録：一、緒言；二、杜甫傳；三、杜甫的時代；四、杜甫以前及他同時代的反對戰爭的思想與作品；五、杜甫詩的非戰思想；附録：杜甫時代重要之戰爭與叛亂年表。

杜甫爲「詩聖」，杜詩乃「詩史」，歷來研究繁夥。此書以「非戰思想」爲中心主題，表現出明顯的時代印記。如作者自序中所云：「迨江浙戰爭發生後，作者對於戰爭的惡魔的面龐益認識清楚，這位大詩人的非戰作品，也就愈加湧現在我的腦際了，但因戰爭的驚擾，屢次遷徙，心如蝴蝶，如浮萍，飄蕩無定，不克專心於此，直到逼近年節，始把牠修改好，字數已比初稿增加了一倍以上。」今日之杜甫研究成果已經汗牛充棟，而此册小書，仍於讀者開卷有益，在於戰爭之兇惡痛苦，人類仍未能完全消弭避免。而此書感同身受的寫法，就不僅是一本研究著作的影響了。其緒言末段的感慨最能傳達不以時代變遷而更改的情愫：「我們所處的時代與杜甫的時代有不少的地方相類似；環境的艱險比他的有過之無不及；我們的兄弟，所流的血泪，所受的凌辱與壓迫與騷擾，比他的時代的人更甚；但當今能代表時代的作品有幾？能真切的表現自己所處的環境的佳制有幾？具有完整，聖潔，毅勇，偉大的人格而爲民衆呼吁的詩人安在？」

唐人詩中所見當時婦女生活，作家書屋一九四七年出版。作者劉開榮，一九三五年考入金陵女子文理學院中文系，一九四一年畢業，一九四三年完成此書。劉開榮後來又去燕京大學歷史系深造，在陳寅恪指導下完成唐代小説研究，一九四七年商務印書館出版，一九五〇年再版，一九五三年三版，臺灣亦曾三次重版。

唐人詩中所見當時婦女生活書前除作者自序外，尚有華西大學華西週刊主編陳國樺序、陳中凡序及華西大學英文系外教費爾樸序。陳國樺序末署「（民國）三十二年二月十二日序於華西大學」；陳中凡序末署「民國三十二年一月二十五日」、「成都華西壩廣益學舍」，費爾樸序末署「一九四三年春」、「於四川成都」，而劉開榮自序末署「（民國）三十二年一月二十二日於華西壩」，是則其時劉開榮與陳中凡俱任教於華西大學。書之正文共九章：一、引論；二、勞動婦女（上）；三、勞動婦女（下）；四、民間一般婦女的日常生活；五、民間一般婦女的精神生活；六、妓女生活；七、宫庭婦女及貴族婦女生活；八、女冠子生活；九、結論。

陳國樺序有云：「處在中國抗建（即抗戰與建設——引者）的現階段，如欲建設新中國，必須動員二萬萬多女同胞的力量，共同參與偉大的建設工作。著者劉開榮君寫成此書，實無异提出婦女解放的問題，請大家重新加以嚴肅的考慮，因爲唐代的婦女生活，又何異於現代的婦女生活呢？」

陳中凡序則説：「我以爲此文可以作爲唐代婦女史看。因爲我國古代史家專紀帝王名臣的史績，至今中國史書有帝王家譜之譏。社會上廣大群衆反被擯於史書領域以外，真是憾事。今讀此文，方知道史家所忽略的東西，詩人乃一唱三歎，反復申詠。只要後人加以探討，就可以把當日被壓迫的一般婦女實際情形，畢露無遺。」

費爾樸序（英文，劉開榮譯成漢語）贊美：「本書作者劉開榮女士，本人會詩，也善爲富有詩意的散文，可以説是給近代的文學寶庫添上了一幅生動的圖畫——一幅女人的美麗的夢景。『唐代的光榮』不但包括有金漆的畫棟和迴廊，光彩奪目的瓷器，以及吴道子的山水名畫，并且有琳琅滿目的辭林文苑，裏面活躍地呈現着宫庭裏莊嚴的婦女，也舞動着詩人們生花的筆尖。」

劉開榮的自序中則如是說：「本書的目的，不是要研究某一人某一事，而是要像一個攝影專家，把唐人詩中所反映的當時婦女生活的斷片，一一剪下來，拚在一起，使人一看便可得到一個個鳥瞰。所以凡能對當時的婦女生活，給一綫光明或一絲暗示的詩料，作者都不肯割捨。尤其關於佔有人精神生活一大部份的兩性間的言情談愛的記載，作者更要把它赤裸裸地呈現在讀者的面前，讓讀者進到他們的精神世界裏面去，不再襲用以往的成見，把君臣的關係拉扯上去，加以牽强附會的解釋了。」

可見這册書，無論作者與評者，都更注重其對「新婦女觀」的弘揚，而於唐代文學研究的價值反而在其次。劉開榮身爲女性，於有關女性的詩作更容易心有戚戚焉。這自然也受當日西學日漸張揚女權等社會情境、時代風氣和思潮的影響。今日的讀者，則更注重其學術層面的價值。如陳汝潔說：「有人説劉開榮的這本書實踐了陳寅恪先生的『以詩證史』的思想，我仔細讀了之後，覺得劉著與陳寅恪先生的元白詩箋證稿相比，還是差別較大的。陳著箋釋元白詩，往往證之以史籍，能使人明了詩中所寫何者爲史實何者爲虛構。在陳來說，『以詩證史』又何嘗不是『以史證詩』。而通過『以史證詩』所揭示出的元白詩中的今典，對讀者理解元白詩具有重要作用。以注釋來說，能注出今典比注明古典難度要大。寅恪先生在元白詩箋證稿中揭示了大量今典，因難能而可貴。而劉著在全書中很少涉及當時的史籍，所以讀後讓人覺得是她從全唐詩中分類披檢關乎婦女詩作，費了不少工夫而欠了一點功力，無法望陳著項背。但劉著是一部有趣的書，她把唐詩中關於婦女的詩作檢索、排比出來，讓人知道唐詩中的這一類。倘若她能够進一步讓讀者知道詩中所寫的這些婦女生活，哪些合於唐代史實哪些是詩人虛構，那該多好！不過，從書名來看，她大約認定唐代詩歌中所寫即是當時社會中所有，真的嗎？我認爲這需要證明。」

清代婦女文學史，一九二七年二月中華書局初版，一九三二年十二月再版，共十七萬五千字。作者梁乙真，河北獲鹿人，生於一九〇〇年，一九二五年後就讀於上海南方大學，卒年及生平不詳。除清代婦女文學史外，尚著有中國文學史話、中國民族文學史、中國婦女文學史和元明散曲小史。

清代婦女文學史共列舉了漢、滿閨閣名媛、娼門、女冠、難女、乞丐女性作者三百餘人。内容目録爲：第一編明清兩朝婦女之極盛時期；第二編清代婦女文學之極盛時期（上）；第三編清代婦女文學之極盛時期（下）；第四編清代婦女文學之衰落時期；第五編清代婦女文學雜述。

書前有王藴章序、王燦芝序和自序，書末附録清代婦女著作家表及人名索引。此書受謝無量中國婦女文學史啓發和影響，但後來居上。王藴章和王燦芝都給予較高評價。當代女性文學研究者也頗加青目，評論其重視女性張揚女權的思想意義高於文學史意義。所謂二十世紀三部女性文學史梁乙真居其二。

宋代文學，吕思勉著。吕氏生於一八八四年，卒於一九五七年，是著名歷史學家，其中國通史、秦漢史、讀史札記等都是史學名著。這册宋代文學一九二九年由商務印書館出版，共六章，分别是：一、概説；二、宋代之古文；三、宋代之駢文；四、宋代之詩；五、宋代之詞曲；六、宋代之小説。

此書行文用淺近文言，梳理宋代各體文學的代表作家、演變發展脈絡相當全面，可視爲宋代文學史的早期代表作。其觀點議論，具有二十世紀早期的清明樸實，非如後來受各種所謂「範式」拘限者。如論三蘇之文：蘇洵「筆力堅勁，自以老泉爲最。然老泉好縱横家言，恒以權譎自喜，而其言實不可用。故其議論，多有不中理者」。蘇軾「則見解較老泉爲高。雖亦不脱縱横之習，然絶去作用處，時或近於道家。非如老泉一味以權術自矜也。尤妙在能以明顯之筆達之。晚年文字，則心手相忘，獨立千載」。蘇轍「氣象不如其父兄之雄奇；才思横溢，亦非乃兄之敵。然議論在三家中最爲平正，文亦較有夷然澹蕩之致，則亦非父兄所能也」。宋代文學專設駢文一章，也是後來的文學史一般所忽略的。

中國詞史大綱，胡雲翼著。胡氏生於一九〇六年，卒於一九六五年，曾於中學、大學任教，後爲上海中華書局、商務印書館編輯，於唐宋詩詞研究深湛，有宋詞研究、宋詩研究、宋詞選、唐詩研究等著作行世，影響頗大。中國詞史大綱，北新書局（創立於北京，後遷上海）一九三五年出版。此書分兩編，第一編爲「唐五代詞」，共九章，第二編爲「北宋詞」，共十四章，共録詞人凡五十七家。

此書爲近代意義上對詞這一形式溯波追源之較早學術著作，也可以説是研究宋詞的早期經典。其論詞與詩之區别云：「長短句的歌詞在文人的社會裏確立以後，牠的發展漸漸地把不甚協樂的律絶詩壓倒了。我們看樂曲裏面的長命女、烏夜啼、漁夫詞、長相思、江南春、步虚詞、鳳歸雲、離别難、金縷曲、水調歌、白苧等調，最初都是用五七言絶句歌詞，後來都改用長短句的歌詞了。中唐詩人還有寫律絶詩給樂工伶妓們去唱，到晚唐竟失掉歌詩之法，只有長短句的歌詞了。這不顯明的是：長短句的歌詞藉着在音樂上的便利，把整整的歌詩打倒了嗎？」詞的興盛在音樂這一歷史的核心問題，如此明白曉暢地揭示了出來。

詞的歷史分期，此後的文學史，都以中國詞史大綱的説法爲準，如北宋詞的演變：「歷史的發展，則可分爲四個時期：第一個時期是小詞的時期，以晏殊、歐陽修、晏幾道諸人爲主幹；第二個時期是慢詞的時期，以柳永、秦觀諸人爲主幹；第三個時期是詩人的詞的時期，以蘇軾、黄庭堅諸人爲主幹；第四個時期是樂府詞復興的時期，以周邦彦、李清照諸人爲主幹。」與後來的文學史相較，中國詞史大綱没有「婉約派」「局限於個人趣味」、「豪放派」「關注國家社會」「積極入世」一類意識形態評論語言，更顯學術性的單純。

趙景深著宋元戲文本事，北新書局一九三四年出版，但其完成於一九二三年六月。這是對宋元南戲研究的筆路藍縷之作，其開闢之功永耀史册。作者在自序中説：「這一本小書的目的是想把已佚的宋元戲文輯録出來，作爲研讀中國文學的一個參考；爲了恐怕專載佚文太枯燥，斷簡殘篇湊在一起也令人有丈二金剛之感，於是也附一點本事，把殘文貫串起來，使得讀者看這一本書不像是摹（即『摩』）挲古董，而像是在讀幾篇很有趣味的短篇小說。」

書共九章，輯自南九宮譜、新編南九宮詞、雍熙樂府、九宮大成南北詞宮譜，內容包括：一、王煥和王魁；二、陳巡檢梅嶺失妻；三、四種戀愛戲文；四、王祥卧冰；五、黃周兩孝子；六、江流和尚；七、僅存三五曲的元代戲文；八、僅存兩曲的元代戲文；九、僅存一曲的元代戲文。

中國戲劇小史，周貽白著。周氏生於一九〇〇年，卒於一九七七年，是著名中國戲曲史家和中國戲曲理論家，還曾經創作並演出話劇作品三十部上下。他首先提出並詳細論證中國戲曲的三大聲腔源流——崑曲、弋陽腔和梆子腔，厥功甚偉。他於一九三六年出版中國戲劇史略和中國劇場史（商務印書館），中國戲劇小史乃在前二書基礎上再加補充修訂，於一九四六年由上海的永祥印書館印出。後來又出版中國戲劇史（一九五三）、中國戲劇史講座（一九五八）、中國戲劇史長編（一九六〇），以及遺著中國戲劇發展史綱要（一九七九），都是以中國戲劇小史爲基礎的。

中國戲劇小史共八章：一、中國戲劇的形成；二、唐宋的戲劇；三、南戲與北劇；四、明代戲劇的概況；五、崑曲與亂彈；六、皮黃劇的勃興；七、文明戲與話劇；八、中國戲劇前途的展望。今天的讀者，要了解中國戲劇發展的歷史，當然有後來居上者的書可讀，但前驅者的貢獻也是不容抹殺的。中國戲劇小史的意義就在這裏。

中國小說的起源及其演變，正中書局（陳果夫一九三一年創立於南京）一九三四年出版，作者胡懷琛。胡氏生於一八八六年，卒於一九三八年，一九三二年被聘爲上海市通志館編纂。他搜集整理一批上海地方史志珍貴資料，卓有貢獻。其藏書以詩文集和課本爲特色，如三字經、百家姓、千字文、千家詩等，收集齊全，劉鶚稱其爲「三百千千」。收集外文書籍和少數民族作者的漢文詩集一千餘種，可惜其藏書在抗戰時多半被日寇炸毀。一九四〇年，其子胡道静將殘餘之書捐獻給了震旦大學。

中國小說的起源及其演變共六章：一、本書說到的範圍；二、小說的起源及小說二字在中國文學上的涵義之變遷；三、中國小說「形」的方面的演變；四、中國小說「質」的方面的演變；五、現代小說；六、研究中國小說參考的書目。第一章開宗明義：「本書所講的，只有兩件事情如下：（一）是中國小說的起源，與小說二字涵義的變遷。（二）是中國小說的演變，並現代小說的標準。」

研究小說者歷來推崇魯迅的中國小說史略和胡適的中國章回小說考證，那自然是開山的典範之作。其後錢静芳小說叢考、蔣瑞藻小說考證等也都功力深湛，卓然有成。本書算得上是一册史論相結合的小說研究著作，在中國小說研究的歷史進程中，雖然不如上述幾種著作那麽經典，却也有其歷史的價值和意義，從「可讀性」來說，則更占優勢。如此書說到中國小說的歷史變化，通俗易懂而能切中肯綮：「由古代的傳說在口上，演變成寫在紙上，這是一變。宋代的說話勃興，這是第二變。宋人的話本，由說給人家聽的，變爲直接給人家看的，這是第三變。紅樓夢、儒林外史等，只是寫的，不是說的，這是第四變。然而『說』和『寫』，仍是同時候存在的，决不是變成後者，前者就消滅了。只不過互有盛衰而已。」

此外說到的一些情况，也頗能讓我們對於歷史的演變，有一種親切的感知。如：「在民國前一二年，有周作人譯的域外小說集，是用文言譯西洋的短篇小說。不過是大失敗了。這失敗並非域外小說集自身不高明，只是和那時候的讀者程度相差太遠。第一不歡喜讀這種無頭無尾的短篇小說，第二不歡喜讀平淡無奇的故事，第三不歡喜這種比較生硬而樸質的文言。結果，這部書當時幾乎没有人知道。」

書評研究，商務印書館一九三五年出版。作者蕭乾生於一九一〇年，卒於一九九九年，是著名翻譯家、作家、富有傳奇色彩的二戰記者，畢業於燕京大學新聞系，後去英國劍橋大學任教並讀碩士學位，一九四三年領取了隨軍記者證，正式成爲大公報的駐外記者，也是二戰時期歐洲戰場的唯一中國記者，一九九五年中國作家協會授予其「抗戰勝利者作家紀念碑」榮譽。三百二十萬字的蕭乾文集包括小説、散文、特寫、回憶録等，譯作莎士比亞戲劇故事集、好兵帥克以及與夫人文潔若合譯的尤利西斯等更是影響巨大久遠。

隨着近現代出版業的發展，書評也逐漸增多，但對這種新型的文學批評樣式作正式的研究，書評研究可以説是拓荒之作。書共八章：一、序論；二、書評家；三、閱讀的藝術；四、批評的基準；五、批評的藝術；六、書評的寫作；七、書評與讀書界；八、附録。此書的核心思想是，書評是有益於社會的嚴肅工作，書評家是具有特殊身份的知識者，代表讀者的鑒定者，文化生産的監督人，而不是庸俗、獻媚的商業廣告商。如：「一切批評都必須基於清澄的理解。批評的公允實即理解深澈的反映。」「書評家寧可改業廣告，永不可用批評的地位作兜售的營生。」「對讀者他服務，却也不侍奉如奴隸。他把讀者看成智力的平等者。他並不武斷地强迫讀者接受他的意見，也不賣弄學問如一塾師。讀者的好惡是受風氣支配的，但他不追隨那風氣，他不固執，却有信仰。」無疑，即使在今天，書評研究仍然有牠的現實針對性和意義。

清代詞學概論，上海大東書局一九二六年出版。其作者徐珂生於一八六九年，卒於一九二八年，爲光緒舉人，袁世凱天津小站練兵時的幕僚，一九〇一年任上海外交報、東方雜誌編輯，後爲商務印書館編輯，其所編纂的清稗類鈔是享譽學林的文史巨著。

清代詞學概論共七章：一、總論；二、派別；三、選本；四、評語；五、詞譜；六、詞韵；七、詞話。作者雖入民國，而其傳統文化教養的底色，濃郁深厚，迴非後來人可比。故此書行文，爲優美洗練的文言，而其對清詞演變脈絡的勾勒，代表性詞人的品評，乃至資料的選録等，都有「個中人」的真知灼見，可謂言簡意賅，高屋建瓴，非後來研究者搬弄西洋「範式」敷衍成文者可及。無疑，此書可列入「學術經典」的行列，不像本選集大多數作品具「過渡轉型」之身份色彩也。

如清代詞學概論評騭「清初之詞」的代表作家，「最著者」爲朱彝尊、陳維崧，「兩人並世齊名」，而前者「情深，所作詞高秀超詣，綿密精美，其蔽爲餖飣」；後者「筆重，所作詞天才艷發，辭鋒橫溢，其蔽爲粗率」；「繼之而起名重一時者，實惟納蘭容若。門第才華，直越北宋之晏小山而上之，其詞纏綿婉約，能極其致，南唐墜緒，絶而復續」。再如説清詞之派別：「有清一代之詞，有二大別：一浙派，一常州派，亦猶散體文之有桐城陽湖二派也。」這些基本的定位，都成了後來各種文學史、清詞史祖述的圭臬。再如書中説到「才人之詞」、「學人之詞」、「詞人之詞」的三分法，也直搗黃龍，揭示本質，對後世影響深遠。

韓柳文研究法著者林紓生於一八五二年，卒於一九二四年，堪稱是一位清末民初的文化奇人。他是桐城派散文的殿軍，一點不懂西洋語言文字，僅憑聽人口述，把一百八十多種西方小説翻譯成漢語，成爲向古老中國介紹西方文學的開山人。「林譯小説」，曾經是好幾代人的最愛，用文言表述的漢譯西方小説，成了中西文化交流史上一道奇异的瑰彩。

韓柳文研究法亦是文言文著作，對韓愈和柳宗元的多篇古文逐一評論，細緻深入，作者所持觀點立場，則完全是傳統的儒家思想體系和桐城派衡文的法眼，完全不見西學影響的痕迹。此亦可見所謂民國時段之文化形態，新舊雜陳，多元豐富也。

前有馬其昶（一八五五——一九三〇）短序，馬氏乃桐城派後勁，清史稿之「儒林」、「文苑」卷總纂。其序説與林紓「同客京師，一見相傾倒，別三年，再晤，陵谷遷變矣。而先生著書談文如故，一日出所謂韓柳文研究法見示」。所謂「陵谷遷變」，即指清朝滅亡而民國建立，韓柳文研究法於一九一四年由商務印書館出版，則此書或峻稿於清季。馬其昶贊美林紓「於史漢及唐宋大家文，誦之數十年，說其義，玩其辭，醰醰乎其有味也」。林紓於韓愈、柳宗元的古文沉浸涵泳，所謂「韓氏之文，不佞讀之二十有五年」，則其所得所會，自然和後來接受了西方文藝思想的研究者，無真賞而僅「分析批判」所見大爲不同。

如林紓這樣評析韓愈的文章寫作技巧：「韓氏之能，能詳人之所略，又略人之所詳。常人恒設之籬樊，學韓則障礙爲之空。常人流滑之口吻，學韓則結習爲之除。漢所謂摧陷廓清者，或在是也。」「韓文能抑絕掩蔽，不使自露。不佞久乃覺之。……不善學者，往往因蔽而晦，累掩而澀。……所難者，能於掩蔽中，有淵然之光、蒼然之色，所以成爲昌黎耳。」

再如評柳宗元：「柳州段太尉逸事狀，與昌黎張中丞傳後叙，均洋洋有生氣，亦皆良史之才也。不佞甚惜柳州不爲史官，其寫忠義慷慨處，氣壯而語醇，力偉而光斂，可稱極筆。」「若公在永州，一荒昧不辟之區，必待糞除，其勝始出。是永州之勝，均係諸公之一言。則非極力描摹，山容水態，亦不易流傳於藝苑。集中諸文皆佳，而山水之記，尤爲精絕，雖大同小异，然各有經營。韓公猶望而却步，何論其他。」

文學論略，章太炎著。章太炎生於一八六九年，卒於一九三六年，太炎是號，名炳麟，在小學（語言文字學）、歷史、哲學、政治方面都有卓越貢獻，乃近代的國學大師。我的業師姚奠中先生是章先生最後招收的研究生之一，把對文學論略的評介作爲這一個系列學術著作的「收官」，格外具有意味。

文學論略首發於一九〇五年的四川學報（未完），一九二五年上海的群衆圖書公司出版，一九二六年再版，後來又成爲國故論衡的一部分。文學論略前面有胡適的一篇序，其中的一些話很有意味：

> 這五十年是中國古文學的結束時期。做這個大結束的人物，很不容易得。恰好有一個章炳麟，真可算是古文學很光榮的結局了。章炳麟是清代學術史的押陣大將，但他又是一個文學家。
>
> 他是能實行不分文辭與學説的人，故他講學説理的文章都很有文學的價值。
>
> 但他究竟是一個復古的文家。他的復古主義雖能「言之成理」，究竟是一種反背時勢的運動。
>
> 總而言之，章炳麟的古文學是五十年來的第一作家，這是無可疑的。但他的成績只够替古文學做一個很光榮的下場，仍舊不能救古文學的必死之症，仍舊不能做到那「取千年朽蠹之餘，反之正則」的盛業。他的弟子也不少，但他的文章却没有傳人。

文學論略開宗明義：「何以謂之文學？以有文字，著於竹帛，故謂之文；論其法式，謂之文學。凡文理，文字，文詞，皆謂之文；而言其采色之焕發，則謂之彣（讀『文』，文采之意）」。這裏的核心思想，即文、史、哲不作絶對區分的「文學」觀念。而這一點，正是中國文化的根蒂，與西方講究分科别類的「科學」文藝學大異其趣。從表面看來，如胡適所批評，章太炎的這種文學觀是「復古主義」，「反背時勢」。胡適在序言結尾説：「章炳麟在文學上的成績與失敗，都給我們一個教訓。他的成績使我們知道文學須有學問與論理做底子，他的失敗使我們知道中國文學的改革須向前進，不可回頭去。」

以五四新文化運動爲起始標誌的「白話文」運動，正是沿着胡適的主張發展前行的，魯迅的「拿來主義」主張也主宰了整個二十世紀的中國文學和文化的走向。我們所評介的民國學術著作，絕大多數也體現了這個方向和主旨。但問題並不是單一的，歷史也是復雜的，如今我們回顧反思，在肯定胡適所説「改革必須向前，不可以回頭去」的歷史合理性一面的同時，也必須正視章太炎的文學主張，蘊含有更深層的中國傳統文化之精義奥旨，而且隨着人類文化在二十一世紀出現的困境，越來越具有啓示意義。單從對文學的認識來説，章太炎標榜的文、史、哲大會通的中國傳統文化的根本立場，也是有其文化深刻性和現實針對性的。

因此，對民國長達四十年時段的學術著作及其體現的思想方向，也不能簡單化地對待，忽視其所體現的歷史走向必然性與新價值的合理性是不對的，過分拔高推崇也有所偏頗。畢竟，那是一個「過渡」、「轉型」的時期，其多數學術文化著作也必然帶有「過渡」、「轉型」的色彩，是「進行時」和「未完成時」，距離「經典」尚有距離。從戊戌變法到辛亥革命到五四運動，一直到一九四九年，泛民國時段（包括其醞釀鋪墊時期）之中國現代化歷程從肇始而前行，歷經曲折，其激烈變化之歷史空隙中艱難産生的學術文化，有其大膽引進勇敢開拓而攝人心魄的一面，也有其嘗試而稚嫩、外來與傳統磨合不甚相契的一面。近世之社會轉型文化轉型乃大勢所趨，民國的學人們做出了艱苦的努力和卓越的貢獻，如何能在吸取世界其他文明滋育的同時，又能使中國傳統文化精粹得以恢弘發揚，再造輝煌，此正民國以來直至今日，中國知識界文化界苦苦思索探尋而歷久彌新之時代課題！

正是在這個意義上，民國的學術著作，這些體現了當日中國文化精英思考、研究、探索中國的社會與國家之現代化轉型的成果，其中的材料等或已經是舊痕陳迹，而其所思考的問題，所探索的思路，所提出的設想，以及這些著作本身的種種成就和不足，對於今天的中國現實，仍然具有攻錯借鑒的意義。他山之石，可以攻玉，何況此本非他山之石，正我山自有之石乎！

欲滅其國族，必先滅其文史。民族的歷史，特別是文化史、思想史、學術史，誠乃一國一族之精魂慧命之所在所基。當年日本侵略者之所以轟炸商務印書館與東方圖書館者，正深諳此理也。而商務印書館鳳凰涅槃浴火重生之艱苦奮鬥，亦未稍懈於斯。

民國語文，也在「轉型」途程中，這些學術著作的文風，大多是一種「尚存文言痕迹的白話文」。今天的青年讀者閱讀起來，也許會有异樣的感覺，但也可謂别具一種風味。而此二十三種著作的作者，絶大多數爲南方人，如浙江、江蘇、湖南、福建等省份，這些著作又大都在上海出版，由此亦可見民國時期文化發展的大情勢。這二十三種著作的二十位作者，當其撰寫著作之時，應該説彼此質素、學養都相差不遠，而其後之發展結局，則有的著作等身成爲大家大師，有的則後勁不足而逐漸湮滅少聞，固然各人機遇運會不同，而個人心志的堅持和努力之有無强弱，無疑是最主要的因素。對今日之學人特别是青年，不也很有啓發意義嗎？

潛入歷史的塵霾中排沙簡金，而選擇出此二十三册著作，並非筆者所爲，因而對此種簡選是否即能代表民國時期文學研究的大體大略，實亦不敢斷言，滄海遺珠或在所難免。而忝膺爲此編叢書作序的重任，惶恐之意，自不待言，管窺蠡測，亂彈胡侃，尚祈盼海内外方家不吝指教。但披閲這些先賢的著述，恰如驀然回首，向幽深的夜，重新點燃支支老紅燭。「紅燭啊！是誰制的蠟——給你軀體？是誰點的火——點着靈魂？」（聞一多紅燭）

點點燭光，明輝熠熠，回顧往昔，瞻望將來，道一聲：願我們的中國，鑒古灼今，發揚傳統精華，吸取五洲營養，漸進改革，持續開放，醒獅昂首，闊步奮行，前程佳美！

二〇一四年四月一日於大連

作者簡介

梁乙真（一九〇三年—一九五〇年），河北省獲鹿山尹村人（今石家莊鹿泉市），畢生研究中國文學史、中國婦女文學史、中國散曲史。他畢業于上海南方大學，獲文學學士學位。畢業後曾在山東省惠民、泰安等地中學擔任國文教員、校長；後歷任傅作義將軍秘書、北平警備司令部門頭溝辦事處少將主任。著有清代婦女文學史、中國婦女文學史綱、元明散曲小史、花間詞人研究等。

王序

婦女文學，向列閨餘，選家輯舂，輒儕諸方外厲賢之列。自湖海陳髯，別張一軍，新城西樵，雅集然脂；始稍稍爲閨幃吐氣。然陳書卷帙不多，但標警逸；王集僅載凡例，書佚不傳。厥後惟南陵徐氏有小檀欒室閨秀詞之輯，蔚成專書，與正始集等，同爲藝林鉅著；而詩話之作，更指不勝屈焉。抑捃摭雖富，雅鄭未分，第逞文人之私肊，莫副乙部之大觀。遠者不具論，卽以清代言之，間氣所鍾，是生賢淑：若錢塘汪氏之自然好學，若陽湖張氏之花蕚一樓，皆足衙官屈宋，奴僕命騷，不有闡徵，何云紀實。壬癸之交，余爲涵芬樓編輯婦女雜誌，日事翻帣，仿吾宗西樵前例，輯然脂餘韻若干卷，刋以問世。後又成續韻若干卷，迫於人事，發願雖宏，穫果甚尠。蓋猶是詩話之外編，未足語於史筆之典重也。梁君乙眞，同學南大，年富學劭，心精力果，獨於課暇，取清代婦女文學，彙合成編。以詩爲經，以史爲緯，知人論世之外，秉厲春秋筆削之意。非特足補然脂餘韻之闕憾，抑亦婦女文學界中未有之鴻構也。近頃時賢，每謂研究國學，應以科學家之方法，爬梳而解剖之。若梁君所爲，非合於科學家之精神者耶？充是術以往，豈第婦女文學，別開生面；將甲乙四部，皆可仿此以發其未竟之蘊。影響所及，豈淺尠哉。往者梓潼謝君无量，品藻歷代婦女文學，亦以史名，獨斷年於清代，得此以承接之，適足以饜學者之求。獨惜余老大無成，名山事業，有志未逮；覩君捷足，媿我蓬心，展卷欷歔，重增感喟。既書此自勉，亦以勉梁君，更爲新時代之良董狐也。

共和紀元後十有四載六月初吉西神王蘊章識於備四時齋

王女士序

丙寅春，學友梁君乙眞，輯清代婦女文學史，徵先母鑑湖女俠遺著，而屬爲序。聞之：日月麗空，中女著文明之象；雲霞絢采，天孫垂河漢之章。補造化而功立媧皇，協重華而賢聞敤首。自是厥後，遞著靈芬：則如伏女傳經，班姬續史，紗廚講學，玉尺量才；或傳都荔之詞，或飾紅桃之句，或篇成春茗，或集號遺芳；莫不逸思雕華，錦心吐慧；媲金閨之羣彥，奏玉臺之新聲；宮體珍於藝林，淑問彰於文苑：前修所纂，洵無間焉。逮及有清，閨襜尤盛：蕉園七子，標二幟以聯吟；茘鄉一門，美九女之酬唱。惲珠則集成正始，汪端迺詩選朱明；隨園傳請業之圖，西泠徵修墓之什，嬋嫣十子，吳下蜚聲；婉嫕四英，毗陵挺秀。郁乎人文之選，蔚爲婦學之宗；有煒閨房，用光史乘。然而瓊思瑤想，在作者貫以元精；縹帙緗繩，賴傳者垂之奕禩。織九張之錦段，將濟美於金荃；本四始之温柔，可補遺於彤史。梁君此作，意在斯乎。顧燦芝以爲文章之事，得失靡常，人固賴以文存，文亦時爲德掩；知人論世，夐乎難矣。至若非常之原，不測之地，湛身遂志，沒世稱名；遺什僅存，徵聲入變：是則提刀殺賊，謝道蘊不負清才，設帳授徒，沈雲英可謂沉勇者矣。嗟嗟！人孰無母，彼蒼者天，哭先靈於秋雨秋風，問詩塚於某山某水，網一代之香匳文字，君懷夜月以俱明，鬱千秋之巾幗英雄，我念春暉而永歎。

中華民國十五年六月桂芬王燦芝序於滬寓

自序

中國之婦女文學，自來無史，有之，則始見於謝无量先生之中國婦女文學史。惟謝書敍述僅至明末而止，清以下無有也。吾書雖似賡續謝書而作，然編輯之體例，不與謝書盡同也。

曩余讀書京師日，暇輒往圖書館，橫披縱覽，心有所得則書之。計二三年中，所涉獵婦女文學書籍，不下數百種，即所筆記，亦裒然成帙。每蓄志編著婦女文學史，顧以功課之累，迄未果行；雖然，此意固未泯也。

客歲負笈來滬，多與南人士相往還，遂益聞所不聞；加以師友之輔益，獨我之探討，日就月將，中心躍躍。乃矢志於一月之中，草其大綱，再月修訂潤飾，今竟三月；而傳鈔之勞，亦自我而兼之矣。

方此書之草創也，在甲子冬假。同學多回里度歲，而余獨寓居虹口馬氏一小樓。猶記除夕天大雪，手僵不能執筆，乃沽酒狂飲，夜深人靜，一燈熒熒，而余方執筆簌簌疾書，不知明朝之又新歲也。

民國十四年十二月二十日夜梁乙眞記於上海南方大學

清代婦女文學史目錄

附錄

清代婦女文學史

第一編　明清兩朝婦女文學之蟬蛻

第一章　遺民文學

明之季世，婦女文學之秀出者：當推吳江葉氏，桐城方氏，午夢堂一門聯吟，而方氏娣姒，亦無不能文詩，其子弟又多積學有令名者。故桐城之方，吳江之葉，自後嘗爲望族，不僅爲有明一代婦女文學之後勁也。明社既屋，故家大族，流風餘韻，漸就澌滅；而會稽之商，當塗之卞，錢塘之顧，則又餘音嫋嫋，上以紹葉方之墜緒，下以開有清二百餘年來婦女文學之先聲，不綦重歟。

第一節　會稽商祁

瓊閨繡閣，一門聯吟，午夢堂之後，首推會稽商氏矣；二媳四女，咸工吟咏，詞壇之盛，實足以冠冕一代，非第爲明清蟬蛻之中堅也。商景蘭字媚生，明吏部尚書商祚之女，祁彪佳之室；祁商作配，鄉里有「金童玉女」之目；伉儷相重，未嘗有妾媵也。靜志居詩話云：『商夫人有二媳四女咸工詩，每暇日登臨，則令媳女輩載筆牀硯匣以隨，角韻分題，一時傳爲勝事；而門牆院落，葡萄之樹，芍藥之花，題咏幾徧，過梅市者，望之若十二瑤臺焉。秀水黃皆令慕其名，入梅市訪之，贈送唱和之作甚盛。』

媚生贈皆令詩云：

門鎖蓬蒿十載居，何期千里覯雲裾！
才華直接班姬後，風雅平欺左氏餘；
八體臨池爭幼婦，千言作賦擬相如；
今朝把臂憐同調，始信當年女校書。

媚生亦工詞，其搗練子一詞，爲時所稱：

長相思，久離別，爲誰憔悴憑誰說；卷簾貪看月明多，斜風恰打銀缸滅。

景徽字嗣音，上虞徐咸清室，與姊媚生，俱以能詩爲越中領袖，著有詠雛堂集。名媛詩話云：『嗣音年八十，容貌如二三十許好女，朝夕惟飲乳汁，猶耽花讀書不衰。』蓮花化身，相好光明，此天台老尼所云「妙色身如來」也。

詩如子夜歌云：

弄水恐湔裙，采蓮恐傷手，
花欹半面粧，願得花間耦。
五彩織薰籠，鑪灰皎如雪，
不棄爇殘香，爲愛心中熱。

此詩深得樂府體裁，然脂餘韻謂：『嗣音曾製菩薩蠻詞傳人間。』其詞云：

篆煙吹過花深處，□□葉底垂甘露；何處見如來？青蓮筆下開。
朝朝研黛盌，不盡春山遠；但寫妙蓮花，香風遍若耶。

昭華字伊璧，徐咸清女，毛西河之女弟子也。有徐都講詩一卷，附西河集中。昭華幼承母敎，詩名噪一時，工楷隸，善丹青；毛西河題其畫幛有『書傳王逸少，畫類管夫人』之句。上虞縣志：『咸清與毛西河遊，會西河過其家傳是齋，座客方滿，昭華出謁西河，命賦畫蟯詩，信口立成，一座大驚。』西河嘗曰：『吾門雖多才，以詩論無如徐都講者。』可以想見其才情矣。

塞上曲云：

朔風吹雪滿刀鐶，萬里從戎何日還；
誰念沙場征戰苦，將軍今夜度陰山。

送虞英嫂歸諸暨云：

落盡紅衣蓮子多，相看綠水木蘭過；
晚風不解吹愁去，偏送佳人到苧蘿。

山陰閨秀集記其斷句，贈三嫂云：『粧樓春色曉，捲幔綠楊間。』贈雲衣詩：『羨汝雙蛾似初月，不須留待畫眉人。』清疏雋永，吐氣如蘭，宜西河之稱道不置也。

祁德淵字弢英，商景蘭女。有靜好集。德瓊字修嫣，弢英妹。德茝字湘君，修嫣妹，有寄雲草。德淵德瓊德茝，及前述之徐昭華，所謂「祁家四女」是也。修嫣湘君，均有送別黃皆令詩，清遒雅婉，自是閨中能手。

修嫣詩云：

萬山寒秋月，一葦寒秋波；
美人理遠棹，秋色低星河。

送君青雀舫，贈君金叵羅。
別路不辭遠，別酒不辭多；
良辰惜分袂，分袂當奈何；
雖有千金裘，何如五噫歌。

修嫣又有和黃皆令遊密園詩：

朔氣晴開萬戶煙，寒林落日點紅泉；
十年往事悲星散，千里交情共月圓；
松徑猶能邀令客，桃源應信有羣仙；
搴芝踏盡池塘路，泥印蓮花步步妍。

湘君送別黃皆令云；

畫閣聯吟恰一年，此時分袂兩凄然。
雲間歸雁路何處，林裏飛花香可憐；
遊客青山皆別思，仙舟明月已無緣；
懷君日後添離夢，寂寞荒村度晚煙。

湘君又有古意一首，格律嚴整，居然名家。

憶昔與君別，楊柳絲堪結；
芳草綠如煙，飛花亂成雪。
數載客京華，念君遠別家；
欲知遙塞雪，但看故園花。
芳時處幽獨，蜘蛛網結屋；
細雨昨夜寒，春苔上階綠。
對鏡厭故鸞，凌雲願黃鵠；
憔悴玉臺人，腸斷珠簾曲。
爲歡須憶故，爲衣莫道新；
願持江國月，流照薊門春。

山陰張德蕙，會稽朱德容，所謂「祁家二婦」也。德蕙字楚纕，德容字趙璧。鮚埼亭集云：『楚纕趙璧，皆商夫人所字，蓋以志閨門之盛也。』

楚纕有中秋詩云：

秋氣中天淨，愁人獨夜看：
停橈江愈闊，却扇月初寒；
霜入桐蔭薄，風飄桂影殘；
扣舷情未已，露溼綺羅單。

趙璧送別黃皆令云：

青青楊柳枝，飄搖大道旁，
大道多悲風，遊子瞻故鄉。
執杯送行客，淚下沾衣裳：
憶昔弭遠棹，明月浮景光；
壺觴極勝引，歌舞開華堂；
好鳥得其侶，舉翼齊翺翔；
膠漆兩不解，金石安可方。
分袂起倉卒，永夜生盡傷；
吳山何渺渺！越水何茫茫！

芙蓉被秋渚，采采有餘芳，
願言贈所思，曰歸紉爲裳。

遊山云：

寂寞佳山水，樓臺薜荔間；
野橋分竹路，高樹繞溪灣；
徑曲留琴語，杯寬破客顏；
夕陽鐘磬外，猶有暮雲閒。

越郡詩選云：『逍壁詩總是雅飭，上巳一詩，浩落有情。』詩云：

松花新水浣春衣，舊日蘭亭到亦稀，
斷岸羽觴晴日暖，遠山橫笛暮雲飛；
沙棠舟近江鷗起，玳瑁梁空海燕歸；
尚有采蘩思未定，不堪月色上羅幃。

余既敍商祁一門文學畢，抑更有言者。昔惲珍浦閨秀正始集，以祁彪佳殉節明朝，商景蘭詩亦宜歸入有明，不應列入清代，此實拘於時代之見耳。蓋文章著述，乃個人之事業，與夫乎何有？且商景蘭在清初，其文章益有聲譽，列以爲清初婦女文學之冠冕，亦其相當位置歟。

第二節　秀水黃皆令

清初才媛，商祁一門之外，秀水黃皆令，亦詩壇之傑也。皆令名媛介，嘉興儒家女，能詩善畫。適士人楊世功，蕭然寒素，皆令黽勉同心，怡然自樂也。乙酉（一六四五）遭亂，轉徙金閶，羈白下，後入金沙，與虞山柳如是爲文字交。晚歲僦居西陵，所居一樓，地主汪然明，時招至不繫園，與閨人輩飲集，詩媛吳巖子卞元文母女，相得尤歡。嘗從風雪中渡西興，入梅市，訪商景蘭母媳，襟懷灑落，奚讓古人。初楊世功聘後貧不能娶，皆令流落吳門，詩名日噪，有以千金聘爲名人妾者，其兄堅持不允。吳梅村詩：『不知世有杜樊川。』殆指其事也。

皆令著有離隱詞，湖上草。嘗爲王漁洋畫一小幅，自題云：

懶登高閣望青山，愧我年來學閉關；
淡墨遙傳縹渺意，孤峯只在有無間。

野夕遠見：

秋草滿池塘，高雲合晚涼，
水光分遠棹，人語近斜陽；
風入單衣冷，花含渚稻香；
獨當良夜望，星月靜繁霜。

同祁夫人商媚生祁修嫣湘君張楚纕朱趙璧遊寓山分韻二首：

名園多異植，花繞曲欄邊；
山抱蒼潭水，亭藏碧樹煙；
棲烏啼月下，迴棹泊霜前；
酒罷同歸閣，開奩納翠鈿。
佳園饒逸趣，遠客一登臺；
薜老蒼煙靜，風高落木哀；
看山空翠滴，覓路亂雲開；
欲和金閨句，慚非兎苑才。

皆令恆以輕航載筆格詣吳越間。嘗僦居西泠斷橋頭。凭一小閣，賣畫自活，稍給，便不肯作，此閨秀而有林下風者也。試誦其夏日紀貧一詩，則其蕭然寒素之身，可想見矣。

池塘水漲荇如煙，燕啄萍絲翠影懸；
高壁陰多能蔽日，新荷葉小未成蓮。
著書不費居山事，沽酒恆消賣畫錢；
貧況不堪門外見，依依槐柳綠遮天。

姜紹書無聲詩史稱『其所記述多流離悲戚之辭，而温柔敦厚，怨而不怒。』讀丙戌清明一首，則其流離之感，爲何如耶！

倚柱空懷漆室憂，人家依舊有紅樓；
思將細雨應同發，淚與飛花總不收。
折柳已成新伏臘，禁煙原是古春秋；
白雲親舍常凝望，一寸心當萬斛愁。

山陰王端淑，字玉映，靜淑妹，有吟紅留篋恆心諸集。嘗輯名媛文緯詩緯；

又輯歷代帝王后妃古今年號，名曰史愚以行世。靜淑亦有清涼集，姊妹俱擅才華。玉映有贈皆令梅花樓詩云：

買舫急欲探先春，風雪偏羈病裏身；
聞有梅花供色笑，客途如爾未全貧。
凍筆殘塗半是鴉，剡溪渺渺竟迷槎；
相逢只恐梅花笑，怪我春來不憶家。

王漁洋稱皆令作小賦，頗有魏晉風致。吳梅村詩話載皆令詩數章，蓋唱酬之作也。姊媛貞字嘉德，著有臨雲齋詩集，即皆令離隱歌序所稱「兄姊媛貞」是也。玉臺書史謂皆令幼女『詠詩寫帖，楚楚可人。』朱中楣贈詩有『鴛水毓靈多鮑謝，蠅頭妙楷逼鍾王。』之句，則小黃亦才女也。

第三節　當塗吳巖子母女

當塗吳巖子山，負詩名，工書畫，著有青山集，寧都魏叔子爲之序。鄧漢儀題其集曰：『江湖萍梗亂離身，破硯單衫相對貧；今日一燈花雨外，青山自署女遺民。』蓋其詩多玉樹銅駝之感也。

舟泊香口云：

薄暮到香口，　風迴卽泊舟；
一溪分竹進，　兩岸斷江流；
落日明殘堞，　荒烟襲廢樓；
籬邊雞犬靜，　寥落使人愁。

秦淮舟集同劉李諸夫人分韻：

一棹輕隨岸柳斜，　晚霞落日集名家；
六朝風物秦淮水，　三月春晴穀雨茶；
隔樹嵐光靑照眼，　護橋煙色白侵沙；
萬重樓閣闌干繞，　處處籬邊著好花。

幽居云：

獨尋香處結孤茅，　泉石膏肓疾未消，
放鶴啟扉欹醉竹，　通泉鑿石跨飛橋；

露香秋老收蓮種，花雨春深課藥苗，
食罷行吟循澤畔，櫂歌聲引夕陽潮。

姑蘇棹歌：

水色連山青欲流，漁人終日棹輕舟；
一條古路分吳越，直到錢塘古渡頭。
水轉楓橋徑轉幽，人家綠樹映高樓；
木犀秋滿山塘上，一路清香到虎邱。

巖子居湖上三年，詩膾炙人口，錢塘令張譙明爲之分俸，可謂一時佳話。魏叔子青山集序云：『夫人吐詞温文，出入經史。……天下稱其詩者垂四十年。』讀所錄諸詩，清新雋逸，迥異時流，可以覘其胸次矣。又巖子與徐智珠善，智珠郎顧橫波，橫波適龔芝麓後，改姓徐，芝麓定山堂集和巖子詩甚多。

巖子亦工小令，七夕鵲橋仙一詞，極感慨凄蒼之致。詞云：

思量昨歲，秣陵此夕，正水閣風清天碧。六朝佳處舊繁華，細草路，燈紅月白。今年萍寄，隋宮咫尺，歎異地煙花寥寂，情同旅夜起歸思，愁絕是，隔江寒笛。

巖子女卞夢鈺，字元文，江都劉峻度之室，著有繡閣遺草，筆墨疏秀有母風。吳梅村題其集有云：『絳紗弟子稱都講，碧玉才人本內家。』又云：『紫府高閒詩博士，青山遺逸女尚書。』其推重如此。

秋眺云：

吟息啟層樓，秋光放眼收，
雲歸山自在，江靜水安流；
遠樹平於草，孤村小若舟；
寸心猶漫擬，聊許似閒鷗。

衆香詞云：『元文幼穎慧，其父母教之以文史之學，靡不博通；翰墨詞章，流傳吳越。母吳愛之甚，必得貴且才者字之，因適劉子。』余按然脂餘韻：『顧黃公戊子己丑（按戊子爲順治五年己丑爲六年 一六四八——一六四九）間客杭，聞元文賢能精筆札，杵臼是求。人事錯迕，遂以不果，後歸揚州劉孝廉峻度。』觀此則知元文才情，必爲當時多人所傾服矣。康熙庚戌（一六七〇），元文墓草五青，顧黃公見其舊詩西泠閨詠，因題二詩誌感。中有句云：『當時空指團圞月，未下温家玉鏡臺。』往事重提，其感喟爲何如耶！

第四節　歙縣畢著

「兒女英雄」「巾幗奇才」吾於清初得三人焉：蕭山之沈雲英，廬陵之劉淑英，歙縣之畢韜文是也。雲英淑英，俱以殺敵致名，獨其文采未傳，故茲篇僅述韜文。雖然，此三人者，其行誼磊磊落落，固足以爍耀有清二百餘年之婦女界，豈僅以文鳴耶。

韜文名著，布衣王聖開之妻也。崇禎十五年，（一六四二）父官薊邱，與流賊戰死，屍爲賊得，韜文身率精銳，劫賊營，手刃其渠，輿父屍還，葬金陵之龍潭，夫婦遂偕隱以終。沈來遠序其詩稿有云：『梨花鎗萬人無敵，鐵胎弓五石能關。』又云：『室中椎髻，何殊儒仲之妻；隴上攜鋤，可並龐公之偶。』眞閨閣鐵漢也。

紀事詩云：

吾父矢報國，戰死於薊邱，
父馬爲賊乘，父屍爲賊收，
父仇不能報，有愧秦女休。
乘賊不及防，夜進千貔貅，
殺賊血漉漉，手握仇人頭；
賊衆自相殺，屍橫滿阬溝，
父屍輿櫬歸，薄葬荒山陬。
相期智勇士，慨然賦同仇，
蛾賊一掃清，國家固金甌。

讀此詩想見其白馬銀鎧，馳驅殺敵之概矣。

村居詩云：

席門閒傍水之涯，夫壻安貧不作家；
明日斷炊何暇問，且攜鴉嘴種梅花。

汪有典外史云：『……族子兆陽，從雲英受春秋胡傳，爲知名士。』然則韜文勇奪父屍，旣酷類雲英，而食貧高詠，尤與雲英之以春秋傳授人者相同，其高致眞不可及矣。

第五節　錢塘顧氏

明遺民中，以才媛而負有經濟之才者，當推錢塘顧若璞和知；顧氏自滄江西巖悅菴友白四世，皆有文名。和知以不櫛之賢，纘其家業，故其文多經濟大篇，饒有西京氣格。名媛詩話稱其：『與閨友宴坐，則講究河漕、屯田、馬政、邊備、諸大計。』王西樵嘗言：『和知臥月一集，多經濟理學大文，率經生所不能爲者。』其子婦張姒音，才學與和知相亞，嘗作討逆闖李自成檄，詞義激烈，讀者如聽易水歌聲，眞奇才也。和知適副使黃亨子茂梧，著有臥月軒稿，又曰繡餘吟稿。

與張夫人書云：

……冢婦丁，從余讀唐詩，其寄燦有云：『故有柔腸不怨君。』幾於怨誹不亂矣。與燦酒間，絕不語及家事，時為天下畫奇，而獨追恨於屯田之壞也。且曰：『邊屯則患傍擾，官屯則患空言鮮事實。妾與子戮力經營，倘得金錢二十萬，便當北闕上書，請淮南北間田，墾萬畝；好議者引而申之，則粟賤而餉足，兵宿飽矣。』……

文中所稱丁氏，名玉如，字連璧，和知長子燦室也，亦能詩。和知又有與弟書，讀之可以覘其致學之勤：

夫遽云逝，骨鑠魂消，帷殯而哭，不如死之久矣；豈能視息人世，復有所謂緣情靡麗之作耶。徒以死節易，守節難，有藐諸孤在，不敢不學古丸熊畫荻者，以俟其成。余日惴惴，懼終負初志，以不得從夫子於九京也。於是酒漿組紃之暇，陳發所藏書，自四子經傳，以及古史鑑，皇明通紀，大政紀之屬，日夜披覽如不及。二子者從傅入內，輒令篝燈坐隅，為陳說我所明；更相率咿唔，至丙夜乃罷，顧復樂之，誠不知其瘁也。日月漸多，聞見與積。聖賢經傳，育德洗心，旁及騷雅，共諸詞賦；游焉息焉，冀以自發其哀思，舒其憤悶，幸不底幽憂之疾。而春鳥夏蟲，感時流響，率爾操觚，藏諸笥篋。雖然，亦不平鳴耳！詎敢方古班左諸淑媛，取邯鄲學步之誚耶。

和知年二十八而寡，教其二孤燦煒，自小學至古文詞，皆口授手畫，卒底於成。其諸孫——啓圻啟均啟埏，女孫——球墢垣，亦均能詩。和知有『爲報九原相待客，詩書一線可能留』之句，丸膽含飴，足慰半生燈青髮白之感矣。

和知工詩，嘗於食頃，作七夕詩三十七首，一時歎其敏妙；尤工小令。長相思云：

梅子青，豆子青，飛絮飄飄長短亭，——風吹羅袖輕。　恨零星，語零星，正是春歸不忍聽，——流鶯啼數聲。

林下詞選紀其詩句有：『樹搖山影合，波動月光分。』『袖裏月團三百片，碧桃花下試清泉。』俱清新可誦。和知歿時，年九十餘，所居臥月軒，在湖墅半道紅，世所稱『黃佛兒家』是也。

和知之夫妹修娟，字媚清，性嗜書，七歲能彈琴，其父亨嘗撫之曰：『此吾家道韞也。』所著有娛墨軒詩集。

村居卽事云：

寂寂村居晚，迢迢旅雁稀，
煙花迷曲徑，山月澹清輝；
黃菊經霜淨，秋蕁帶雨肥，
夜深寒漏徹，漁火逐星歸。

和知曾孫婦，錢雲儀鳳綸者，以才著，著有古香樓集。

美人梳頭歌云：

新林一聲啼綠鳥，三十六宮春欲曉，
牀上轆轤牽素綆，秋水溶溶鏡光冷。
漸看紅日捲珠簾，雙彎卻有眉纖纖；
玉鳳斜飛嚲金蟬，珮環搖搖曳湘烟。
下階獨坐摘芳蕊，櫻桃笑儂不結子。

採蓮曲：

芙蓉灼灼鬬紅粧，雙槳中流盪夕陽，

頻囑小姑輕笑語，莫教驚起宿鴛鴦。

盡日輕風泛畫船，波搖翠袖影翩翩，

何緣花裏忘歸路，貪看湖心並蒂蓮。

此詞風流蘊藉，信蕉園之翹楚也。

與雲儀同時者，有姚令則字柔嘉，年十四，歸黃羅屏時序，著有半月樓集。顧和知曾以臥月樓稿聞於時，柔嘉井臼餘閒，執經請益，又得雲儀爲姒，繡閣然脂，互有贈答；故半月樓一集，亦爲時傳誦。半月樓者，臥月樓之側樓也。

雲儀之後，有梁瑛者，字英玉，號梅君，黃樹穀室，和知之五世孫婦也。樹穀卒，手撰行狀數千言，委曲眞摯，門生故友，見者擱筆。性喜梅，有梅花詩屋。嘗自集古人詠梅句子成一帙，曰字字香，集詩紀之云：

年年覓句爲花忙，幾度巡簷費品量；

句似梅花花似句，一番吟過一番香。

梅花集句用詩字韻：

消息惟愁採得遲，張道洽　一年佳處早梅時，胡澹菴

及今畫史無名手，陸放翁　報答春光只有詩。尤延之

莫教門外俗人知，曾子固　直似遺賢遯跡時，中峯

欲識此花奇豔處，陳與義　此花之外更無詩。張賢濟

寄語東風莫漫吹，劉秉忠　獨搔蓬鬢繞殘枝，劉伯序

西湖處士風流處，張澤民　自續西湖處士詩。陳簡齋

瑛玉所居詩屋，四壁書古今人梅花詩數千首。無梅時則從壁上觀之，以當梅花，曰：『畫不如也。』人目爲「女逋仙」。讀以上諸詩，可以見其性格矣。嗚呼！女子才難，黃氏獨蟬嫣數世，殆亦間氣鍾於一門歟。

第二章　蕉園七子

清初之婦女文學，商、黃、卞、顧倡於前，蕉園七子興於後；風氣所播，遂以成一時詞壇之盛，其後分道揚鑣，各自授受，二百餘年來之婦女詞壇，要不無受其影響，故余於編述商、黃、卞、顧四家之後，首敍蕉園七子者，正爲此也。

七子者誰？——林以寧亞清，顧啟姬姒，柴季嫻靜儀，馮又令嫻，錢雲儀鳳綸，張

槎雲昊，毛安芳媞是也。先是錢唐御史錢肇修之母——顧玉蕊夫人，工詩文駢體，有聲大江南北。嘗招諸女，作蕉園詩社，所謂蕉園五子者——徐燦、柴靜儀、朱柔則、林以寧、錢雲儀是也。閨秀聯吟，藝林傳爲佳話。迨後林以寧又與同里顧啓姬等倡蕉園七子社，加入者，有張槎雲、毛安芳、馮又令諸人，而徐燦、朱柔則不與焉。故蕉園七子者，蕉園詩社之別幟也。自來閨秀之結社聯吟，提倡風雅者，當推蕉園諸子爲盛。

第一節　林以寧

七子中，錢鳳綸最多才，上章既已言之矣。以寧能詩工畫梅竹，且善爲駢儷四六之文，著有墨莊詩鈔、鳳簫樓集。

山程云：

遠山日落烟迷處，彷彿當年從此去；
浦口村童放犢歸，停驂借問來時路。

催妝詞爲李端芳作：

十里花燈影動搖，玉樓絲管出層霄，

吳山那得春如許，昨夜人傳嫁小喬。
秦臺初協鳳凰吹，梅子傾筐正及時；
遙憶綺窗人靜後，今宵不自畫蛾眉。

秋暮讌集願圃分韻：

早起登臨玉露瀼，畫樓高處碧雲涼；
池邊野鳥啼寒雨，籬外黃花媚晚妝。
斜倚紅闌同照影，閒揮綠綺坐焚香，
溯洄他日重相訪，一片蒹葭秋水長。

穀雨：

鏡臺流影射窗紗，風到簷前柳腳斜，
竹架整書除脈望，春池洗硯亂蘋花；
桑濃蠶子猶懸箔，日暖蜂王早放衙；
童子佩壺尋澗水，滌甌明日試新茶。
草草深閨度歲華，生平不解問桑麻，

沿籬野豆初牽蔓，繞砌山桃半欲花；
細雨漬成楊柳色，暖風吹放牡丹芽；
村姬結束新螺髻，傍曉比鄰喚採茶。

催妝詞風流蘊藉；穀雨二律，寫田園風景如畫；眞妙筆也。

第二節　顧姒

顧姒字啟姬，錢唐人，鄂幼輿之室也。著有靜御堂集、翠園集。啟姬在京師日，有『花憐昨夜雨，茶憶故山泉』之句，甚稱於時。故宋牧仲贈鄂幼輿詩云：『閨中有良友，茶憶故山泉，似此驚人句，難爲贈婦篇。畫眉君暫輟，下榻我相延，賦就滕王閣，靈風促轉船。』幼輿嘗與漁洋諸公九日飲宋子昭小園，限蟹字韻，啟姬代爲詩，其末云：

予本淡蕩人，讀書不求解，
爾雅讀不熟，螯蜞誤爲蟹。

詩出，漁洋大驚歎。啟姬幷工音律，小賦詩詞頗婉麗，所製詞有：『一輪月照一雙人面』之句，爲漁洋所激賞者也。又有題林亞清畫一詩，亦風神瀟洒。詩云：

梅花竹葉互交加，濡墨淋漓整復斜，
憶得昨宵明月下，橫拖疏影上窗紗。

第三節　柴靜儀

靜儀字季嫻，貞儀妹，詩人沈用濟之母也。有北堂集、凝香室詞。

黃天蕩詠梁氏：

玉面雲鬟拂戰塵，芙蓉小隊簇江濱；
不操井臼操桴鼓，誰信英雄是美人。

偶題：

小牕隨意寫疏梅，彷彿春寒素蕊開；
浪說羅浮曾入夢，月斜誰見美人來。

答林亞清：

羅幃不捲坐焚香，靜對殘春欲斷腸。
憐我病餘都罷繡，知君愁裏不成妝。
牡丹着雨還如泣，柳絮隨風底事忙；
倘步池塘閒遣興，莫因幽恨打鴛鴦。

春閨

門掩櫻桃近水濱，青苔小徑淨無塵，
一樓花氣蒸香雨，半榻春風臥美人；
蝶去似憐幽夢斷，燕來如話別愁新：
連朝不敢開妝鏡，淚臉難將粉絮勻。

子用濟自都中歸詩以勗之：

君不見，侯家夜夜朱筵開，殘杯冷炙誰憐才！長安三上不得意，蓬頭黧面仍歸來。嗚呼！世情日千變，駕車食肉人爭羨；讀書彈琴聊自娛，古來哲士能貧賤。

沈歸愚云：『凝香室詩，本乎性情之貞，發乎學術之正；韻語時帶箴銘，不可於風雲月露中求也。』讀此詩與送用濟遠行、贈冢婦朱柔則諸詩，皆怡然見道之言，一門融洩，益信其有自來矣。

靜儀姊貞儀，字如光，工丹青，圖繪寶鑑稱其『花卉翎毛，無不超妙。』題煙江疊嶂圖云：

誰將素練染霜毫，幻作空濛萬里濤；
一片孤舟何處落，千峯雨色暗江皐。

詠羅巾：

拭去盈盈淚，擕來冉冉香，
殷勤纏素手，縷縷似愁腸。

婦人集謂：『此詩極有思致。』姊妹能詩，其所受於母教多矣。

柴靜儀子婦朱柔則，字道珠，蕉園五子之一也。沈用濟客紅蘭主人所，道珠遙寄故鄉山水圖，用濟旋歸。紅蘭主人題其畫卷云：『柳下柴門傍水隈，夭桃樹又花開；應憐夫壻無歸信，翻畫家山遠寄來。』一時傳爲佳話。

河渚觀梅約顧女春山：

相期河渚玩春華，」一棹迎風路未賒，
樓外有梅三百樹，」美人不到不開花。

送外之大梁云：

前時失意悔遊燕，此去中州枉自憐，
飄泊君同蘇季子，操持吾愧孟光賢。
計程已隔三千里，會別誰堪四五年，
莫向離亭歌折柳，恐催客淚落筵前。

讀此詩想見道珠夫婦伉儷之篤，袁簡齋謂『女子有才，每多天壤王郎之歎，』豈盡然耶？

第四節　馮嫻

馮嫻字又令，錢塘人，著有和鳴集、湘雲集。少穎慧，讀書過目成誦，下筆文如夙構，尤工繪事，襟懷恬淡，頗有高士之風。彫華集載其和夫子九日擬登吳山因雨不果原韻云：

重九宜晴雨聲密，相望窗前秋瑟瑟，
未過小圃訪黃花，恐負花期被花責。
芳辰寂寞遣情難，倦插茱萸感百端，
身世浮萍空碌碌，何如秦女早乘鸞。
憐余夙懷林下志，幼對溪山願差遂，
年來四壁聊可棲，悠然三徑有餘致。
瀟瀟風雨靜中聽，竹影松枝簾外青，
興到豈知塵內事，煙雲閒潑墨無停。

沈心友和鳴集序云：『又令生長西溪，鍾山水之秀，弱齡卽聰穎過人。太夫人春秋高，兩人朝夕不離膝下；定省之餘，唱和盈帙。』則其天倫之樂，尤足欽羡者矣。

第五節　張昊

張昊字玉琴，槎雲其號也，著有趨庭咏琴樓合稿。

秋眺云：

極目危樓上，天涯晚望中，
雲憑荒野闊，日落大江空；
露冷蛩初響，風寒蓼正紅；
興來無俗慮，明月在疎桐。

觀潮云：

風急秋江晚，潮聲落照前，
遠疑千練白，高並一山懸；
孝感曹娥志，忠留伍相賢，
千秋遺恨在，故令怒濤傳。

槎雲幼慧，七歲卽能詩。其從兄祖望，偶見槎雲有：『白馬嘶雲秋草寒，殘風殘月斷橋邊』之句，悄然歎曰：『是妹必以詩名，惜福薄耳！』丁未父步靑赴春官試，卒於京師；訃音至，槎雲痛悼欲絕。有『孤山何太苦，變作我親邱』之句，讀者憐之。槎雲有妹曰昂字玉霄，有承啟堂集，詩尤淸拔。

第六節　毛媞

毛媞字安芳，錢唐人，徐鄴室，刻苦吟詩，年老無子；與鄴合刻曰靜好集。嘗自持其詩卷曰：『是我神明所鍾，卽我子也。』

詠雪云：

天涯一望茫茫白，積玉堆瓊亙長陌，
興來何處子猷船？高臥誰家袁安宅？
山中千樹噪饑鴉，自掃冰鱗自煮茶，
不怪滿身寒起粟，只愁壓折老梅花。

西湖云：

十里長亭十里開，遙聞春草綠於苔，
金鞍狹路相馳驟，畫舫清波白溯洄；
月映柳梢鶯百囀，風吹花氣蝶雙來：
西湖西子曾相喚，擬酹芳魂酒一杯。

安芳性至孝，母病割股者三。毛際可曾題其編曰：『靜好豈惟詩媛，亦孝女也。』

第三章　風塵三隱

鏤紅翦翠之詞易習，慷慨駿邁之言難工。證之各家詩詞，幾何人能脫「脂粉態」耶？沈雲英、劉淑英、慷慨殺敵，巾幗英雄。顧若璞、王照圓、經學淵源，儼然宿儒。此在婦女，豈不甚可貴耶？周羽步、柳如是、顧橫波雖淪落風塵；然一則瀟灑不羣，一則氣節軒昂，一則風華迥絕；此三人者，雖無經文緯武之能，而襟懷傀俄，放誕風流，抑又巾幗之才俊也。

第一節　周羽步

羽步名瓊，一字飛卿，後出家，號性道人，有惜紅亭詞。陳維崧婦人集稱其『詩才清俊，作人蕭散，不以世務經懷。』生平尤長七言絕句。居如皋冒巢民深翠山房八閱月，吟咏頗多。贈巢民云：

天涯浪迹幾年春，　此日何期青眼頻，

贈藥爲憐司馬病，解衣應念少陵貧；
慚非駿骨逢知己，羞把蛾眉奉路人；
聽雨不堪孤館夜，感今追昔倍沾巾。

和韻留別：

易水與歌淚欲彈，孤舟殘月夢闌珊，
篷窗寥落憑誰慰，歧路蕭條强自寬。
碧草寒烟江上畫，野蔬村酒客中餐；
更憐此夜溪前月，愁殺離人不忍看。

贈范洛仙云：

蕭騷越客獨淹留，汗漫西風柳岸秋；
安得秋風解我意，好吹此恨到揚州。

洛仙名姝，如皋人，有貫月舫集。布衣椎髻，繡佛長齋，與其夫李延公，風雨相慰勞。嘗有句云：『埋名驅薄俗，把卷臥衡門。』蓋實錄也。洛仙好文章，尤喜與名媛相接。周羽步吳蕊仙，先後客雉皋，皆與洛仙稱莫逆，酬唱尤多。

贈蘇貞仙云：

一架薔薇滿袖香，同行誰不羨紅妝。
生平最愛清幽事，肯惜凌波遶曲廊。

贈范洛仙云：

黯淡消魂獨倚樓，登山臨水又逢秋。
檐前垂柳絲千尺，只繫柔腸不繫舟。

羽步曾爲某大老側室，繼又適一士人，士人爲一縉紳所陷，繫囹圄，自度不能脫；乃令羽步往江北，託所知棲一大姓廡下。郡中人士有以詩寄答者，羽步卽依韻和之，詩俱慷慨英俊，無閨幃脂粉態。如『文人薄命非因妬，俠士狂歌更種情。』『雨過積泥侵屐齒，風來寒色滿山樓。』皆警句也。又送張又琴校書之廣陵一律，如皋冒巢民亟稱之，詩云：

桂檝風輕繫綠楊，恐增離恨暫相忘，
琵琶漫撥思鄉調，繡領重燒心字香；
雲碧夢迷新楚岫，月明人憶舊斜陽，

石榴花下分明認，　不信劉郎勝阮郎。

名媛詩話稱羽步詩，雄宕秀拔，足救刻紅翦綠之習。答人云：『每憐俠骨慚紅粉，肯學蛾眉理豔妝。』嘗與長洲吳蕊仙爲六橋三竺之遊，贈蕊仙詩有『嶺上白雲朝入畫，尊前紅燭夜談兵』之句，至今讀之，猶覺凜凜有英氣。又蕊仙名琪，冰仙妹，姊妹均能詩。蕊仙著有鎖香菴詞，冰仙著有嘯雪菴詩鈔。

第二節　柳如是

柳如是名是，一字蘼蕪，又號河東君，工詩能書。丰姿奕奕，格調高絕。嘗漫游吳越間，詞翰傾一時。崇禎戊辰，（一六四〇）年二十餘矣；忽昌言於人曰：『吾非才學如錢學士牧齋者不嫁。』牧齋聞之曰：『天下有憐才如此女子者乎！我非能詩如柳如是者不娶。』好事者兩相傳致，遂歸錢爲繼室，校書於絳雲樓中。

西泠云：

年年紅淚染青溪，　春水東風折柳齊，

明月乍移新葉冷，啼痕只在子規西。
愁看芳草映魚磯，紫燕翻翻溼翠衣，
寂寞東風香不起，殘紅應化雨絲飛。

寒食雨後：

紅綃蛺蝶事茫茫，不信今宵鳳吹長，
留得春風自憔悴，傷心人起異垂楊。

蘼蕪詩詞頗富，虞山柳枝詞，詆斥過甚，要其文采自足動人也。其詠寒柳金明池一詞，纏綿婉媚，詞意殊勝，詞云：

有恨寒潮，無情殘照，正是蕭蕭南浦；更吹起霜條孤影，還記得舊時飛絮。況晚來烟浪迷離，見行客，特地瘦腰如舞。……

玉臺畫史載：秀水黃皆令金箋扇面，有蘼蕪仿雲林樹石畫，並題有滿庭芳一詞云：

紫燕翻風，青梅帶雨，共尋芳草啼痕；明知此會，不得久殷勤。約略別離時候，綠楊外多少消魂；重提起，淚盈翠袖未說兩三分。

紛紛，從去後，瘦慵玉鏡，寬損羅裙。念飄零何處，烟水相聞；欲夢故人憔悴，依稀只隔楚山雲。無非是怨花傷柳，一樣怕黃昏。

蘼蕪有題顧橫波夫人墨蘭十絕，頗寄身世之感，雲陽草堂集云：『乙酉（一六四五）之變，嘗勸宗伯死，宗伯謝不能。癸卯（一六六三）秋，下髮入道。明年，宗伯捐館，蘼蕪自經死。』此殆惲珍浦所謂『晚節彌彰』者歟，可慨也。顧苓徐英沈虬爲作傳記。

蘼蕪有妹曰絳子，鄙姊之行，獨居垂虹亭，嘗謁靈巖支硎諸山，布衣竹杖，飄逸閒適，視乃姊之委身於白髮翁者，不啻天上人間。著有靈鵲閣小集行世，其春柳寄愛姊調高陽臺一詞，蓋諷蘼蕪而作也。

第三節　顧橫波

『腰妬垂楊髮妬雲，斷魂鶯語夜深聞；秦樓應被東風誤，未遣羅敷嫁使君。』此龔芝麓題橫波小像詩也。橫波名眉，字媚生，著有柳花閣集。工畫蘭竹，蕭散落拓，畦徑獨絕。後歸合肥龔芝麓，龔寵之專房，以爲亞妻。橫波識局朗拔，詩詞蕭散，固柳如是一流也。自題小像詩云：

識盡飄零苦，而今始得家；
燈煤知妾喜，轉著兩頭花。

此詩爲庚辰（一六四六）正月二十三日作，蓋此時眉生將歸芝麓矣，風塵厭倦，自幸得人之想，不覺形諸筆墨。正始集載其海月樓坐雨詩云：

香生簾幙雨絲霏，黃葉爲鄰暮卷衣；
粉院藤蘿秋響合，朱欄楊柳月痕稀；
寒花晚瘦人相似，石磴涼深雁不飛，
自愛中林成小隱，秋風一榻閉高扉。

醉楊妃菊云：

一枝籬下晚含芳，不肯隨時作淡妝；
自是太眞酣宴罷，半偏雲髻學輕狂。

定山堂集登樓曲第二首云：

繡句驚人思未降，珊瑚筆格對雕窗，

團香璧玉無人見，　親領明珠二八雙。

此詩作於芝麓初入眉樓時，時蓋北上過金陵也。衆香詞又錄橫波詞三首，憶秦娥閨怨云：

花飄零，簾前暮雨風聲聲；風聲聲，不知儂恨，强要儂聽。　妝臺獨坐傷離情，愁容夜夜羞銀燈，羞銀燈，腰肢瘦損，影亦伶仃。

虞美人答遠山夫人寄夢云：

春明一別魚書悄，紅淚沾襟小。卻憐好夢渡江來，正是離人無那倚妝臺。　朱闌碧樹江南路，心事都如霧，幾時載月向秦淮，收拾詩囊畫軸稱心懷。

千秋歲送遠山李夫人南歸云：

幾般離索，只有今番惡。塞柳淒，宮槐落，月明芳草路，人去眞珠閣。問何日，衣香釵影同綃幕？　曾尋寒食約，每共花前酌；事已休，情如昨。半船紅燭冷，一棹青山泊。憑任取，長安裘馬爭輕薄。

詞幽婉而有頓宕，情文兼至，女子中卓然名家，非戔戔者所能望其項背也。橫波生於明萬曆四十七年，至康熙三年甲辰七月乃卒，得年四十有六。（一六一九至一六六四）孟森心史叢刊二集考橫波事甚詳。

第四章　血淚文學

余草清代文學史，於二百餘年婦女文學中，使我最愛讀而最受感動者，賀雙卿、闞玉、陸小姑三人而已。彼三人者，皆負聰明絕世之資。惟雙卿闞玉，均遇人不淑；陸小姑則中道見棄，置身窮促憂患之域，悲傷怮怛，胥爲常人所不能堪。「不平則鳴」，遂形爲天地間至文，非「無病呻吟」者可比。

第一節　賀雙卿

雙卿江蘇丹陽人，家四屏山下，世業農。生有夙慧，聞書聲卽喜笑。雍正八年，（一七三〇）年十八，嫁周姓農家子，其姑乳媼也，夫長雙卿十餘歲，看時憲書，强記月大小字耳。

雙卿體弱性柔，能忍勞。一日春穀喘，抱杵而立，夫疑其惰，推之仆臼旁，杵壓於腰，忍痛復舂。炊粥半而瘧作，火烈粥溢，泛之以水，姑大詬，掣其耳環曰：『出！』耳裂環脫，血流及肩，乃拭血畢炊。雙卿於是拊臼俯地而歎曰：「天乎！願雙卿代天下絕世佳人受無量苦，千秋萬世後，為佳人者，無如我雙卿為也。』作詩九章，以胭脂寫於帕上。詩云：

未許焚修閉小庵，冰心無皺似澄潭；
泥遲枉怪饑時燕，繭薄誰憐病後蠶。
今年膏雨斷秋雲，為補新租又典裙；
留得護郎輕絮暖，妾心如蜜敢嫌君。
編紉麻鞋線幾重，采樵明日上西峯，
乍寒一夜風偏急，莫向郎吹盡向儂。
冷厨烟溼障低房，爨盡梧桐謝鳳凰；
野菜自挑寒自洗，菊花雖病奈何霜。
命如蟬翼愧輕綃，舊與鄰娥一樣嬌，
阿母兒兒還認否，苦黃生面喜紅銷。

浸透春酸一點心，病中疎夢易消沉；
荆釵已賣酬方藥，自削楊枝照水簪。
四屏山影遠如臺，郎負寒薪下幾回；
歸後勸郎晨晏起，日高私禁外人催。
家鷄雙宿笑棲鸞，比翼齊肩并紫冠；
燈暗結花光變綠，竈稜堪倚勝闌干。
妾住衡門傍彩樓，夜香吹下隔簾愁；
袖開落盡秋紅句，衰草殘陽夢遠遊。

雙卿此詩，溫柔敦厚，怨而不怒，可以厲末俗矣。雙卿又愛菊，植野菊於破盂，春爨皆對之。爲菊花詞，調寄二郎神云：

絲絲楊柳，裊破淡烟依舊；向落日秋山影裏，還喜花枝未瘦。苦雨重陽挨過了，虧耐到小春時候。知今夜，蘸微霜，蝶去自垂首。生受，新寒浸骨，病來還又。可是我雙卿薄倖，撇你黃昏靜後。月冷闌干人不寐，鎮幾夜，未鬆金扣。枉辜卻開向貧家；愁處欲澆無酒。

一日雙卿病瘧，餉黍遲，夫怒，揮鋤擬之，歸而譜孤鸞詞云：

午寒偏準，早瘧意初來，碧衫添襯；宿髻慵梳，亂裹帕羅齊鬢。忙中素裙未浣，摺痕邊斷絲雙損。玉腕近看如繭，可香腮還嫩。 算一生淒楚也拚忍；便化粉成灰，嫁時先忖。錦思花情，敢被爨烟薰盡。東菑卻嫌餉緩，冷潮回，熱潮誰問？歸去將棉晒取，又晚炊相近。

又有孤雁詞，調寄惜黃花慢云：

碧盡遙天，但暮霞散綺，碎翦紅鮮。聽時愁近，望時怕遠，孤鴻一個，去向誰邊？素霜已冷蘆花渚，更休倩鷗鷺相憐。暗自眠。鳳凰縱好，寧是姻緣。 淒涼勸你無言，趁一沙半水，且度流年。稻粱初盡，網羅正苦，夢魂易驚，幾處寒煙。斷腸可是嬋娟意，寸心裏多少纏綿；夜未闌，倦飛誤宿平田。

雙卿又有古意一首，亦無可奈何強作解人語也。

斜羅仄布零星片，自綴寒衣費針線，
白烟遮夢抱梅花，繁霜夜洗佳人面。
書生漫負憐才癖，妾在田家靜安帖，
雨後黃鸝乍一聲，春愁喚上青青葉。

第二節 闞玉

前於雙卿，而遭遇比之雙卿尤慘者，曰仁和闞玉。玉容貌端麗，能詩文，父亡，與母及兄嫂居。順治元年（一六四四）冬，僞言徵選淑女，玉母乃匿女於某菜媼家。事既息，母將攜玉歸，媼忽持豚蹄來曰：『幸託婚姻，所以爲好也。』母驚詰之，蓋已爲玉兄闞况夫婦作主，許媼子擔糞夫矣。玉知之號泣欲歸，媼詈曰：『汝死吾家鬼，安得歸乎！』於是令玉執爨飼豬，鉏泥蒔菜，足去纏約，頭如蓬葆。玉求歸不得，日夜號哭，因是致病，媼家不爲之醫，亦不令玉母見也；迨疾甚，始放歸。玉曰：『兒今且死，願埋兒父棺側，不作媼家鬼也。』乃作怨歌一首，聞者傷之。歌云：

父生我兮中道逝，母煢煢兮門衰瘁。
兄嫂難與居兮，抉我如目中之塵沙！
伊又遘此佻巧兮，胡迋我之實多。
彼六禮之已愆兮，曾貞女之靦從，
矧要予爲桑中兮，夫豈余之匹雙。
我有母兮，癙思泣血，我父而有知兮怒衝髮！
我兄摩挲媪之金兮，——骨肉相蔑，
嫂旁睨兮，——笑言啞啞。
我忽氣憤兮如雲，
指漆室女以爲正兮；又告夫司命與湘君。
予不愛一死兮，——弗忍速阿母之下世，
願死而有憑兮，——爲凶之厲！
嗚呼哀哉！
我終死兮！——魂獨歸去，

明告我母兮，幽告我父。
匪我夙夜兮，——胡然遭此行露也！
縱謂多行露兮，——寧能我之汚也。
重曰：『嘉名爲玉，父之命兮，
幽辱糞壤，終保貞兮，
憂思悄悄，淚淫淫兮，
蒙耻忍詬，日當心兮。』

讀此歌，如讀孤兒行，斷續幽咽，仿佛猿啼蛩泣，眞血淚文字也。——玉臨危時，嚙齒曰：『兄嫂陷我……』語未畢而氣絕。周西生善琴，譜其聲曰鬬玉操，事詳毛稚黃小匡文鈔。

第三節　陸小姑

後於雙卿，廣西有陸小姑者，適同里覃六，其遭遇亦如雙卿鬬玉。六業農，歸甫三日，卽脫簪珥，易龍具烏衣，隨雜作往田間。小姑苦之，願以鍼黹紡織，代鋤犂之役，不許。日炙酷日，淋暴雨，小委頓，則責撲隨之。小姑涕泣求死。未幾夫家以小姑無能爲役，遂紿以母疾遣歸，歸而母恚甚，將鳴之官，戚黨助之，勢甚洶洶，小姑慨然曰：『是奚以蟲臂鼠肝者爲也？且古之遭流離放廢，而鬱鬱不自得者，造物者將假之以千載之名，而不必屑屑於是也。』小姑固嫻吟咏，至是下鍵攻讀，而詩日益工。然葉晚花初，秋陰春暖，未始不悄悄以悲，蓋決絕十二年，而瘵作矣。所著有紫蝴蝶花館詩，淒楚哀婉，讀之酸鼻。

留燕云；

疇昔春風暖，翩翩繡幕來；
乍驚秋意動，欲去竟誰催？
人事異涼燠，物情無忌猜，
何如依故壘，稍待菊花開。

詠紫蝴蝶花云：

鳳子何來栩栩然，依依綠葉我猶憐，
隋家禁院多姝麗，丰韻端凝獨紫煙。

葛仙洞云：

古巖窅窅更玲瓏，此日尋芳憶葛翁，
洞裏有天無酷暑，山中何事不清風；
丹爐形象猶堪覓，雲鶴逍遙那許同，
仙馭杳然徒悵望，一池烟水澹晴空。

粟香四筆記其佳句：秋草云：『何處蘼蕪垂繾綣，舊時蘭芷半消沉。』中秋對月云：『天上素娥終自寡，人間青女底須愁。』其最可悲者，與嫂氏夜話後半首云：『秋月春花如夢過，哀蟬淒雁半聲呑，還餘到死難明意，垂淚傷心不忍言。』豐才嗇遇，蓋不勝身世仳離之感矣。

第二編　清代婦女文學之極盛時期(上)

第一章　王漁洋與婦女文學

清初詩人，頗喜獎挹婦女文學，其最著者，梅村西河漁洋三人上編既已略言之矣。蓮坡詩話稱：「毛西河嘗選定浙江閨秀詩，山陰王端淑寄西河詩云：「王嬙未必無顏色，怎奈毛君下筆何。」蓋西河選詩，而遺端淑，故端淑有此寄詩也。」卽此以觀，可窺知當時婦女之風尙矣。漁洋詩標神韻，籠蓋百家，盡古今之奇變，其聲望披靡天下；當時士大夫識與不識，皆仰之如泰斗。且喜獎挹後進，士女得其一言，聲價十倍者，所在多有。故余於本編開端之初，卽首述漁洋。蓋漁洋之影響於婦女文學者，實不在袁簡齋陳雲伯下也。

第一節　王璐卿

漁洋與朱彝尊齊名，少遊歷下，集諸女士於大明湖，賦秋柳詩，和者數百人。廣陵李秀嫻、王璐卿、均有和作。璐卿字繡君，通州人，陳迦陵婦人集載其詠舟前落花絕句云：

青草湖頭花正妍，　綠莎汀畔水浮天；

輕舟載得春多少，無數飛紅到檗邊。

又一絕句云：

春寒日日雨如絲，草滿離亭水滿陂；
寄語東君須著意，惜花人去未多時。

二詩風韻殊絕，堪入漁洋之室。同時太倉王蘭韞慧，有雋才，所著有凝翠樓詩一卷，漁洋山人劇賞之，閨詞云：

輕寒薄暖暮春天，小立閒庭待燕還；
一縷柳花飛不定，和風搭在繡牀前。

蘭韞嘗宿田家，偶見粘窗破紙，乃韓偓香奩詩也，爲惋惜賦絕句云：

麗情佳句有誰知，瞥見窗前字半欹；
爲惜風流埋沒甚，自攜紅燭拂蛛絲。

芝塘候潮因憶亡女云：

水淺舟膠日半斜，扣舷閒望似天涯。
煙深竹塢鳩呼雨，潮落蘆根蟹聚沙；

愁緒縈纏同蔓草，年華衰謝感殘花，
劇憐弱女嘗同泊，相對篷窗數晚鴉。

鄰女幼歸汝家因壻無籍淪於塞下聞而有感：

曾向鄰居共絳紗，裁雲詠絮鬬芳華，
香沾繡帙同分線，春暖粧臺互送花。
漫說羅敷原有婿，可憐蔡琰竟無家，
於今辮髮垂雙耳，紫塞斜陽泣暮笳。

竹嘯軒詩傳稱其詩『清疎朗潔，其品最上。』蓋指其閨詞有感絕句諸篇而言。然如「楊柳溪橋初過雨，杏花樓閣半藏煙。」「幾處溪山留薜荔，一秋風雨在芭蕉」諸句，則又風韻婉約，宜漁洋之激賞也。

第二節　朱中楣與吳若華

廬陵有朱中楣遠山者，清初負詩名。遠山、尚書李振裕之母，吾前所言贈詩黃皆令幼女者也。遠山與皆令遊，并見稱於漁洋。著有石園隨草、文江酬倡集、鏡閣新集。春日云：

小苑焚香逗綠紗，攤書隨意注南華，
春衫未翦寒仍怯，午夢初回燕又斜；
湖外祇堪眠弱柳，雨前誰復餉新茶，
中懷脈脈閒無奈，看取遊絲綴落花。

詩境閒逸，琢句淸麗。集中又有春晚聞子規二絕，亦綿邈有致。同時有吳若華者嘉興人，能詩，王漁洋曾稱之。

秋風云：

滿耳蕭騷夢不成，殘雲涼月夜淒淸；
等閒吹落長林葉，雜入千家擣練聲。

留別淮陰道署云：

三載依依玉鏡前，舊梳粧處最堪憐；
不知今後紅窗裏，又是何人點翠鈿。

此詩隨園亦稱之，描寫小女兒依依私情入微，情景兼到之語也。

第三節　紀映淮與倪仁吉

王阮亭嘗作秦淮雜詩，多言舊院時事，內有「棲鴉流水空蕭瑟，不見題詩紀阿男」之句。阿男兄映鍾，寓書責之云：『以青燈白髮之嫠婦，與莫愁桃葉同列，後世其謂之何？』阮亭謝之，後入官禮部，乃力主覆旌其閭，笑曰：『聊以懺悔少年綺語之過。』按阿男名映淮，字冒綠，詩人映鍾妹，著有眞冷堂詞。

秦淮竹枝詞云：

棲鴉流水點秋光，愛此蕭疏樹幾行；
不與行人綰離別，賦成謝女雪飛香。

題女史盧允貞寒江曉泛圖云：

寒林自昔重鶯邱，水色山光接素秋；
想藉幽思邀過雁，恰如同泛木蘭舟。

桃葉渡云：

淸溪有桃葉，流水載佳人，

名以王郎久，花猶古渡新；
波搖秦代月，枝帶晉時春，
莫謂供憑覽，因之可結鄰。

即景云：

杏花一孤村，流水數間屋；
夕陽不見人，牯牛麥中宿。

阿男詩清眞淡逸，尤具秀拔之致，蓋其身世使然也。衆香詞云：『崇禎壬戌（一六四二）莒州城破，夫被難，阿男與姑先匿深谷得不死，攜六歲孤兒茹荼三十年。』清才苦節，旌閭奚慚。阿男兄映鍾有女曰松實，字多零，亦能詩，有懷孟堂稿。

浦江倪仁吉字心惠，進士仁貞之女弟。早寡，嘗種方竹於庭以自況。工山水，與方維則白描，周禧人物，李因草蟲，皆爲閨秀畫家冠冕。著有凝香閣稿，王漁洋亟稱之。題宮憶圖云：

調入蒼梧斑竹枝，瀟湘渺渺水雲思；

聽來記得華清夜，　疏雨梧桐獨坐時。

心惠詩清拔秀逸，絕去塵俗，蓋紀阿男之流亞也。

第四節　趙慈

方漁洋名盛時，趙秋谷作談龍錄，詆爲李于鱗，漁洋愛其才不以爲亢也。秋谷有女名慈，字雪庭，賦性幽淑，復嫻吟咏；幼承父教，著有詩學源流考一卷。長適濟南朱崇善，式微後，貧無以居，故其詩多哀怨之音。

夜深云：

夜深庭院寂無聲，　花底微風蟋蟀鳴；
側臥玉床清夢覺，　風吹竹影上簾旌。

又有雜興二首，清新刻露，中郎可謂有女矣。詩云：

極目銀河漾素暉，　滿庭秋影露霏微；
西廊月轉無人到，　自折荷花帶露歸。
露滿香階夜欲分，　半床秋月一簾雲，

不知何處砧聲起，斷續隨聲枕上聞。

第五節　茘鄉九女

閩南鄭茘鄉，一門羣從，風雅嬋嫣，皆工吟咏。長鏡蓉字玉臺，次雲䕃字綠落，三青蘋字花汀，四金鑾字殿仙，五長庚，六詠謝字菱波，七玉賀字春盎，八風調字碧笙，九冰紈。九女中冰紈慧而早卒，故其文采未極。長庚詩無可考，餘則人各有集。茘鄉守兗州時，退食餘閒，日有詩課，拈毫分韻，花蕚酬唱，自來閨門之勝，無有過此者也。

玉臺歸陳文思，所著有垂露齋集，泡影集。其和漁洋秋柳詩云：

蹇修何處寫詩魂，節序驚心白板門，
斜日寒塘留故態，秋風涼露印啼痕；
長條有意縈歸舫，暮色無端黯別村，
爲惜當時眉樣好，臨風惆悵與誰論。

綠落歸嚴應矩。有四時吟。和殿仙妹七律四首最佳，載閩川閨秀詩話中。青蘋歸翁振綱，其夏日詩云：

學飛乳燕繞回廊，　出入芙蓉冉冉香，
曲院花凝晨露滴，　小窗人耐晚風涼；
蟬聲不隔千條柳，　蛙唱時生半畝塘，
隱几橫斜書數卷，　了將清課日初長。

殿仙歸林守良，有卷爽齋集。閩川閨秀詩話稱其：『藻麗氣清，不愧家學。』長江夜行云：

萬里秋逾遠，　霜濃鳥自驚，
沙河無限爽，　短葦有餘清；
江色涵山色，　鐘聲答櫓聲，
客情偏耿耿，　漁火映窗明。

蓬萊閣觀海云；

高閣層巒上，　滄溟那有垠，
射工迎落日，　颶母類奔雲；

縹渺來三島，高寒到十分，
登臨餘感慨，漁笛不堪聞。

詠謝歸林天木。其送芥舟伯兄歸建安云：

最憐初束髮，風木痛難除，
一別違庭訓，誰能讀父書；
天平偏我奪，誰亦不人如；
學古關心切，非君孰起予。
且住爲佳耳，胡然不肯留，
江干數杯酒，落葉一天秋，
遠道迢迢去，西風渺渺愁，
何時重把袂，覼縷敍離憂。

此詩清空如畫，一往情深，集中當以此爲上乘。又送子度姪歸建安句云：「下第情懷初中酒，送行風物易銷魂。」又云：「孤棹白蘋銜水鳥，秋風黃葉上灘舟。」亦情景兼到之語也。春盎歸陳華堂，碧笙歸陳廷俊；皆有和芥舟伯兄晚蘭詩，而碧笙之『剩有古瓶相澹對，最宜短鬢與參差，』尤傳誦一時。冰紈早殤，十歲咏桃花云：『施粉施朱紛作態，乍風乍雨爲誰開。』荔鄉爲之不樂，而所詠竟成詩讖，亦怪矣哉。

第二章　袁枚與婦女文學（上）

乾隆詩人，沈德潛，袁枚，蔣士銓，趙翼最爲有名，是時王漁洋之神韻說，已漸不饜於衆。於是沈德潛倡爲格調說，袁枚倡爲性靈說，枚又與蔣士銓趙翼稱乾隆三大家。袁枚字子才，號簡齋，錢塘人。喜弘獎氣類；一時詩人，多荷引譽，閨閣女流，亦多執贄。有隨園女弟子詩。章學誠作婦學篇以攻擊之。實齋丁巳劄記有云：

『近有無恥妄人，以風流自命，蠱惑士女；大率以優伶雜劇所演才子佳人惑人。大江以南，名門大家閨閣，多爲所誘；徵詩刻稿，標榜聲名，無復男女之嫌，殆忘其身之雌矣。此等閨娃，婦學不修，豈有眞才可取。而爲邪人播弄，浸成風俗，人心世道，大可憂也。』

實齋此論，專爲袁枚而發，然嫚蔑閨閣，立言未免過激。至於婦學篇書後所言，則其意更爲明顯。其言曰：

「……婦學之篇，所以救頹風，維風教，飭人倫，別人禽，蓋有所不得已而爲之，非好辨也。」

總之，袁枚爲人，雖不無可議之處，但隨園勇於疑古，敢道人所不敢道，行人所不敢行，其論詩，專主風趣性靈，不拘拘格律。故隨園之在清代，其影響於思想界者頗大，而其在婦女文學史中，尤有特殊之關係。蓋自乾隆而後，百餘年間，蔚爲婦女文學極盛時期，實其流風餘韻有以潛移默化之也。其史實可析爲三大部：——

(一)袁枚與婦女文學(上)　隨園女弟子

(二)袁枚與婦女文學(中)　隨園三妹(附諸女孫)

(三)袁枚與婦女文學(下)　隨園與其他婦女界

茲爲敍述便利起見，按其學風影響之進程，先述隨園女弟子；而隨園三妹及隨園與當時其他婦女界，則以次述於後章。

——隨園女弟子——

第一節　席佩蘭

隨園女弟子中，其詩才最傑出者，當推昭文席佩蘭。佩蘭字浣雲，孫子瀟原湘室，有長眞閣集，袁簡齋題云：『字字出於性靈，不拾古人牙慧，而能天機清妙，音節琤琮。……其佳處，總在先有作意，而後有詩，今之號詩家者愧矣。』其題郭頻伽萬梅花擁一柴門圖詩云：

美人翻作羅浮夢，幻出孤村處士家；
一片水雲渾不辨，是人家與是梅花？
細嚼梅花可療饑，花香兼可當熏衣；
幾生修得中間住，掃盡閒雲不啟扉。

然脂餘韻：『汪宜秋題郭頻伽水邨圖云：「深閨未識詩人宅，昨夜分明夢水邨，卻與圖中渾不似，萬梅花擁一柴門。」頻伽因復作萬梅花擁一柴門圖，遍徵題詠。虞山孫子瀟室人席佩蘭，題詩三截。』卽前所錄二首是也。浣雲又有望餐花所居云：

兩家門巷總城東，竹徑花叢望自通；
一角小樓人不見，紅闌干在綠陰中。

舟行春望云：

五里青山十里谿，春光綠到板橋西；
桃花流水清明路，一帶湘簾卷未齊。

思親云：

十五年無一日離，那堪睽隔兩旬期；
昨宵枕上思親淚，猶夢牽衣泣別時。

柳絮云：

白似輕霜軟似綿，東風飄泊最堪憐；
不如點入桃花水，化作浮萍轉得圓。

聞鐘云：

坐擁寒衾思悄然，殘燈挑盡未成眠；
紗窗月落花無影，只有鐘聲到枕邊。

簡齋論詩，主張性靈。故云：『詩者，人之性情也，性情之外無詩。』夫人之性情，最爲曲折，如欲一一表現之，則非古奧之文字所能奏效，簡齋詩明白如話；故其女弟子，亦多受其陶染，讀舟行思親聞鐘諸詩，可以見其槪矣。浣雲又有春夜月一首，描寫最工，詩云：

小鬟夜半推窗看，報到中庭積雪盈；
曉起更無餘屑在，始知殘月昨宵明。

浣雲夫婦，情愛最篤，覩其同外作，夏夜示外兩首，可以想見其閨房之樂矣。兩詩隨手拈來，別饒情致，以視簡齋詩「美人含笑奪燈去，問郎知是幾更天」之句，風流蘊藉，眞所謂難師難弟也。

同外作云：

水沈添取博山温，一院梨花深閉門；
燕子不來風正靜，小樓人語月黃昏。

夏夜示外云：

夜深衣薄露華凝，屢欲催眠恐未應；

恰有天風解人意，　窗前吹滅讀書燈。

余於長眞閣集中，尤愛其葬兒斷腸諸辭，蓋情至之文，不求其言之工，而自能深切感人也。讀其詩至「博得床頭臨別喚，一聲娘罷一聲耶」諸句，不禁聲淚俱下。斷腸辭云：

記兒生日祖遷官，　錫汝嘉名曰璐安，
今日蠻煙瘴雨外，　一行書寄白頭看。
錦綳三日試蘭湯，　嘖嘖爭看太守堂；
玉印犀錢諸客賀，　那知都作殯時裝。
四月十五夜淒淒，　兒死重蘇哭笑齊；
早識今朝重訣絕，　一番悔作兩番啼。
六年奉汝似曇花，　喜即開顏怒不撾；
博得床頭臨別喚，　一聲娘罷一聲耶。
阿耶謂汝太聰明，　六歲葩經誦已成；
痛絕晨鐘初動後，　枕邊猶聽背詩聲。

青蓮詞句浣花篇，巧對分明惡讖傳；
頃刻花飛雲亦散，乘槎何處覓張騫。
筆牀銀匣鎮前緣，終日隨身死不捐；
裁得雲箋如掌大，奇思早在蔚藍天。
奴失銀杯婢覆羹，替人擔過受耶驚；
而今事事皆逢怒，贏得全家哭失聲。
一盞玄霜絕命時，誰將劍柄授庸醫；
黃泉莫恨庸醫誤，只恨耶娘誤殺兒。
梅花香裏竟長瞑，碧落茫茫望眼穿；
揀個觀音生日死，若非歸佛定生天。
蘸水雙瞳凍欲沈，雪膚還裹小紅衾；
畫師縱有傳神手，難畫聰明一片心。
一行魂帛寫冰紈，六歲嬌兒字阿安；
生就成童材質異，忍將無服下殤看。

幷命鴛禽舅與甥，九京偏有渭陽情；
可堪兩眼枯如井，更聽孀親哭子聲。
弟後兒先更可哀，一雙珠顆落泉臺；
嬌啼望汝扶持好，十日前纔斷乳來。
一盃良醞奠靈牀，滴向泉臺哭斷腸，
誰是酒漿誰是淚，教兒酸苦自家嘗。

此浣雲哭兒文樫辭也，極沈痛，極哀感，據詩中自註云：『兒殁之次日，幼子祿兒亦死，又三日舍弟杏春亦死。五日之間，哭三殤焉。』宜乎其詞之痛也。浣雲詩不惟於隨園女弟子中稱翹楚，卽清二百餘年閨閣名媛中，亦俊才也。而德美才高，夫婦相莊，尤與人以欣羨，倪鴻桐蔭清話載孫子瀟示內句云：『賴有閨房如學舍，一編橫放兩人看。』又贈內云：『五鼓一家都睡熟，憐卿猶在病床前。』上聯想見閨房之樂，下聯想見伉儷之篤，誠極人世之樂事矣。

第二節　歸佩珊

虞山歸懋儀佩珊，詩名甚著，著有繡餘小草。佩珊爲女史李一銘女楊蘋香婦，一堂授受，相得益彰。王韜瀛壖雜誌稱其詩：『清婉綿麗，斐然可誦。』與席佩蘭爲閨中畏友，嘗題虢國早朝圖，有「馬馱香夢入宮門」之句，見賞於隨園。晚年卜居滬上，所居有復軒一燈雙管草堂諸勝。王叔彝題其遺編云：『難得佳人能享壽，相隨名士不嫌貧。』深切佩珊身世也。

贈曹四姑于歸云：

聞道雲英下九天，翠眉新掃倍生妍，
定知茂苑無雙士，始配瑤華第一仙；
玉鏡曉妝花並笑，金樽夜泛月同圓；
徵蘭他日符佳夢，應見靈芝茁玉田。
詠絮清才擬謝家，神爭秋水貌爭花，
鷄晨問寢常攜手，雨夜聯詩共品茶；
君在瀟湘吟水月，我歸江海玩煙霞，
萍踪重聚知何日，回首鄉關感歲華。

題女史葉小鸞眉子硯云：

螺子輕研玉樣温，摩挲中有古吟魂；
一泓暖瀉桃花水，洗去當年舊黛痕。

卽事述懷云：

萬種傷心蝟集時，況兼貧病費支持，
典殘釵股空存篋，減盡腰圍瘦到詩；
温語聊將嬌女慰，淚容生恐侍兒窺，
鏡臺曉日分明甚，照見星星鬢上絲。

佩珊又有夜泊一首，爲隨園所稱，詩云：

曠野秋清夜寂寥，明星幾點望迢遙，
雙輪歷碌纔停響，又向江頭聽暮潮。

佩珊又工尺牘，有寄映藜四叔父書，答曹夫人書，與華山弟書，答香卿夫人書，致胥燕亭大令書，復吳星槎別駕書，均未刊行。寸璣尺璧，流落人間，其寶貴爲何如耶。茲從原稿節錄二通：

致胥燕亭大令云：

……新詞三復，至「一點秋從心起」之句，不禁擊節。憶數年前讀大作題蕊宮花史册三絶句，神韻風格，逼眞唐賢；至今猶能諷誦，固已早識仙才矣。儀學殖本薄，重以米鹽兒女之累，益復荒蕪，乃蒙大雅以必傳二字勗之，固當勉事學問，期副原書於萬一耳。

復吳星槎別駕云：

……少小耽吟，中年多病。永晝拈毫，藉丹鉛而蠲忿；淸宵聽漏，附花月以言愁。遇味莊師提挹風騷，殷勤宏奬，感恩知己，耿耿難忘。前者偶學倚聲，過蒙先生靑睞；塗鴉腕弱，說項情深，儀愧知音，先生眞天下有心人也。

西冷閨詠稱其晚年往來江浙，爲閨塾師，若黃皆令卞篆生也。曾館西溪蔣氏蒹葭里。西溪，蘆花最深處也。

佩珊母李心敬，字一銘，亦耽吟咏。松江李硯會嘗刻一銘佩珊二人詩，號二餘。晚眺一詩，見稱於隨園，詩云：

垂柳斜陽外，如君媚態生；
因憐雙黛薄，羞對遠山橫。

寄外云：

客路三千里，相思一寸心，
帆隨春浪駛，情寄海雲深；
未遂靑山約，聊題紅豆吟，
征途愼寒燠，雙鯉慰佳音。

一銘嫁浙江布政常熟歸朝煦，年未三十而卒，朝煦貴，已不及見矣。

第三節　陳淑蘭

隨園詩話稱金陵閨秀陳淑蘭，受業隨園，繡詩見贈云：

果然含笑過新年，已得名傳太史篇；
儂作門牆眞有幸，碧桃種向彩雲邊。

按陳淑蘭字蕙卿，江寧人，鄧宗洛室；伉儷甚篤，後鄧生溺死，淑蘭自縊殉焉，有化鳳軒詩稿。宗洛夫婦，嘗各畫蘭竹數枝，贈毛俟園廣文，手謝以詩云：「閨中清課鬭冰紈，夫寫篔簹婦寫蘭；料得圖中愛雙絕，水晶簾下並肩看。」是知淑蘭非第能詩，且工畫矣。

隨園女弟子詩，稱其詩稿之名，乃從夏日書帳一詩得來，含意深而婉，其詩云：

簾幙風微日正長，庭前一片芰荷香；
人傳郎在梧桐樹（地名）妾願將身化鳳凰

淑蘭夫婦愛情之篤，時見乎詩，如十月十五夜立雙瑞堂前一首，比之孫子瀟「賴有閨房如學舍，一編橫放兩人看。」當無不及；然一則白髮齊眉，一則中道雙亡，不無天道茫茫之感也。詩云：

風捲浮雲半點無，果然月朗衆星疏；
遙知此際秋齋裏，還照檀郎夜讀書。

病中云：

風雨深閨伏枕時，萬重心緒惹秋思；

自憐尺二腰圍減，　尙是瞞郎不使知。

十月五日作：

病體支持倚竹牀，　未甘同夢愧鴛鴦，
多君自捲青袍袖，　手拂雲鬟代理妝。

數詩俱情致纏綿，耐人尋味，而病中口占五絕三首尤工。多愁多病，形影相隨；鄧生溺，淑蘭不得不死矣。雖然，此乃戀愛之極，發乎誠正之情，非世俗所謂烈婦殉夫不得已而爲之之情也。詩云：

執手殷勤問，　夫君誼最深；
爲儂多染病，　分卻讀書心。

幾欲臨窗坐，　腰肢不自由，
病多羞對鏡，　力怯懶梳頭。

强步到簾櫳，　濃陰滿院中，
草肥應是綠，　儂瘦卻消紅。

第四節　吳瓊仙

吳江徐山民之配吳瓊仙，字子佩，一字珊珊，工吟詠，山民故喜爲詩，得珊珊大喜過望，同聲耦歌，窮日分夜，袁隨園聞之，嘗自吳中過訪，以爲徐淑之才，在秦嘉上也。著有寫韻樓集。

同袁麗卿夫人作：

隔牆蓮漏響珊珊，一縷爐煙到午殘，
鈴語深窗風不定，梨花吹雪作春寒。

晚眺云：

炊煙一片起前村，幾隻漁船傍岸根；
昨夜平添三尺水，今朝撑不進橋門。

秋夜寄懷夫子云：

倚闌倦更繞廻廊，繡榻寒薰豆蔻香；
小院秋深蟲語亂，空階葉落月痕涼；
閒情難譜愁鸚鵡，薄病無端負海棠，

百里生憎太湖水，　誤人曉夢去來忙。

山民負時名，儕清秩，中間惟官京師半年，與珊珊別耳；餘則皆彈琴賦詩，焚香讀畫之日。寄懷一詩，蓋山民在京師日作也。珊珊又有春日送外子之玉峯一首，情致綿綿，詩云：

春水三篙綠，　春帆一葉輕；
生憎楊柳月，　人去轉分明。

絕句云：

鯉魚風起逗輕寒，　料檢春愁衣帶寬；
明月不來花又落，　夜涼閒煞畫闌干。

郭頻伽題寫韻樓詩稿次韻奉酬云：

百鍊鋼成繞指柔，　清才應是幾生修，
千秋有筆開生面，　四海何人出一頭；
不礙疎狂能入世，　每因牢落欲悲秋，
稜稜骨相梅同瘦，　消得天涯爾許愁。

次韻奉懷袁湘湄云：

尺幅緘來字字新，生香不斷句中春，
世無知己誰同調，詩到能傳必異人；
閨閣何心邀月旦，塤篪合樂奏花晨，
他時幾葉叢殘稿，風雅須從別僞眞。

珊珊性聰穎，詩文外，繪事無不工，暇輒渲染煙雲，摹寫花鳥。又珊珊嘗題小謨觴館集詩二首，歿後山民始檢得之，緘寄甘亭，請爲製譜，甘亭譜詞中，所謂：「何圖閨中，乃覯牙曠，百番赫蹏，十讀惆悵」者是也。

第五節　金逸

『江東獨步推君在，天遣飄零郭十三。』此金逸纖纖題袁湘湄詩稿句也。纖纖長洲人，適陳竹士，有瘦吟樓詩虎山唱和詩。陽湖陸祁孫，最賞其春寒一首，合肥學舍札記載其詩云：

冷香吹入繡簾中，新換羅衫避曉風；

小雨未來斜照淡，　落花猶得片時紅。

袁隨園謂：『纖纖生而婐妮，有夭紹之容。』余謂纖纖七言諸絕，其情致亦復如是，病起云：

碧梧移影上林扉，　西院無人曉日微，
病起名香焚不得，　花陰小立當薰衣。

記夢云：

膏殘燈盡夜淒淒，　夢淡如煙去住迷；
斜月半簾人不見，　忍寒小立板橋西。

閨中雜詠云：

小庭雨綠約風絲，　織得新愁薄暮時；
隔着簾櫳天樣遠，　那教人不說相思。

曉起即事云：

忍將小病累親憂，　爲問親安强下樓；
漸覺曉寒禁不得，　急將簾放再梳頭。

采蓮曲云：

蒲葵扇冷不知秋，花外清歌何處樓；
十二雛鬟嬌小甚，鴛鴦飛過亦回頭。

曉起云：

風鈴寂寂曙光新，好夢驚回一度春；
何處賣花聲太早，曉妝催起畫樓人。

次竹士韻云：

梧桐細雨響新秋，換得輕衫是越紬；
忽地聽郎喧笑近，帕羅佯掉不回頭。

余嘗謂纖纖詩如新嫁娘花燭之夕，煙視媚行，婉豔欲絕，其情致之纏綿，用筆之飄渺，幾何不令人心醉耶。

瘦吟樓集中，又有病中得郭頻伽贈詩幷讀近作，送郭頻伽蔣伯生之淮上，題宜秋內史詩稿諸作，蕭灑絕塵，一洗偎紅倚翠之習。倉山老人所謂落筆如駿馬在御，蹀躞不能自止者耶！比之前詩，判若兩人。

病中得郭頻伽贈詩并讀近作云：

誰吹蘭氣化秋煙，得此風流骨亦仙；
世上有情春似夢，病來無睡夜如年；
活依經卷愁難懺，修到梅花瘦可憐，
我愧謝家吟絮格，漫勞刻竹擘蠻箋。

早送瀟湘八月秋，小庭梅雨響簾鈎，
詩成杜牧三生恨，人在胥江一葉舟；
十載青衫勞劍鋏，二分明月醉壚頭，
莫言生小愁爲累，不是情多不解愁。

題汪宜秋內史詩稿云：

一卷焚香供玉臺，燈殘猶讀兩三回，
謝家柳絮蘇家錦，如此才眞未見來。
空教費盡好才華，夫壻年年不在家，
願化一雙相思鳥，替銜紅豆到天涯。

吳門多閨秀，如沈散花汪玉軫江碧珠等，俱能詩，推纖纖爲祭酒，結社賡和無虛日。鄉里老人至稱之曰「眞靈會集」。（見小倉山房文集）惜乎福慧難兼，彩雲易散，年才二十五，而纖纖竟物化矣。纖纖歿後，江南諸閨秀，多有挽詩。吳嵩梁挽之云：『會葬我來題片石，墓門圍種萬梅花。』自註曰：『纖纖題余拜梅圖末章云：「埋骨青山後望奢，種千梅樹當生涯，孤墳三尺能來否，記取詩魂是此花。」其絕筆也。』

然脂餘韻曰：『金纖纖歿後，楊蕊淵及李紉蘭陳雪蘭三女士，爲捐金刻其瘦吟樓詩稿。陳雲伯詩所謂「蛾眉都有千秋意，肯使遺編付劫塵」是也。』

第六節　王倩

陳竹士繼室王梅卿名倩，浙江山陰人，工詩詞，兼善繪事。竹士前室金纖纖瘦吟樓稿，爲前輩名流所賞識，未刊，於是梅卿賣畫數十幀，幷自著問花樓集，悉以付梓，世共稱之。

贈村女詩云：

汲水春糧氣力微，伴人小語自依依；
不知機上鴛鴦錦，翦作誰家嫁女衣。
清波爲鏡竹爲釵，塵垢難將光澤埋，
聞說採桑蠶事緊，不曾製得踏青鞋。

題駱綺蘭佩蘭圖云：

湘花湘草寄情深，紈扇將來着意吟；
想見畫簾垂不捲，抱琴彈出美人心。

過話秋軒有贈云：

小小雙扉安樂窩，軟簾斜揭海紅羅，
何須商買登臨屐，壁上青山楓樹多。
玉軸牙籤七寶牀，雕文榻子水晶光；
知君怕聽空階雨，不種芭蕉種海棠。

春殘云：

晝爲閒人特地長，小鬟偸放紙鳶忙；

柳花打結楊花鬧，催得春殘尙自狂。

梅卿舟行雜詠，描寫自然景物，歷歷如畫，頗類陸放翁范石湖田園村居諸作，令人讀之，頓生「長爲農夫」之想。梅卿其田園派詩人歟！亟錄之以供欣賞。詩云：

匆匆小住又辭家，行李無多一擔賒；
添得描金新匣子，半安詩稿半盛花。
唱罷陽關解纜行，風前愁聽鷓鴣聲；
一雙天外浮圖影，船尾船頭遞送迎。
川原風物望中舒，遠境青蒼畫不如；
半嶺雲濃半嶺淡，一村樹密一村疎。
江天一色水瀰漫，白鷺羣飛過蓼灘；
兩岸綠陰人不見，溪頭閒卻釣魚竿。
數聲牧笛訴斜陽，水面輕風送薄涼；
開謝百花春去久，野田蝴蝶尙尋香。

梅卿詩才，與纖纖相伯仲，倘使同時角韻，正不知誰作盟主也。陸祁孫亦嘗稱其鄧尉雜詩「夜深老鶴來尋夢，踏遍梅花一寸深」之句。梅卿喜繪事，畫梅尤多，其後欲繪士女百幅，未就；病於雲間白苧城，自知死期，囑勿寫遺照，賦絕命詞六章而歿。陳雲伯挽以詩云：『便非絮果亦蘭因，散雪團香當寫眞，一角雅宜山下路，年年寒食弔詩人。』其推挹可謂至矣。

第七節　廖雲錦

仙霞閣詩鈔，青浦廖雲錦作，雲錦字織雲，自號錦香居士，歸泗涇馬氏。所居曰讀畫樓，吟詩作畫，脫去塵俗。中歲蓌處，悒鬱不自聊；益借筆墨以抒其岑積之抱。與同時莊磐山，金翠峯，張藍生，王梅卿相倡和，閨閣中雅才也。

自題白桃花云：

五更風雨惜濃春，曉起看花爲寫眞；
雙頰斷紅渾不語，可憐最是息夫人。

喜高平表妹至云：

爾我襟期喜共知，笑言頻到漏殘時，
開奩會看將完繡，翦燭閒敲未定詩；
金鴨灰沈香篆細，畫簾風定落花遲，
晚來又恐輕言別，月底燈前繫夢思。

杏花云：

社後春將鬧，風吹蕊欲飛；
美人簾外立，初試水紅衣。

織雲早寡，居恒鬱鬱；故所爲詩，亦多慘怛之音。哭姑一首，悽愴欲絕，「釵鳳分飛」其意在筆墨之外，又不僅僅哭姑已也。詩云：

釵鳳分飛賦命孤，見姑還似見兒夫；
私心欲慰垂憐意，任有啼痕總說無。
禁寒惜暖十餘春，往事回頭倍愴神，
幾度登樓親視膳，揭開幃幙已無人。

織雲又有塞上曲二首，詞意蒼涼，詩云：

旌旗直指雁門關，百戰沙場尚未還；
想見咸陽城上月，一般長似玉弓彎。
白月橫空大纛飛，轅門漏下羽書稀，
天山近日狼煙盡，笳鼓聲中夜獵歸。

改七香嘗云：『織雲故一豪俠女公子，生平屢散千金，不自爲計，乃以貧老依其戚於閩南而歿，是可歎也。』墨林今話又載其題管夫人墨竹句云：『一抹遠山數叢竹，絕無脂粉累風神。』亦若自道其所得焉。

第八節　駱綺蘭

句容駱綺蘭，亦受業於隨園者也。綺蘭字佩香，號秋亭，其先本金陵人，後僑寓京口；故其送隨園詩，有「頻年飄泊竟何依，閒煞江鄉舊釣磯」之句。所著有聽秋軒詩集。嘗作秋燈課女圖，曾賓谷爲題一絕云：『一雙燈影瘦伶俜，窗外秋聲不可聽，兒命苦於慈母處，當年有父爲傳經。』綺蘭得詩，因以聽秋名其集，集中有紀夢詩八首，錄其五六兩首。詩云：

夢入萬花庭，瑤宮盡不扃，
雲霞開殿閣，珠翠擁娉婷，
衣薄如雲艷，眉長似岫青，
相迎含淺笑，邀我誦金經。
夢到耕桑地，茅廬三五家，
依牆瓜正熟，臨水稻初花，
稚子知炊菜，閨人盡績麻，
終朝勤力作，溪日不曾斜。

登天平山憩白雲中云：

身在雲中不見雲，登臨忘卻日將曛；
回頭欲辨來時路，惟有泉聲隔樹聞。

隨園詩話云：『……有秋亭女子名綺蘭者……詩才清妙。余詩話中，錄閨秀詩甚多，惜未采及，可謂國中有顏子而不知；辛亥（乾隆五十六年）冬，從京口執訊來，自稱女弟子，以詩請業。』

遊西湖云：

渺渺平湖漠漠烟，酒樓斜倚綠楊前；

南屏五百西方佛，散盡天花總是蓮。

春閨云：

春寒料峭乍晴時，睡起紗窗日影稀，

何處風箏吹斷線，飄來落在杏花枝。

三月四日過雲根山館時左畹卿夫人歸寧見千葉桃花盛開因題壁一絕：

寂寂園亭日未斜，一庭紅影上窗紗；

主人難免花枝笑，如此春光不住家。

對雪云：

登樓對雪懶吟詩，閒倚闌干有所思；

莫怪世人容易老，青山亦有白頭時。

四首一氣舒卷，淸機徐引，閨中妙才也。

夏夜納涼云：

窗開四面小庭空，　團扇輕搖竹下風；
多恐來朝天更熱，　月光初吐一輪紅。

秋夜偶成云：

四壁蛩聲不斷鳴，　闌干倚遍下階行；
桐陰滿地無人賞，　定是今宵月倍明。

秋亭詩明白如話，與席佩蘭在隨園女弟子中，均稱翹楚，二蘭之妙，宜乎簡齋夢樓心折也。秋亭又有偶成秋閨二首，傳誦一時。

偶成云：

樓外簫聲喚賣餳，　江城花柳近清明；
東風忽送空階雨，　催得詩成卻又晴。

秋閨云：

芭蕉梧葉響蕭蕭，　一卷金經伴寂寥；
何必窗前有明月，　秋燈自愛坐深宵。
人間離合飽曾經，　天上花開亦易零；

玉露金風等閒度，了無情緒看雙星。

立夏前三日，余方小病，習靜閨中。適左畹鄉夫人聞揚州芍藥盛開，邀余同往。余力疾渡江。賞名花之綺麗，感故宅之荒涼；撫今追昔，情動於懷。賦詩四章，聊以誌慨，並呈畹鄉云：（第二章不錄）

久臥深閨思寂寥，渡江偶赴左芬招：
揚帆破浪心雖怯，扶病看花興轉饒，
邗水離家無百里，春風待我只三朝；
無端棖觸當年事，愁緒悠揚柳共搖。

…………

少時舊宅喜空過，門巷沉沉長薜蘿；
近水樓仍紅檻小，出牆柳已綠陰多；
侍兒結伴隨遊戲，鄰女分題翦燭哦；
此景思量如夢裏，鬢邊蕭瑟又如河。

…………

小閣頻年展卷餘，佳遊到處與君俱，

秦淮春月燈連舫，　吳苑秋晴月滿湖，
爭和新詩都忘倦，　相將勝侶不愁孤，
此來重放平山棹，　笑問名花識我無。

墨林今話云：『秋亭尤喜畫蘭，以寄孤清之致，有自繪佩蘭圖題句云：「孤清看畫本，騷怨得詩源。」』王梅卿題詩云云。（見第六節）秋亭中歲，皈心淨業，深於禪理，詩與畫不苟作矣。

秋亭有侍夢樓師暨連有夫人餐英閣看菊詩：『笑問花枝應識我，醉翁十載女門生。』則秋亭受業於隨園，蓋又私淑於夢樓者也。

第九節　盧元素

盧元素字靜香，江都人，淑蓮其小字也。工詩，與駱佩香齊名，有「女盧駱」之號，畫亦相埒。

同仙霞女史紅橋春泛云：

隋隄柳色最堪憐，　綠到揚州三月天；

雙槳紅橋橋下路，　數聲啼鳥一溪煙。

此詩風韻獨絕，倘漁洋見之，當亦擊節歎賞不置也。

紅橋修禊和駱佩香夫人云：

一年曾有幾芳朝，　酒旆高懸隔岸招，
共泛麗人三月水，　卻陪仙侶百花橋；
隄邊近擬蘭亭路，　柳外遲留畫舫簫；
我欲因君同問字，　共尋香草賦蘭橈。

奉酬玉魚夫人觀繡之作云：

明窗一榻對朝暄，　珍重春絲刺紫鴛，
安得儂郎有知己，　請將新綵繡平原。
春絲白白與朱朱，　曾與丹青得似無，
但使繡床堪入畫，　要郎補袞作新圖。

靜香詩風流綽約，在隨園弟子中，與纖纖相近，然其神韻婉絕，則又似漁洋一派。墨林今話稱其能詩工畫，尤善繡，有鍼神之目，嘗繡三朶花圖，并繡己作，呈曾賓谷，賓谷亟賞之，王梅卿所謂「人傳盧駱代能文」者也。

第十節　汪玉軫

西江吳蘭雪新田十憶圖，題者數十人，惟吳江汪宜秋三絕，獨擅勝場。宜秋名玉軫，號小院主人，著有宜秋小院詩詞鈔。

題十憶圖詩云：

一幅生綃一段春，鄉心眞似轉車輪；
宵深便有夢歸去，也恐難分十處身。
晴窗難展玉鴉叉，畫裏春風各一家，
生性清寒儂自笑，就中畢竟愛梅花。
兒家舊宅頻遷徙，也要良工畫幾方；
只是不堪追憶了，門庭冷落故園荒。

宜秋豐才嗇遇，夫陳昌言，逋蕩不事生產，衣飾殆耗盡。繼幷賣其室廬雜物，偕所狎去不返。宜秋乃假其表兄朱春堂室旁一椽以居。金纖纖題宜秋詩稿云：

『空教費盡好才華，夫壻年年不在家。』蓋實錄也。讀宜秋風雨有感掃墓諸篇，可以知其窘狀矣。

風雨連宵雜然有感云：

含情脈脈對銀釭，才說悲秋淚已雙；
可奈西風吹落葉，夜深只管打寒窗。
室無長物一椽寬，照壁殘燈影怕看，
風雨蕭蕭蟲唧唧，一聲聲和柝聲寒。

掃墓云：

巵酒親斟拜墓臺，低頭顧影不勝哀，
斑斑淚染羅巾血，淅淅風旋紙陌灰；
略慰九原思子意，今朝弱息挈孫來，
病軀只恐難重到，家事從頭說一回。
荒原日落野禽啼，淚眼模糊極望迷，
幼女牽衣尋舊路，癡兒弄水戀寒溪；

松枝似比前年長，坏土新因積水低；
惆悵人歸天又暮，晚風日暮草淒淒。

宜秋詩不多作，時人不知其能詩也，及題郭頻伽水村第四圖，詩名遂大著。詩云：

深閨未識詩人宅，昨夜分明夢水村，
却與圖中渾不似，萬梅花擁一柴門。

頻伽得詩大喜，即倩畫師奚鐵生補畫「萬梅花擁一柴門」圖，一時名士題詠甚多。宜秋題頻伽水村第一圖云：

溪流曲折路迂斜，老屋三間樹影遮；
漫道水村秋一色，小橋春漲有桃花。
野水無風細作波，連三白蕩接分湖，
先生製有欸歌在，十五漁娃解唱無。
江鄉風景世應稀，奈爾飢驅未息機，
輸與縫人吳季子，閨門自製藕苗衣。

宜秋嘗貧至絕食，竹溪諸子歛金周之，宜秋以詩二律爲謝，讀之浸人心脾。詩云：

惠比指囷贈，情同挾纊温，
感深惟有淚，欲報恐無門；
得食諸雛長，衰宗一線存，
應知姑與舅，泉下亦銜恩。
回頭語兒輩，汝勿太憨癡，
不有諸君子，何堪卒歲時；
可憐饑凍久，未敢再三辭，
他日如成立，生生尸祝之。

蠡莊詩話云：『吳江汪宜秋女史，父兄夫壻，皆非士人，境遇艱辛，藉十指爲活，依舅氏家，其表弟朱鐵門，吳江詩人也，與宜秋唱和甚多。』

夜坐云：

夜靜更闌猶未眠，薰爐香盡不生煙，

推窗且看中庭月，影過東牆第幾磚。

偶吟云：

風飄柳絮雨飄花，多少新愁上碧紗；
借問過牆雙蛺蝶，春光今在阿誰家。

秋夜云：

打窗落葉夢驚回，風急長天過雁哀；
香篆已殘燈半滅，夜寒和月入簾來。
秋深漸覺夜迢迢，庭院寒生望寂寥，
斜月一絲涼欲墜，露光都在碧芭蕉。

金纖纖之歿，宜秋挽以聯云：『入夢想從君，鶴背恐嫌凡骨重；遺眞添畫我，飛仙可要侍兒扶。』蘇州志稱其詩才迥異流俗，如此聯眞堪壓倒諸名士矣。

第十一節　孫氏三妹

仁和孫碧梧雲鳳，及妹蘭友雲鶴，嫻卿雲鸝，均能詩，俱執贄隨園，所謂「

一時紅粉，俱拜門牆」者也。碧梧著有湘筠館詩稿，郭頻伽評其詩云：「清新婉美，在夢窗竹山之間。」其詩在隨園十三女弟子之列，蓋子才之徐都講也。

自題墨牡丹云：

白玉闌邊折一枝，春寒日日雨絲絲；
人間自有清華種，多恐胭脂不入時。

荷花云：

窗對遙山水繞廬，紅衣搖落感秋初；
西風吹盡閒鷗夢，香冷銀塘夜雨疎。

木芙蓉云：

十年歸夢一扁舟，楓葉蘆花惹客愁；
隱映淡紅風露下，空江月白楚天秋。

碧梧五言諸詩，如曉行聽泉喚溪山行聞蟲入峽漢陽登韜光寺諸作，寫景均極自然，曉行云：

殘月曉霜鐘，馬蹄黃葉路，

日出不見人，　溪聲隔煙樹。

梅花一絕，亦極幽峭之至，詩云：

寒梅點點寫秋釭，　忽憶孤舟泊大江；
夜半斷厓霜月白，　一枝疎影落蓬窗。

郭頻伽湘筠館詞序云：『二十年中，裴回身世，於家門之榮落，骨肉之聚散，人事之變易，軫紆轖結，一寓於詞。……』夫人生不平則鳴，蘊於中而發於外，是爲天地間至文，非無病呻吟翦花弄草者比也。

征程云：

春來江上雁知還，　我尙驅車歧路間。
芳草極天迷客思，　白雲何處是鄉關。
地卑城郭多臨水，　縣小人家半住山；
聞說西行多石徑，　喜無塵土撲征顏。

題席佩蘭女史拈花小照云：

想承衣鉢侍蓮臺，　親見天花落又開；

詩境忽從禪境悟，不教散去却拈來。

天然小像寫丰神，國色無雙四座春，
應笑西湖諸弟子，從遊不及畫中人。

登高示蘭友諸弟妹云：

九日同登百尺臺，茱萸遍插菊花開，
渚清沙白孤帆遠，雲冷江空一雁來；
人事獨悲秋漸老，少年須惜水難迴；
山川信美非吾土，欲賦登樓愧少才。

孫灝元湘筠館遺稿跋云：『……花晨月夕，與其妹品仙相酬和以爲樂，後品仙之嶺南，鄭重言離，百端交集，故奩中憶妹之作居其半焉。碧梧詞愈於詩，而音多淒涼，其所遇然也。』

菩薩蠻云：

玉階露冷蟲聲咽，珠簾影透玲瓏月；長夜夢難成，秋窗不肯明。
柳眉花似臉，鎮日深閨掩；人立小闌干，鶯花春正殘。

訴衷情云：

紅樓夢斷曉啼鶯，繡幕峭寒生，二月江南春晚；深巷裏，賣花聲。

苔蘚薄，柳煙輕；最淒清——昨宵風雨，今朝寒食，來日清明。

碧梧倚聲之學，著稱於世，佳者絕似北宋人語，上二闋淒幽諧婉，駸駸平步柳晏之堂，而入其室矣。

雲鶴字蘭友，工塡詞，兼長駢體文，與姊碧梧齊名。著有春草閒房侶松軒兩詞集，取法南宋，風韻蕭然。惟所適不偶，故多怨語，寶劍一篇，隱隱有殺氣，固不類閨中筆也。詩云：

寶劍遺編在，挑燈擊節吟，
恩仇千古事，湖海一生心；
氣逼秋霜冷，光騰夜月沉，
從軍應有願，慷慨答知音。

客路云：

故園正是浴蠶天，客路初離上瀨船，

三月鳥啼春樹雨，幾人家種水村田；
當前已覺農時近，背嶺遙知石棧懸，
莫動鄉心且西去，錦城猶在暮雲邊。

蕪湖云：

江鄉極目客心孤，又聽春風喚鷓鴣，
正是鶯花好時節，一帆煙雨過蕪湖。

蘭友適縣丞金瑋，鬱鬱寡歡，故其詩多幽怨語，既已言之矣。集中有詠仁和高氏女一詩，大有「反顧流涕，高邱無女」之悲。一往情深，極其哀婉，令人讀之心惻。蓋仁和高氏女，與其隣何某私通，其父母不知也。女已許配某家，迎娶有日；乃誘何外出，而自懸於梁。何歸見之，大慟，卽以其繩自縊。兩家惡其越禮，不肯收殮；邑宰唐公爲捐貲買棺而雙瘞之，命城中士女均爲賦詩。於是蘭友憫其情，憐其志，爲賦一律。其詩云：

由來情種是情癡，匪石堅心兩不移，

偷使化魚應比目，就令成樹也連枝；
紅綃已結千秋恨，青史難教後代知，
賴有神君解憐惜，爲營鴛塚播風詩。

蘭友又有重慶閣送伯兄東歸一詩，秀渾可誦，詩云：

登高兼送遠，客淚一沾裳，
歸棹隨流水，鄉心帶夕陽；
秋高山落木，風急雁分行，
叢菊何情緒，籬邊依舊黃。

蘭友女金佩芬，字芷香，適湯雨生子懋名，工白描小篆，詩詞皆雅雋，亦鳳子也。

雲鸝字嫻卿，蘭友妹，著有停琴館吟草，藻思綺韻，吐屬閒遠，無鉛華習。善草書，縱逸秀勁，得魏晉人遺則。嘗作停琴佇月圖，徵詠徧諸名宿，雅人高致，亦閨閣佳話也。

第三章　袁枚與婦女文學(中)

——隨園三妹(附諸女孫)——

隨園老人，提倡風雅，一時紅粉，俱拜門牆，其及門弟子前章既已著錄矣。其妹素文綺文秋卿亦均能詩。隨園曾選其詩，刊三妹合稿，傳播藝林；時人比爲「孝綽三妹」者也。

第一節　袁素文

素文名機，隨園第三妹也，適如皋高氏。高子狂暴無人理，不得已，歸母家。高既歿，越一年亦卒，其弟香亭哭之云：『若爲男子眞名士，使配參軍信可人；無家枉說曾招壻，有影終年只傍親。』有才命薄，感喟何如！著有素文女子遺稿，茲錄其數首焉。

得香亭步蟾兩弟家信作此寄之云：

細雨斜風冷畫屏，西堂月落夢初醒，
女兒言語輸鸚鵡，兄弟情懷感鶺鴒，
遠信有時憑客報，書聲何日隔花聽？

吳綿買就無人寄，　腸斷秋山日暮青。

挽兒子才侍者陶姬云：

修眉雲髻態愔愔，　欲返香魂路莫尋，
鍼線頻勞雙手爪，　悲歡同說十年心，
無家歎我姻緣惡，　瘦影憐君春恨深，
從此綠窗金翠冷，　蘭薰粉澤盡銷沉。

秋夜云：

不見深秋月影寒，　只聞風信響闌干，
閒庭落葉知多少，　記取朝來着意看。

送雲扶妹于歸揚州云：

江城花落滿溪煙，　送汝于歸二月天；
一路暖風琴瑟好，　春聲都在木蘭船。
清風林下說才華，　久有詩名重謝家，
學得杭州大梳裹，　又彎新髻插瓊花。

素文又有偶吟二首，爲乃兄所稱，錄入隨園詩話，詩云：

歸夢隔揚州，空庭雨不休；
女嬌頻乞果，婢小懶梳頭。
難逢千日酒，且著六班茶，
怕引遊蜂至，不栽香色花。

杭郡詩話云：『素文方病亟時，其弟樹爲治湯藥，素文笑曰：「弟鬢無多，當留爲苦吟撚弄，勿燎却也。」』袁氏手足之深情如此。宜乎隨園香亭哭之之痛也。

第二節　袁綺文

綺文名杼，字靜宜，隨園第四妹也。杭郡詩輯：『綺文早寡，亦依兄子才於隨園，一子名執玉，十四歲詠夏雨云：「潤回青簟色，涼逼采蓮人。」既而暴疾亡，將瞑目矣，起問母曰：「舉頭望明月下句若何？」曰：「低頭思故鄉也。」遂點首而逝，故綺文哭子詩云：「傷心欲拍靈牀問，兒往何鄉是故鄉。」』詞至哀惻，不堪卒讀，著有樓居小草。

不寐云：

暉暉明月轉西廊，寂寂宣爐一炷香，
替掩雙扉風作主，代翻空櫃鼠求糧；
爲尋古字書抽亂，多繡繁花線放長，
欹枕不須人睡穩，恐教殘夢覓家鄉。

遊鷄鳴寺云：

蒼蒼煙樹帶斜暉，石塔層巒傍翠微；
無復蕭梁宮殿在，臺城猶見紙鳶飛。

秋園踏月云：

藹藹山光映碧空，參差樹影亂西風，
蘆花幾朶明如雪，吹在橫橋曲澗中。

寄兄子才云：

長路迢迢江水寒，蕭蕭梅雨客身單，

無言但勸歸期速，　有淚多從別後彈；
新暑乍來宜保重，　高堂雖老幸平安，
青山寂寞煙雲裏，　偶倚闌干忍獨看。

袁枚曰：『余在蘇州，四妹寄懷云云，余讀之淒然，當即買舟還山。四女琴姑，從妹受業，妹贈以詩云：「有女依依喚阿姑，忝爲女傅敎之無；欲將古典從容說，失卻當年記事珠。」』又隨園詩話載其挽葛姬詩云：『斷線幾條猶委地，南樓一榻已生塵。』物是人非，蓋不勝今昔之感矣。

第三節　袁秋卿

秋卿名棠，隨園堂妹也，嫁揚州汪楷亭，伉儷甚篤，後以娩難亡，袁香亭哭以詩云：『最苦高堂念，懷中小女兒；至今傳死信，未敢與親知。書遠摹多誤，人稠語屢歧，調停兩邊意，暗泣淚如絲。』著有繡餘吟稿楹書閣遺詩。

寄二兄香亭云：

鵬程人與白雲齊，　君獨年年借一枝，

聞道故交多及第，　更憐歸客尙無期，
琴書別後遙相憶，　雪月窗前寄所思，
常對芙蓉染衣鏡，　堪嗟儂不是男兒。

于歸揚州云：

不堪回憶武林春，　嬌養曾爲膝下身；
未解姑嫜深意處，　偏郎愛作遠遊人。
綠楊堤畔行遊子，　紅粉樓中冷翠微，
爲問秦淮江上月，　今宵照得幾人歸。

詠燕云：

春風燕子今年早，　歲歲梁間補舊草，
華堂丁囑主人翁，　珍重香泥莫輕掃，
吁嗟乎：千年田土尙滄桑，　那得雕梁常汝保。

袁枚曰：『秋卿詠燕一詩，余讀之不樂，詩雖佳，何言之不祥也，已而竟娩難亡。』偶詠成讖，往往而然也。

隨園又有女孫紫卿者，性頴異，髫稚時讀祖詩，怡然意開，夙慧天賦，雅好吟咏，長適江寧吳伯鍈，著有簪雲閣詩詞稿。

于歸後三日對鏡云：

曉起窗前整鬢鬟，畫眉深淺入時難，
鏡中似我疑非我，幾度徘徊不忍看。

情致絕淡，能將兒女家心事，活活畫出，的是能手，與女子浦合雙夢珠臨江仙一詞，可謂異曲同工，浦詞云：『記得纚笄侵曉起，畫眉初試螺丸，春痕淡淡上春山。乍驚新樣窄，較似昨宵彎。一樣敷來仙杏粉，難勻怪煞今番；傳聞郎貌玉珊珊，妝成嬌不起，偷向鏡中看。』錦心繡口，眞吐氣如蘭也。

袁枚女孫輩，紫卿之外，尚有袁疏筠淑，著蒻湘亭詞。袁妕小芬，著有靈簫閣詩選，三人均能世其家學。

第四章　袁枚與婦女文學（下）

——隨園與其他婦女界——

隨園之在當時，其文名之盛，實足以奔走天下，不惟執經問字之妹，仰承其風采；卽大江南北，名閨淑媛，亦莫不得其一言爲榮。徵詩刻稿，標榜聲名，二百年來，詩人享名之盛，未有逾於隨園者也。故有清乾嘉之際，婦女文壇之稍露頭角者，莫不與隨園有直接或間接之關係，本章所述，亦不過當時之佼佼者耳。

第一節　張于湘與畢氏女媳

袁簡齋曰：『古陶太尉歐陽少師之母，俱以敎子顯名傳千古，然兩母之著述不傳；卽宣文夫人，講解經義，幾與孔子并稱，而詠吟亦無聞焉；近惟畢太夫人兼而有之。』夫人名藻，姓張氏，字于湘，青浦人，鎭洋畢沅之母也。幼承母敎，通達知大義，乾隆三十八年（一七七三）子沅巡撫陝西，作詩以箴之，訓詞深厚，不減顏氏，隨園詩話所謂「長安父老，但稱尙書之賢太夫人」者也。著有培遠堂詩集行世。

關山月云：

猶有秦時月，山頭入夜淸；
暈隨邊陣合，光射寶刀明；

絕塞征人怨，登樓思婦情，
流光千里共，偏是隔長城。

正月十二夜云：

銀釭暗畫堂，坐數漏偏長，
雁影半牆月，雞聲萬瓦霜，
夜吟多遺興，春夢不離鄉，
庭下微風起，梅花入幕香。

松徑云：

曲徑彎環石級高，滿庭山色綠周遭，
松聲似壓泉聲小，自瀉雲門百尺濤。

于湘詩清眞淡逸，品致絕高，蓋其胸懷自異於尋常婦女也。又有抵署三首，明白如話，所謂「白樂天詩老嫗都能解」也。

驂騑乍解路三千，風物琴川慰眼前，
到處聽來人語好，頻年豐樂使君賢。

連朝話舊到深更，不盡婁江望遠心，
莫怪老人添白髮，兒童幾輩換鄉音。
周遭竹嶼與花潭，檻外雲光映翠嵐，
儘有瑣窗詩料在，不須回首憶江南。

于湘母英蕙，號蘭谷，有詩才，著有挹翠閣詩鈔。于湘女畢汾字素溪，號佛繡，秋帆之女弟也，香咳集載其簡駱佩香夫人一首，亦極淡逸。

東風無力柳毿毿，襯貼離愁水半潭，
本擬逃情仍夢蝶，未除積習類書蟫，
綠波春草難停港，白月梨花好共龕，
極目徒增懷渺渺，頓忘彼此駐江南。

素溪姪女慧，字智珠，號蓮汀，秋帆之長女也。亦工詩，著有遠香閣吟草，詩筆極蒨秀之致。

重到武昌節署書所見云：

風吹鶴渚片帆收，重到衙齋憶昔遊，

月榭仍通芳草徑，負他花木滿庭秋。
碧闌干外步遲遲，粉閣尋吟舊賦詩，
惟有梅花如解意，迎人先放兩三枝。

哭碧環夫人云：

列蒔芳菲步繞廊，惜花常自爲花忙；
可憐一病三春雨，倘遣雙鬟護海棠。

智珠又有送春踏青兩詞，人爭傳誦，蓋其詞句清新，婉麗嫵媚，固足以動人也。送春詞云：

韶光九十太匆匆，芳徑香殘蝶影空；
一縷遊絲無著處，也隨飛絮過牆東。

踏青詞云：

綠窗今日下簾鉤，女伴相邀結勝遊，
一樣春風弄顏色，桃花含笑柳含愁。

畢秋帆家，一門能詩，自張于湘以下，閨閣皆工吟詠，其側室張絢霄，號霞城，著有綠雲樓詩編，清麗芊綿，尤工體物。

詠翦秋羅云：

半晌無言倚竹扉，繞叢蛺蝶故飛飛，
秋來亦有風如翦，裁出香雲作舞衣。

踏青詞云：

平原芳草乍芊眠，巷陌人家例禁煙，
一陣風來聞笑語，綠楊樓外有鞦韆。

七夕寄懷尚書云：

空將小扇拂輕羅，賸有當筵瓜藕多；
又是一年牛女會，看他兩度鵲塡河。

秋帆側室有二，一周月尊字猗香，一卽霞城，均以能詩名。霞城後以子貴受封；猗香晚年，遯跡天台山尼庵，其境蓋亦苦矣。

第二節　甘茶老人鍾令嘉

蔣心餘士銓，與趙甌北袁子才，稱乾隆三大家，其母甘荼老人，亦詩媛也。老人姓鍾氏，名令嘉，著有柴車倦遊集。心餘生四歲，卽斷竹絲作波磔，敎之識字，後心餘官翰林，就養京師，既而曰：『吾兒才非識時者，不如歸也。』乾隆五十四年（一七八九）心餘奉母出都，畫歸舟安穩圖，一時名公徵題滿卷，甌北題詩云：『桃花貼浪柳垂隄，一葉扁舟老幼齊：難得全家總高致，介之推母伯鸞妻。采石磯頭片月高，一千年後少詩豪，知君醉酒江天夕，尙有生平宮錦袍。』老人亦自題詩十章紀之，其高致眞不可及也。

臘日寄銓兒云：

北地寒威重，憐伊客裏身，
音書差慰我，貧賤莫驕人，
失路皆由命，安時卽報親，
師言當服習，莫負誨諄諄。
心情憐下第，約略似前番，
官道應扳柳，家庭已樹萲，

恃才防暗忌，　交友戒多言，
結習還當掃，　新詩莫訴寃。

誨語諄諄，庶幾見道之言，蓋與丸熊畫荻並美矣。

登太行一首，逼近唐音，其詩云：

絕磴馬蕭蕭，　羣峰氣勢驕，
蒼雲橫上黨，　寒色滿中條，
極目河如帶，　攔車雪未消，
龍門劃諸水，　禹力萬年昭。

第三節　長離閣主王采薇

乾隆時，孫淵如星衍，有才名，其夫人王采薇，亦工詩，尤好吟詠，每春餘夜靜，輒取李後主簾外雨潺潺詞，按簫吹之，至「流水落花春去也，天上人間」句，聞者欷歔。著有長離閣詩詞，附刻平津館叢書中。袁簡齋稱其『哀感頑艷，了當淒楚。』或其身世使然耶。

舟過丹徒夜半與夫子登岸行三里許云：

幽行已三里，村落半攤扉，
雙鳥時依樹，孤螢不上衣，
月高人影小，潮定櫓聲稀，
沿水星星火，歸鷺宿鷺飛。

此詩描寫極工，狀夜景如畫。

得李逑書云：

尺幅吟箋照淚眸，半窗斜日夢孤舟；
愁如天遠還窺帳，病與雲親不下樓；
溼翠雨收侵硯匣，落紅風颭上簾鉤；
青山到處應相憶，除是征人醉裏游。

北江詩話稱其詩如『斷綠零紅，淒豔欲絕。』若『一院露光團作雨，四山花影下如潮，』則又風韻獨絕矣。

淵如女姪有名猗蕙者，字佩秋，早慧，所賦小詩，別有性靈。竇州詩話載其題紅袖添香夜讀書圖云：『半臂寒添人伴玉，一簾香細月如銀。』清雅不俗，而蘊情至深。

第四節　胡氏三才女

乾隆中閨媛詩，以胡氏爲最，胡愼容字玉亭，山陰人，著有紅鶴山莊集。其同懷姊愼淑，字景素；堂姊愼儀，字采齊，號石蘭，著有石蘭集，均有詩名。時稱胡氏三才女。玉亭夫亡後，以貧困，隨姊采齊遊嶺南，鬱鬱而死。蔣苕生嘗誦其菩薩蠻一詞云：

人言我瘦形同鶴，朝朝攬鏡渾難覺，但見指尖長，羅衣褪粉香。
若敎吟有異，不管腰身細；清減肯如梅，凋零亦是魁。

紅鶴山莊詩稿，詩人王菊莊爲之刊行，玉亭作踏莎行詞謝云：

多謝詩人，深蒙才士，不憎戚末堪因倚，吳頭楚尾一相逢，白雲紅鶴傳千里。南浦悲吟，西窗小技，居然卷附秋香裏，寸心從此莫言愁，人間已有人知己。

蔣茗生紅鶴山莊詩序：『玉亭嫁馮氏，所天非解詩者，遂一旦焚棄之。』然則玉亭其亦有「人間天壤王郎」之歎耶？宜乎其詞之悲而怨也。

玉亭有病中一詩，描寫入微，詩云：

恍惚魂無定，飄飄若夢中，
扶行驚地軟，倚臥覺頭空，
放眼皆疑霧，聞聲似起風，
那堪窗下雨，寂寞一燈紅。

鏡朵齊曉妝云：

徘徊明鏡漫凝神，個裏伊誰解效顰，
一樹梨花一溪月，隔窗防有斷魂人。

女郎詞云：

相呼同伴到簾帷，偷看新來客是誰，
又恐被人先瞥見，却從紈扇隙中窺。

春殘云：

堂堂春已背人歸，檢點餘花付品題，
曲徑愁鋪芳草路，小橋橫斷落花溪，
無情夜月能相照，有恨流鶯莫亂啼，
贏得詩人多少意，碧桃空老雨淒淒。

過嶺云：

一雙征雁拂天翔，似我天涯姊妹行，
半嶺梅花成故舊，一肩書本是行裝，
南瞻粵海悲羈旅，北望燕雲憶故鄉，
只有嬌癡小兒女，戲憑籃筍索檳榔。

玉亭本山陰產，隨其祖遷直隸，遂籍大興，後祖官粵，復隨遊宦。「南瞻粵海悲羈旅，北望燕雲憶故鄉」之句，蓋指此。

慎儀又號鑑湖散人，諸暨駱煊之配，煊客死嶺南，慎儀攜家累及五櫬北歸，有「五櫬十三人，艱難仗此身」之句，人稱女英雄。

寄懷蔣心餘太史五弟云：

如何疏散臥江皋，卻負詩中一世豪，
沽酒每聞捐玉佩，濟人時復典宮袍，
文星下界耽游戲，嬃姊天涯苦鬱陶，
消受吾鄉巖壑美，玉堂風月未宜拋。

偕女思慧及壻劉秉恬陶然亭踏青云：

萋萋芳草綠城隅，花外同搴御史車，
勝蹟登臨荒塚地，孤亭突兀破窰墟；
簪裾雅集庭闈共，鸞鳳和鳴飲宴餘，
倘割菰蒲結茅屋，不嫌來作野人居。

石蘭有早起夜眠二絕，饒有風致。

早起云：

一番花信五更風，那管春宵夢未終，
起傍芳叢頻檢點，夜來曾否損深紅。

夜眠云：

銀蟾朗徹有餘光，　靜坐庭軒寄興長，
地僻不知更漏永，　瞥驚花影上東牆。

石蘭早寡，撫幼子，未幾亦卒，家益落；乃受聘爲閨塾師，歷四十年，受業女弟子，前後二十餘人，多以詩名。有女思慧，嫁劉秉恬，十六歲嘗作秋山瀑布詩，見雨村詩話。

第五節　織雲樓葉氏女媳

歸安葉佩蓀，乾隆時以詩名。長女令儀字淑君，次女令嘉字淡宜，季女令昭字蘋渚，皆能詩。有三婦：長曰陳長生，字嫦笙；次曰周星薇，紹棻室；季曰何若瓊，字閬霞；亦皆能詩。而佩蓀夫人周映淸李含章，並工吟詠；歸安葉氏一門詩詞之盛，實乾嘉之冠也。有織雲樓合集。

一

映淸字皖湄，著有梅笑集。

甲戌闈捷云：

雙眉欲展意猶驚，起聽銅鉦屋外聲，
不惜雕梁驅乳燕，泥金帖子挂題名。
秦嘉上計動經年，閨夢何由到日邊，
今日離情暫拋卻，知君身到大羅天。

乾隆甲戌（一七五四）佩蓀舉進士，故有是作，寫科舉時人心理入微，隨園詩話又稱其春蠶與入學兩首，明白如話。

春蠶云：

蠶生戢戢滿庭隅，但願蠅無鼠亦無，
大婦裹鹽呼小婦，前村趁早聘貍奴。
典衣買葉不論錢，要趁清明乍暖天，
卻似靈和殿前柳，春來三起又三眠。

令阿相入學云：

低鬟憐阿妹，與汝亦齊肩，
且令拋鍼線，相隨共簡編；

雙行知宛轉，坐詠愛清圓，
試看俱成誦，今朝若個先。

李含章字蘭貞，雲南晉寧人，葉佩蓀繼室，巡撫紹楏之母也。詩頗輕清沖淡著有蘩香詩草云。

望楏兒不至云：

濟南秋八月，接汝數行書，
報說重陽日，能回上谷車；
已驚楓落後，又到雪飛初，
何事歸期誤，臨風一倚閭。

萬固寺云：

山寺不知路，忽聞流水聲，
溪隨巖石轉，塔與白雲平，
古木上無際，幽禽時一鳴，
松根堪小憩，試汲碧泉清。

刺繡詞云：

朝繡長短橋，暮繡東西嶺，
生不識西湖，到處西湖景。
羅稀不受針，纙密不容線，
繡好有人知，繡苦無人見。

夏晝云：

午樓風暖試輕紗，語燕聲中日未斜，
滿地綠陰簾不捲，游絲飛上蜀葵花。

蘩香詩輕清冲淡多類此，蓋其得力在韋柳之間，常州道中云：『路已近時翻覺遠，人因垂老漸知秋。』則又渾然有得之言也。

二

織雲樓一集，其詩皆冲淡雅切，明白如話，無格格之弊，蓋其家庭授受然也。令儀著有花南吟榭草。

春陰云：

碧窗人起怯春寒，小立閒庭露未乾，
墻外杏花階下草，引人長倚碧闌干。

舟夜云：

小艇低昂睡不成，夜深猶自促歸程，
滿窗涼月白於雪，船底忽聞魚斷聲。

寄兩妹都門云：

紅閨鴈影惜分離，強說相逢定有期，
此日燕山空繞夢，何年官閣伴題詩；
海棠庭院敲棋處，鸚鵡簾櫳喚茗時，
往事依稀休重問，有人綠鬢已添絲。

令嘉有答淑君姊詩，詩云：

鴒原分手隔天涯，風雨聯床願尙賒，
兩地空煩詩代簡，三春同有夢還家；

病多漸識君臣藥，　別久愁看姊妹花，
他日相思勞遠望，　五雲多處是京華。

令昭亦有答淑君姊詩，詩云：

繡閣當年共理妝，　傷心此日共分行，
寄書已過櫻桃節，　惜別休聞芍藥香；
曉月鳴鷄驚好夢，　夕陽歸雁感殊方，
平生舟檝偏無分，　枉說江南是故鄉。

三

葉氏三婦，其才情之美，堪相伯仲，而陳嫦笙繪聲閣集，尤稱於世。戴南蘋題其織素圖次韻云：『貌出靑娥逈軼塵，淡妝不逐畫眉新，分明錦字傳蘇蕙，絕勝崔徽傳裏人。軋軋聲頻倦下機，詎將遠夢到金微，西風聽徹寒砧急，霜葉簷前儘亂飛。十三學得厭彈箏，頗耐西南漸有聲，女手摻摻勞永夜，七襄取次報章成。』此詩見南蘋遺草。嫦笙挽戴詩所謂「而今留得淸吟在，說與圖中織素人」者也。輓詩見下：

挽戴南蘋云：

桂花香滿月圓初，驚說乘風返碧虛，
料得廣寒清淨地，修文正待女相如。
尺幅生綃點染新，十行錦字爲傳神，
而今留得清吟在，說與圖中織素人。

春園偶賦云：

賣餳聲裏日初長，春滿閒庭花事忙；
樓外軟風鶯夢暖，籬邊疎雨蝶衣涼；
碧桃懶欲垂頭睡，紅葉殘如半面妝，
看盡韶光應不倦，題詩長倚小迴廊。

金陵阻風侍太夫人遊隨園云：

輕帆三日滯江干，爲訪名園足勝觀，
點染總教詩意滿，安排只恐畫工難；

一簾風月供濡筆，六代鶯花伴倚闌，
却怪西泠山水窟，尙無勝地臥袁安。

秋江晚行一首，寫景極工，詩云：

落日下江潯，暝色在高樹，
漁燈生遠岸，歷亂不知處，
微聞柔櫓聲，又繞蘆洲去。

夾竹桃：

穠華爛漫不勝描，却愛迎風翠影搖，
地擬淯川生錦浪，人來湘浦泣紅潮，
儘教綽約貞常抱，爲報平安恨始消，
知有淩霄淸節在，不須錯認董嬌嬈。

閔霞、山陰人，葉紹本室，嘗題王澹音環靑閣稿，詩云：

銘椒頌菊著淸才，擘錦然脂傍鏡臺；
自是前身餘慧業，墉宮曾注小名來。

東南佳勝數婁江，　門第烏衣畫戟雙，
一片橫雲山色好，　眉痕淡寫月當窗。

第六節　種竹齋閨秀聯珠集

種竹齋閨秀聯珠集，丹徒王碧雲與女兒迺德迺容及姪女秀芳合刻之詩集也。碧雲名瓊，晚號愛蘭老人，著有愛蘭軒集及詩話八卷。碧雲年未及笄卽能詩，十五賦掃徑詩，有「我正有心呼婢掃，那知風過爲吹開」之句，袁簡齋采入詩話，且過訪，瓊以爲非禮，竟不見。性貞靜而敦厚，多讀經史，與諸女士交，詩筒徧天下，一時名流操選政者，幷采其詩及論說，年八十卒。

贈比邱尼云：

仙子傳來古雪篇，　步虛聲裏絳雲連：
遙知靜對梅花月，　鶴聽禪經立晚煙。

掃徑云：

菊殘三徑懶徘徊，　桐葉飄丹積滿堆；

我正有心呼婢掃，　那知風過爲吹開。

迺德字子一，著有竹軒詩稿。再寄侯香葉芝夫人云。

野水碧侵郭，　遙山青在樓，
懷人簾自捲，　高詠韻誰酬，
樹密忽成雨，　江深易入秋，
鳳臺芳草遍，　千載謫仙愁。

迺容字子莊，著浣桐閣稿，有題張淨因綠槐書屋詩稿云：

弱齡躭吟咏，　開卷發天香，
好句比蘭茝，　其人如鳳凰，
燕城環綠水，　瓜渚隔斜陽，
擬待桃花日，　期君輞水莊。

第五章　方芷齋與當時婦女之唱和

阮芸臺嘗作秋桑七律四首，和者數百人。時川楚教匪未靖，汪芍坡方官湖北巡撫，其夫人方芷齋和詩有云：『烽煙未靖人將老，閒煞成都八百株。』時人稱爲立言得體。芷齋名芳佩，號懷蓼，錢唐人，著有在璞堂集。嘉慶丁卯（一八〇七）梁山舟重宴鹿鳴，賦詩四章，和者百餘人；時芷齋年八十矣，和詩三章，評者以爲諸人不能及也。

定香亭筆談云：『芷齋早年，曾問字於杭堇浦翁霽堂兩先生。嗣後遊宦，與徐淑則錢浣青杭筠圃徐冰若諸人爲詩交，詩簡酬唱，切磋問字。』王鳴盛序其在璞堂吟稿云：『芷齋之詩，翦刻明淨，欲以幽好避羣。言志之篇，宛轉而纏綿；體物之作，秀發而瀏亮。譬則秋蘭叢菊，嫣然於風露之外。』其推贊可謂至矣。

乘月過萬松嶺云：

晚覺籃輿速，青山不厭重，
歸雲封古洞，片月佇遙峰；
怪石全疑虎，蒼松半似龍；
行行城闕近，猶送隔林鐘。

初夏書事云：

日永無塵事，山居境轉幽，
雨歸雲外樹，人語竹間樓；
春去寒仍淺，花殘蝶解愁；
晚窗茶未熟，一縷翠煙浮。

春日云：

乍曉卻教尋角扇，輕寒猶未卸吳綿，
因循風雨俄三月，檢點鶯花又一年；
簾幔半從歸燕捲，巾箱多借蠹魚眠；
倦來圖史紛前後，勝似殘燈乞舊編。

早春湖上遇雨云：

山色空濛雨更幽，落燈風裏伴春遊，
劇談往事渾忘倦，每戀清吟爲少留；
雲起忽遮巖畔寺，煙迷時下水中鷗；

徘徊未識梅花面，可是歸舟載得愁。

風箏云：

翦紙爲鳶骨相寒，常依稚子博欣懽；
偶然得藉微風力，却要旁人仰面看。

芷齋詩清麗秀發，卓越尋常，沈歸愚稱其『清而不靡，如水仙一囊，湘蘭半萼。』誠哉其卓然大家，絕無世俗閨閣脂粉氣也。

芷齋又有哭翁霽堂先生一詩，知己之感，耿耿於心，詩云：

少微星忽隕寒芒，天喪斯文巨壑藏。
四海長留知己感，一生祗有愛才忙；
楷模自足垂當代，猿鶴空驚去草堂，
聞說故交銘有道，定看金石耀琳瑯。

芷齋三女，嗣徽畹姝靜姝及子婦王雲芝，一門耽詠，皆以芷齋爲師。

嗣徽名纘祖，著蕉雨軒吟稿。詩如久雨云：

連朝風雨苦瀟瀟，靜看茶煙颺綺寮；

滿院秋風無覓處，隔牆新透一林蕉。

病起即事云：

東風吹柳曳煙絲，節近清明苦雨時；
抱病經旬才思減，海棠開落不題詩。

晥妹詩如振衣亭春望懷諸女友云：

陌頭春老柳飛緜，旅客思鄉倍黯然，
花落吳宮紅滿地，水浮鄂渚碧連天；
懷人有夢常千里，寄遠無書又一年，
薄暮山亭回首處，子規啼斷綠楊煙。

春曉即事云：

紙帳筠牀絕點埃，夢回遲日上窗來；
薰衣侍女催人起，知否桃花昨夜開。

夏日即事云：

槐陰鏤日午風涼，倦掩琴書蝶夢長；

名利不關心似水，　舉頭翻笑白雲忙。

靜姝九歲能詩，十二而夭。有對鏡絕句云：

不受鉛華染，　梅花認舊身，
一奩秋水冷，　寫出阿儂眞。

雲芝有歸棹泊桐江詩云：

一棹桐江水，　歸艎再問津，
山靈似相笑，　鄉夢到今眞；
亂瀑趨巖瀨，　安流上富春，
長年相問訊，　半是浙江人。

雲芝名德宜，松江人，芷齋子竹隱之婦也。芷齋既歿，家政一委之姬妾，日惟彈琴詠詩，焚香禮佛而已。所著有黔中吟、語鳳巢詩稿。

草萍云：

路出金雞驛，　蒼茫失遠村，
屏山楓作障，　茅舍竹編門；

酒力饒風色，　衣斑漬雨痕，
荒田喧鳥雀，　信有稻孫存。

遊觀音閣云：

松柏青青倚澗隈，　一峯影轉畫圖開，
雙虹倒向天心出，　亂瀑爭從木杪回，
未免溪山耽視聽，　若無人我是如來，
了然莫作非非想，　翠竹黃花總誤猜。

正始集載其佳句，如『舟行明鏡裏，鳥掠翠屏前。』『漁艇煙中聚，夕陽竹外明。』具有畫意，眞堪嗣響芷齋。

第一節　錢浣青

與方芷齋齊名，而互以詩相酬唱者，曰錢浣青。浣青名孟鈿，武進錢維城之女。維城字茶山，乾隆乙丑（一七四五）狀元，以詩畫名。浣青詩法，多經口授，著有浣青詩草。隨園題其集云：『嫁得才人蘇伯玉。』蓋崔曼亭少負才名，弱冠登進士，與浣青倡隨風雅。洪稚存序其集謂：『峯青江上之篇，配楓落吳江之詠。』誠不誣也。

華清宮懷古云：

霓裳歌吹動華清，小輦曾催花底行，
池上鴛鴦憐幷宿，天邊牛女笑長生；
空悲此日金釵擘，何事當時白練輕，
一曲淋零傳夜雨，壽王宮內月同明。

潼關云：

潼關天險鬱嵯峨，天外三峯俯大河，
六國笙歌明月在，五陵冠劍夕陽多，
時來傑士能捫蝨，事去將軍竟倒戈，
終古丸泥憑善守，英雄成敗感如何。

浣青詩高揖羣言，飛空絕響，有太白「搔首問青天」之槪。浣青平生最服膺少陵太白詩，故以浣青爲名。集中如華清宮潼關張子房驪山燕燕諸作，其感歎似少陵，而其格調則又登太白之堂矣。

張子房祠：

狙擊早消秦帝膽，借籌竟創漢家基，
空疑狀貌同雌伏，始信功名見獵遲；
帷幄總分黃石略，雲山不負赤松期，
高蹤迥出韓彭外，紫柏青松護舊祠。

浣青又有和竹初叔父寄懷一首，愴然傷懷，蓋回首前塵，不無今昔之感也。詩云：

東山絲竹黯生塵，回首吾家最愴神，
歸燕巢空翻似客，啼鵑枝冷只餘身，
情如疎柳春難挽，愁共寒潮夜亦頻，
陌上看來花濺淚，者番怕見物華新。

青門竹枝詞云：

渭城風物又經春，嫩綠初齊客思新，
記得大隄和雨折，泥他青眼盼行人。

客夜云：

虛庭鳴蟋蟀，　空外結秋心，
獨客已遙夜，　高城有暮砧。

再寄曼亭云

春來漢水兼天遠，　月到巫山特地寒，
若向琵琶亭下泊，　青山只作故人看。

隨園詩話稱其通音律，嘗在畢秋帆座上，聽客鼓琴，曰『角聲多，宮聲少，且多殺伐之音何也？』問客果從塞外軍中來。浣青有三子，都擅文名，錢竹初題詞云：『郎種甘棠兒視草，修來福命勝梅花。』爲世所艷稱。（見浣桐閣詩話）

第二節　徐淑則

淑則名德音，浙江錢塘人，許佩璜之母也。佩璜字渭符，以詩名，多由母教。淑則幼嗜學，長益博雅，林亞清倡蕉園詩社，時淑則未與，閱十餘年，相遇京師，亞清曰：『得子之詩，政復後來居上。』著有綠淨軒詩鈔。

出都留別林亞清夫人云：

前身風格是林逋，築室仍依西子湖，
班左妍詞才獨妙，郝鍾懿範世應無，
埽除鉛粉留眞韻，點染溪山入畫圖，
却憶當年同里閈，相尋翻似隔蓬壺。

出塞云：

六奇枉說漢君臣，後此和戎是婦人；
能使邊庭無牧馬，蛾眉亦合畫麒麟。

淑則又有過貞女觀一詩，描寫山野風景如畫，如「山中泉作響，山下藤生花，紆回經百折，仙宮臨水涯」諸句，惜其詞長，不備錄也。茲再記其飛來峯七律云：

鷲嶺岧嶢起半空，丹青巒壑隱花宮，
疏鐘幾處山頭寺，孤鶴一聲松際風；
絕壁過雲浮暖翠，幽泉出澗浣春紅

世無小李將軍筆，　點染霜紈恐未工。

隨園詩話記其斷句，如元日云：「剩有濕薪同爆竹，也將紅紙寫宜春。」喜雨云：「不止清涼宜翠簟，可知點滴盡黃金。」蓋皆綠淨軒集中佳句也。

第三節　定水老人杭筠圃

仁和杭澄，字清之，號筠圃，晚號定水老人，杭堇浦之女弟也。筠圃少時，嘗從兄學制舉文，旋棄去，一意爲詩，著有臥雪軒吟草，伏枕吟，堇浦稱其詩風格蒼老。嫁趙萬隰，早寡。

五十悲吟云：

十載傷心淚，　何曾一日乾，
老深無後痛，　貧覺立孤難；
寂寂墓門草，　深深眢井瀾，
此身原已死，　休作未亡看。

追感云：

牛衣未暖別離催，貧賤夫妻樂亦哀，
遺札可憐猶在篋，夜臺那復一緘來。

筠圃一生，境遇坎坷，涉歷危險，故所作亦多牢愁抑鬱，淒心寒魄之語。嘗有句云：『盡日支牀深擁被，不知戶外幾峰青。』貧病無聊，於此可見矣。

春日寄懷湛堂云：

晴煙漠漠柳絲絲，腸斷春江是別時，
千里相思兩行淚，三年光景幾篇詩；
生涯似兎初營窟，踪跡如蟬不定枝，
却怪天涯久留滯，何年得遂鹿門期。

筠圃一生貧病，經營三世八棺，勞瘁過痛，得拘攣疾，依母家以終。方芷齋爲刊其遺集臥雪軒一卷行世。袁簡齋曰：『芷齋與筠圃，同一能詩女子，方榮貴而杭艱辛何也。』

第四節　徐冰若

沈學子有女弟子徐暎玉，字冰若，崑山人，能詩，與方芷齋唱和甚多。冰若性愛梅，花開輒行其下，每風雨至，則顧而泣，若有甚傷於心者。華亭沈大成，見其梅花詩，爲更數字，若冰喜曰：『眞吾師也。』遂問業稱弟子。著有南樓吟稿。

送春云：

春光心事兩蹉跎，愁見飛花檻外過，
漫說窮愁詩便好，算來詩不敵愁多。

病起云：

重開鸞鏡施膏沐，卷上珠簾怯曉風；
風起不知秋幾許，飛來黃葉滿庭中。

七夕云：

銀漢橫斜玉漏催，穿針瓜果飣妝臺，
一宵要話經年別，那有功夫送巧來。

夏日閒居云：

鏡檻渾無暑氣侵，　幽居却喜似山林：
松窗閒寫夫人帖，　蘭閣還調中散琴；
新竹娟娟橫翠影，　踈蟬嘒嘒曳清音，
曉來幾陣迎涼雨，　滿院荷香襲素襟。

冰若生平多愁善怨，俯仰太息，鬱鬱不自得，卒年僅三十六。正始集記其臨終說偈云：『來從梅花來，去向蓮花去；來去本無心，無相亦無住。』梅生蓮滅，何其一塵不染耶。冰若卒，嘉興陳如璋為詩哭之。陳亦大成弟子，有西溪集。

第六章　阮元與婦女文學之關係

乾嘉之際，其清代婦女文學之極盛期乎。斯時也，袁簡齋既高標女教，招收弟子，其他有力之人，如畢秋帆杭堇浦郭頻伽阮芸臺……等，亦復奬挹倡導，不遺餘力；而婦女文學，遂躋「黃金時代」。蓋亦世運升降，愈演愈進，固潮流之所趨，亦自然之勢也。吾嘗論之，有清二百數十年中之婦女文學其所以超越前代者，端賴提倡之有人耳。清中葉之有袁阮杭畢陳（碧城）……猶清初之有錢（牧齋）

毛（大可）吳（梅村）王（漁洋）……晚清之有曾（滌生）俞（曲園）……也，讀吾書者，其亦以吾言爲然乎？

第一節　唐古霞與阮娟川

阮元有姬人唐慶雲，字古霞，吳縣人，能詩，著有女蘿亭稿，芸臺亟賞之，其初夏夜一詩云：

夜坐樓前思悄然，清和時候二更天，
風從嫩竹梢頭起，月向新桐葉底圓；
覓句心閒拈句寫，看書眼倦抱書眠，
偶然一夢如仙境，醒後香煙滿袖邊。

送夫人歸寧曲阜云：

吟就新詩拜女君，朝來未忍暫相分，
星含別意將離月，風帶春愁欲送雲；
楊柳帆檣波渺渺，杏花村落雨紛紛，
泗濱芳景成秋色，望把歸期早寄聞。

按阮元夫人劉書之，字月莊，女蘿亭稿中，與月莊唱和之詩甚多，讀此詩亦可想見其不妬之美。

太常仙蝶又至小園呼之落臂喜賦云：

一番春色小園新，雨後看花絕點塵，
却爲風輕頻落臂，吉祥仙降吉祥人。

與月莊姊鬬草云：

閒花冶葉盡詩懷，却爲青茵步小階，
聊把芳名相對數，不須眞個賭金釵。

元夜云：

上元佳節峭寒收，却爲爐香卸翠裘，
千戶笙歌春富貴，一家觴咏晉風流；
紅搖豔燭浮雲髻，月引遊人上綺樓，
遙想夷門森畫戟，可曾清讌似蘇州。

冬日書齋云：

冬日齋中不覺寒，讀書餘暇倚闌干；
案前一片玻璃鏡，背後屏花對面看。

阮元有女孫恩瀠，字媚川，能詩善畫，著有慈暉館詩集，尤嗜琴，芸臺每至文選樓，必令一彈再鼓，呼爲「琴女孫」，且手書楹聯以賜云：『古琴百衲彈清散，名帖雙鉤搨硬黃。』咸豐壬子（一八五二）歸揚州沈竹齋。次年揚州陷，湄川思家念母，憂鬱驚疑。甲寅（一八五四）秋卽歿，歸竹齋才三年耳。

嘉慶十年（一八〇五）芸臺於揚州文選巷隙地築樓五楹，名曰隋文選樓，其後媚川曾紀以漢宮春詞云：

曹氏開先，更諸儒繼後，選學遙傳；迴思舊時堂構，都付榛煙，幸存故址，記吾家卜築林泉。願自此蘋蘩永祀，馨香俎豆年年。莫道風流雲散，念門牆桃李，多士班聯。昔曹憲居此聚徒教授凡數百人公卿多從之尋來雪泥鴻爪，餘韻流連。依依斜雪，喜高樓百尺參天。任羅貯名書萬卷，未教媲美前賢。

按文選樓上，奉曹憲及魏模公孫羅李善魏景倩李邕許淹七栗主，左右爲藏書所，樓之下爲西塾，故祠中有「羅貯名書」等句也。

第二節　梁楚生

楚生名德純，錢塘人，自幼隨宦，足跡半天下，故其詩得江山之助爲多。有女兄適汪早卒，楚生養其遺孤，幷授以詩。嘗選明一代人之詩而評定之，足闡明史是非，皆楚生之教也。卒年七十有一，阮芸臺爲之傳，稱其『明敏有決斷，能識大體。』可謂女之有士行者。著有古春軒詩鈔兩卷，後附詞一卷。

弔項王云：

中宵四面楚歌聲，百戰山河一旦傾；
能使美人先殉節，大王畢竟是多情。

偶成云：

裊盡爐香睡未成，玉釵畫徧數歸程，
那堪一夜窗前雨，故作春江風水聲。

冷廬雜誌錄其佳句，如『薄雲漏日明孤塔，新水涵秋淡遠天。』『江山勝處詩尤健，兒女多時宦亦愁。』又詠紫牡丹詩，有『闌前香染昭容袖，簾外春生宰相袍。』風度軒敞，眞大手筆也。

第三節　李秀眞

王于陽初桐巏堥山人集，阮芸臺稱爲典雅流麗。其姬人李秀眞，濟南人，亦能詩，爲芸臺所稱。

北極廟云：

古剎迢遙碧漢間，一回登眺一開顏；
東西南北青無數，看盡重重疊疊山。

夜深云：

夜深獨傍錦薰籠，窗縫穿來敲面風；
恐是行人未投宿，馬蹄踏雪亂山中。

輕清婉麗，直可嗣響巏堥集矣。

第四節　金文沙

文沙名淑，號慎史，浙江嘉善人。能詩善畫，著有得樹樓集，墨香居畫識。文沙早寡，以詩畫名世，阮芸臺選兩浙輶軒錄，例選已故，誤收文沙詩入選，文沙詩以謝之，有『未亡人得從寬例，文選臺應被誤傳。』立言極爲有體。郭頻伽贈以長律，落句云：『似聞妙繪兼三絕，試畫天風蘿屋寒。』文沙爲作「天風蘿屋圖」，極荒寒蕭瑟之致，并題二絕云：

春來海燕寄珊瑚，屬寫天風蘿屋圖；
自是詩中兼畫意，不知畫意入詩無。
禿盡千林見遠峯，只留蒼翠兩三松，
有人屋底寒如此，黃葉堆門過一冬。

此詩語意皆工，其荒寒蕭瑟之致，亦如其畫。

文沙又有自題山水一詩云：

尺素煙霞起，孤峰戶外斜，
隔溪翠微裏，猶有幾人家。

文沙之寡，其弟婦朱聽秋澄唁以詩，哀感不堪卒讀，詩云：

豈不貪庸福、天何獨忌才，
從教依子舍，莫上望夫臺，
撫瑟悲三絕，吟詩痛八哀，
他鄉聞噩耗，驚定復疑猜。
世事都如此，驚看逝水流，
歸期當在夏，悲思不因秋，
忽忽經年別，茫茫大地愁，
丁寧惟一語，萱草可忘憂。

聽秋又嘗有句云：『瘦影劇憐閨鏡換，好山只向舊圖看。』又有看荷花一絕神韻不減文沙，詩云：

追憶童時到草堂，綠陰猶護北窗涼，
風廊水榭憐欹側，惟有紅蕖似舊香。

然脂餘韻又載其斷句，如病中述懷云：『銅漏點殘憐夢短，珠簾不卷怯春寒。』秋興云：『燕子生涯如昨夢，菊花心事盼重陽。』詩筆清雅，甚可愛也。按聽秋號荻菴，金持衡室，著有荻菴詩鈔。

第七章　吳中十子

吳門張滋蘭允滋，與張紫蘩芬，陸素窗瑛，李婉兮嫩，席蘭枝蕙文，朱翠娟宗淑，江碧岑珠，沈蕙孫纕，尤寄湘澹仙，沈皎如持玉，結清溪吟社，世所稱吳中十子者也，有吳中十子詩鈔，論者謂可以媲美西泠蕉園矣。

第一節　張滋蘭

滋蘭號清溪，別號桃花仙子，任心田室。工詩文，善寫墨梅。所居潮生閣，焚蘭繼膏，恆讀至漏盡不寐；燈火隱隱，出叢樹林，過之者咸謂此讀書人家，不知其爲女子也。著有潮生閣集。

秋後懷心田夫子云：

雨霽銀燈日，　纖雲入暮天，
芙蓉還寂寞，　秋水自嬋娟，

寒雁聲疑斷，　虛窗夜不眠，
思君在高閣，　清夜撫冰絃。

燈花和香溪徐夫人韻云：

軫草花含吐，　丹心不作灰；
懸知來日事，　先已報粧臺。

第二節　張紫蘩

紫蘩號月樓，尤滋從妹，著兩面樓偶存稿。

白楊花和碧雲王妹作：

柳絮飛來風片斜，　牽人魂夢散梨花；
淡煙明月迷隋苑，　玉燕珠簾憶謝家；
鶯舌好翻新樂府，　蛾眉消却舊韶華，
綿綿欲斷渾難斷，　萬縷離情怨暮笳。

月樓有洞庭竹枝詞甚佳。詞云：

館娃宮畔多芳草，消夏灣頭是妾家，
春色滿山留不得，任他流水送桃花。
目斷浮梁路幾重，可憐家傍最高峯，
如何一個團圞月，半照行人半照儂。

懷寂居禪友云：

樓空秋思逈，憑眺獨蕭森，
月鏡開靈覺，霜鐘警道心；
可憐黃葉落，無奈白雲深，
想得安禪處，天花正滿林。

尤澹仙兩面樓詩序，稱其『常偕寂居碧雲諸子參禪論學，由其性眞所發攄，而不類句櫛字比者之所爲。』此詩禪機微引，可以見道矣。余於兩面樓，最愛其洞庭竹枝詞二首，明白如話，蘊情至深，蓋又跳出禪關矣。

第三節　陸素窗

素窗名瑛，工塡詞，得宋元人神韻，著有賞奇樓草、蠹餘稿。

十愁吟云：

殘照西風碧樹秋，　行雲望斷楚江樓，
不知何處吹橫竹，　喚起新愁與舊愁。

羣雅集謂：『素窗詩才清婉，與其嫂婉兮吟詩，時稱雙璧。』讀十愁吟一詞，亦可以想見其才情矣。

第四節　李婉兮

婉兮名嫩，陸昶室，著有琴好樓集。

秋夕云：

十二層樓夜月明，　美人簾底坐吹笙；
芙蓉露冷秋衣薄，　翻到霓裳第幾聲。

送梅坨之白下云：

踟躕江畔別愁深，　落月蒼蒼曙色侵；

笑我祗堪謀斗酒，　憐君惟有載囊琴，
秋風矮屋三條燭，　夜雨寒窗十載心，
想到歸期眞不負，　桂枝香裏細聯吟。

第五節　朱翠娟

翠娟名宗淑，長洲人，著有修竹廬吟稿。

月夜聞笛懷清溪云：

天寒露重不勝情，　遙夜披衣坐月明；
何處樓中還弄笛，　落梅如雪滿江城。

清溪卽桃花仙子張滋蘭也，翠娟又有贈江碧岑姊一詩，詩云：

寒夜長吟一卷詩，　斯人何幸得同時，
直教孔思周情合，　始覺班香宋豔卑，
經史不妨充蠹腹，　文章從此屬蛾眉，
慚余筆硯應焚却，　欲步芳塵悔已遲。

月夜懷清溪一詩，與婉兮秋夕相似，而風神稍遜，至贈江碧岑姊，幾造古人堂奧矣。

第六節　席蘭枝

蘭枝號芸芝，著有采香樓詩草，自怡集。

秋日登山閣云：

雲盤石磴路重重，寂寞亭臺蕭瑟風，
一抹煙光凝晚翠，三分秋影澹遙空，
青山城郭斜陽外，黃葉人家細雨中，
更上一層憑弔遠，予懷渺渺向誰同。

杜陵草堂云：

萬里橋邊結伴遊，草堂景物倍清幽，
斜陽衰草成荒徑，老樹寒鴉變暮秋；
潦倒半生悲患難，文章千古擅風流，

先生遺址誰題句，　憑弔重教旅客愁。

江碧岑采香樓詩序稱：『雕刻雲煙，搜抉花鳥，要不失閨人本色，至蜀中諸作，沈雄蒼老，卽雜之杜陵集，幾幾莫辨。』此言雖近標榜，然采香樓詩，自爲十子中翹楚。采香又有句云：『楊柳曉風人別後，杏花微雨燕來初。』與『青山城郭斜陽外，黃葉人家細雨中。』眞詩中有畫矣。

第七節　江碧岑

碧岑名珠，號小維摩，江蘇甘泉人。著有青藜閣詩鈔、小維摩集，工詞賦，尤長駢體文，才女也。送半客之上江兼訂來春偕往之約云：

長江滾滾路漫漫，　九月西風作意寒，
骨相癡屯隨分好，　性情簡樸入時難，
仰人乞食知非計，　審膝求容亦易安，
話到分攜須命酒，　一鉤殘月促筵歡。

青山列坐酒盈觴，病待春風好去鄉，
兩口累身殊可厭，一瓢行脚更無方，
艱辛涉世緣饑迫，慚愧勞生試藥忙，
只要此心澄若水，人間何地不清涼。

第八節　沈蕙孫

蕙孫號散花女史，著有繡餘集、翡翠樓詩集。

題承旨畫蘭云：

可憐王者香零落，顦顇瀟湘第一枝，
空向新明誇畫筆，難爲騷客寫愁思，
故宮落日悲荆棘，周道秋風怨黍離，
何處托根猶故土，淡煙細雨伴江蘺。

題二喬觀兵書圖云：

舳艫焚盡仗東風，應借奇謀閨閣中，

曾把韜鈐問夫壻，誰言兒女不英雄；
陰符偸讀妨描黛，繡帙雙開見唾絨，
一十三篇勞指授，梟磯餘烈本吳宮。

蕙孫有田園雜興諸作，清逸無比，浣溪沙詞嘗有「聽殘紅雨到清明」之句，膾炙人口，咸稱「紅雨詞人」。而題心田林屋吟稿一首，尤傑作也。

第九節　尤澹仙

澹仙字素蘭，號寄湘，著有曉春閣集，工塡詞及駢體文。

春夜喜山人送梅云：

寒梅漠漠春無影，款扉有客來銅井，
折得梅花遠寄將，一枝猶帶溪雲冷。
我亦羅浮謫下仙，相逢此夕豈徒然，
狂呼明月伴我飲，世人那識三嬋娟。

田家雜興同蕙孫沈姊作：

微雨溪上來，斜陽澹茅屋。
平原一以眺，良苗藹如沐。
鳩鳴杏花紅，村暗榆陰綠。
野老善識時，相勉還相祝。
膏潤貴及時，秋稔已可卜。

第十節 沈持玉

沈持玉字佩之，號皎如，長洲人，著有停雲閣稿。父母無子，事親以孝聞，亦女子之才而有士行者也。

落花和江碧岑姊原韻云：

笛裏誰家怨，吹來總斷腸，
六朝春夢短，終古別愁長，
天地老煙景，江山空夕陽，
尋芳歸路晚，贏得馬蹄香。

第三編　清代婦女文學之極盛時期（下）

第一章　陳文述與婦女文學上——碧城女弟子——

有清一代，提倡婦女文學最力者，有二人焉，袁隨園倡於前，陳碧城繼於後。碧城名文述，字雲伯，錢唐人，著有碧城仙館詩鈔，頤道堂集，西泠閨詠等。隨園既於上章言之矣。次述碧城女弟子，其紅粉桃李，雖不及隨園門牆之盛，而執經問字之姝，要皆一時之彥也。

第一節　吳規臣

陳碧城門下女弟子才華之美者，推金壇吳規臣。規臣字香輪，一字飛卿，能詩，工畫，精醫，善劍。碧城所謂「兒女英雄，美人才子，」飛卿一人兼之。著有曉仙樓詩。

題黃鶴樓壁云：

天風吹我羽衣單，江上梅花伴曉寒；
他日我來橫玉笛，月中祇解跨青鸞。

飛卿父朗齋，夙愛華陽洞天之勝，往遊至三，飛卿無不隨侍，穿雲躡翠，采藥尋松，幾自忘其女兒身矣。嘗登蓮花峯訪玉井，至則非井，池也，蓮尚未花，因戲搴一葉口占云：

絕磴迴梯踏翠煙，飛行又向此峯巔；
採來一葉人間世，太華峯頭玉井蓮。

在山中坐雨嘗爲牡丹寫生云：

一種天生富貴花，開來仙觀帶烟霞，
人間遮莫春如海，那及山中宰相家。
三茅雲氣護靈根，生長仙源別有春，
閒倚玉蘭花下看，六朝金粉舊精神。

飛卿又工詞，客白門時，刻小詞數闋，采桑子云：

昨宵星月今宵雨，首似春蓬，心似秋蟲，畢竟情懷那樣同。　小樓深閉愁無那，才聽疏鐘，又聽征鴻，莫道吳儂不懊儂。

青玉案云：

煙痕作暮風絲冷，只有儂心領。逝水年華眞一瞬；春花多笑，秋花多病，都是傷心境。危樓鎭日無影，小立也排清茗。濁酒澆來心自警；懽時偏醉，愁時偏醒，何處商量準？

名媛詩話云：『聞飛卿善舞劍，蒙城張雲裳襄善騎射，二人詩皆淸絕塵氛。』眞碧城門下「女英雄」也。

第二節　張襄

張襄字雲裳，蒙城張麗坡將軍女，將軍好風雅，故雲裳十餘齡卽能詩。不三四年，著書盈帙。西泠閨詠云：『雲裳爲麗坡將軍女，詩詞書畫音律，無不究心，旁及韜鈐騎射，眞不媿將門女也。』著有支機石詩，錦槎軒集，織雲仙館詞。

擬古別離云：

漠漠塞上雲，渺渺楡林樹，
青山幾萬重，一別從茲去；
前程尙模糊，安問歸時路，
風雨灑征衣，今宵宿何處。

遊山云：

指點青山郭，眞堪作畫圖，
心隨流水逝，目送片雲孤；
樹色分朝暮，山光乍有無，
歸來忘遠近，喜不藉人扶。

擬岳大將軍鍾琪奉詔征金川留別故人云：

未許身閒水石間，九重恩詔起衰顏，
蔣侯已擬長開徑，李廣無端又出山。
老別那能期後會，壯行原不計生還，
卻憐舊雨紛紛集，亂樹寒雲擁劍關。
乍抛釣艇脫羊裘，共唱陽關賦遠游，
憐我已成强弩末，感君還望大刀頭。
牙旗影落邊城月，觱篥聲高絕塞秋，
此去百蠻應見笑，邯鄲夢裏又封侯。

此詩蒼茫悲涼，殊有穿雲裂石之聲，不愧將家兒。然如春日閒居一首，則又如新月綺麗，初花纖穠也，詩云：

深閨夢短思悠悠，為怯春寒懶下樓。
自笑年來嬌養慣，滿簾紅日未梳頭。

名媛詩話云：『雲裳和青邱梅花詩九首，傳誦一時，佳句如「林外亂鴉銜雪去。山中孤鶴破寒來。」「萬樹雪明雲外寺，一籬香護水邊村。」「一桁斷霞松徑晚，幾枝初月草堂春。」可謂詩中有畫矣。』

第三節　江逸珠

陳雲伯嘗為小青菊香雲友修墓於西泠，徵諸題詠，彙而刻之。顏曰蘭因集。一時閨秀，如吳蘋香汪逸珠方若徽錢蓮因沈采石黃蘭娵汪小韞……俱有和作。汪逸珠詩云：

翠冷香銷二百年，梅亭明月鶴亭煙，
羅裙久化飛莊蝶，彩筆重題感杜鵑，

一徑落花紅灼灼，兩隄芳草綠芊芊，
春泥都化媧皇石，補滿情天補恨天。

逸珠名琴雲，汪小韞之姪女也，能詩，著有沅蘭閣詩集。又工人物界畫，閨閣中之李伯時仇十洲也。守貞不字，賣畫自給，汪小韞嘗寄以詩云：

美人雲影在西湖，誰識青溪最小姑，
殘墨冰甌和雨滌，迴風羅袂倩花扶，
熏香靜展藏眞帖，拂素春臨望遠圖，
絕似當年曹比玉，瓊簫吹徹月明孤。

碧城謂『明月吹簫，配曹比玉。』林下淸風，可以略見一班矣。

第四節　錢蓮因

蘭因集載錢蓮因詩云：

煙柳絲中淺碧流，露桃花裏小紅樓，
塡平愛海三生願，消盡人天萬古愁，

瘞玉深深紅雨暮，　埋香鬱鬱碧空秋，
春山如黛人何處，　惆悵蘼蕪十二邱。

蓮因名守璞，亦字藕香，江蘇昭文人，著有夢雲軒詩。能詩善畫，精音律。僑寓維揚，製古吟牋，顏其室曰「小題襟館」。

寄外詩云：

臨別先期返，　相違約二旬，
那知上弦月，　仍照未歸人；
行止寧無主，　飢驅莫諱貧，
歲寒冒風雪，　珍重苦吟身。

閨中元夜詞云：

卜繭抽鬮事事無，　幽閨搦管撥寒爐，
不知燈市過元夜，　欲寫山居避世圖。
負他明月到貧家，　讀易挑燈夜煮茶，
自笑寒酸風味別，　飽餐虀飯詠梅花。

詩格清高，俱有林下風致，西泠閨詠稱其爲「花中之蓮」允矣。

第五節　王仲蘭

碧城女弟子中，其佼佼者，既如上述，此外尚有王仲蘭名蘭修，嘉定人，王鳴盛之孫女也。有曇紅閣集筆記。工詩能文章，卓然名家。尤善畫，曾有白描王母讌瑤池圖，工細生動，突過李龍眠。又嘗與太原辛瑟嬋選國朝人詩二十餘家，各爲題詞，幷加論斷。附錄於後，可以覘其詩之造詣矣。

國朝詩品

蘭修幼承家學，雅好詞章。曩與太原辛瑟嬋女史，選國朝詩宜登上品者，以年代相次，得二十餘家；各爲題詞，幷加論斷。奄有諸家之長，集其大成者，惟吾師頤道先生。蘭修體弱多病，未能造門請業，高山景仰，心向往焉。謹錄所作，介瑟嬋代呈函丈。他日瑯嬛閣啟，來窺玉局修書；絳帳花開，或許金釵問字；謹以是爲羔雁。詩十八篇，未論定者勿錄焉。私淑弟子王蘭修仲蘭氏，書於吳門曇紅閣中。

羅浮道士　超妙似太白，沈鬱似少陵，離騷哀怨，靈均之遺則也。

顧亭林　人品如層霄丹鳳，太虛白雲，詩境亦似之；沈鬱處在國風變雅之間。

虞山蒙叟　古詩多不入格，近體亦少完篇。惟律句典麗悲涼，一空作者，自成作家。

吳梅村　感懷身世，憑弔滄桑，長慶體紀事之作，不減香山長恨歌琵琶行也。集中名作，自以永和宮詞爲第一。

施愚山　人品高潔，詩境亦如秋水寒潭，故非漁洋竹垞所及。

陳迦陵　才筆超妙，詩多疎逸之致。

吳漢槎　瓣香梅村，能自立幟，浚稽山辭，非梅村所能籠罩也；秋笳一集，亦能寫邊塞之音。

潘稼堂　才力甚大，格亦老成，隨園毀之，非定論也。

查初白　得雅人之深致。

厲樊榭　鐫刻林壑，渲染烟霞，深於山水之趣，浙派遂成大宗。

趙璞函　才力奇肆，體格雅正，娵隅一集，最絕唱。

錢韓石　思沈筆銳，不失雅正之音。

黃仲則　跳盪之作，頗開風氣。

洪稚存　得力於古，兼多奇氣。

錢松壺　無意爲詩，自然超妙。

邵夢餘　清妙得之愚山，修整過之。

舒鐵雲　五古似甌北，七古似仲瞿，雖有名作，終屬別派，七律佳篇，足與夢餘并稱絕調。

陳頤道　有漢魏六朝，有三唐兩宋元明，有國朝諸名家，唐人中有李杜韓白高岑王孟温李；如建章宮闕，千門萬戶，就其一體，皆可名家。壇坫雖衆，故當首屈一座。

第六節　吳蘋香

蘭修之外，如辛瑟嬋絲（有瘦雲館詩）陳妙雲滋曾（雲伯族姪女）于蕊生月卿（有織素軒詩）史琴軒靜（有停琴佇月樓詩）及仁和吳蘋香藻；而諸人中，要以吳蘋香之詞，爲最有名，蘋香嘗寫飲酒讀騷圖，自製樂府，名曰喬影，吳中好事者，被之管絃，一時傳唱。其花簾一集，嗣響易安；幾如有井水處，必歌柳七詞矣。著有花簾詞，香南雪北廬集。

金縷曲題雲裳錦槎軒詩集云：

一夜觀星墮，步姍姍碧空飛下，水仙花朶。名將儒風從來少，況有鳳雛親課；喜嬌小才偏勝左。硯匣琉璃隨身抱，拂紅箋吟盡書窗大。九天外，落珠唾。　凝妝鎮日臨池坐，好清閒、書禪畫聖，香名早播。始信大家聲調別，福慧他年誰過。覺展卷自慚形浼，儂是人間傷心者，怕郊寒島瘦詩難可。拈此闋，代酬和。

蘋香晚年，移家南湖，古城野水，地多梅花，取梵夾語，顏其居曰「香南雪北廬」，嘗自爲序曰。

序云：

憂患餘生，吟事遂廢，因檢殘叢賸稿，恕而存焉。自今以往，掃除文字，潛心奉道，香山南，雪山北，皈依淨土，幾生修得到梅花乎？「幾生修得到梅花，」「儂是人間傷心者，」觀其序，論其詞，亦可以知其遇矣。蘋香有自塡南北曲一套，載蘭因集，玆錄之：

（步步嬌）金粉難消湖山路，草綠裙腰露。荒陵落日初，一片傷心，美人黃土，何處弔蘼蕪？把香名一例兒從頭訴。

（醉扶歸）一個葬秋墳冷唱逋仙句；一個對春山閒臨西子圖；一個垂簾畫閣綠陰疏；怎蓮胎生迸的蓮心苦。最憐他寒膏冷翠强支吾，最傷他蘭因絮果難調護。

（皂羅袍）日日畫船簫鼓，問湖邊豔迹，說亦模糊。桃花三尺小墳孤，棠梨一樹殘碑古。春烟楊柳，秋風荻蘆，粉痕蛺蝶，紅腔鷓鴣；玉鉤斜誰把這招魂賦。

（好姐姐）有個謫仙人，轉蓬萊故都，愛一帶春山眉嫵。平章花月，把嬋娟小傳摹，詩禪悟，重留片石將青天補，欲倒狂瀾恨海枯。

（尾聲）姍姍環珮歸來否，早註入碧城仙簿，則問他曾向詩人下拜無？

西泠閨詠云：『自塡南北調樂府，極感慨淋漓之致，託名謝絮才，殆不無天壤王郎之感耶。』按蘋香父夫俱業賈，兩家無一讀書者，（見兩般秋雨盦隨筆）而獨呈翹秀，眞異才也。余最愛其浣溪沙云：

一卷離騷一卷經，十年心事十年燈，芭蕉葉上幾秋聲。　欲哭不成還强笑，諱愁無奈學忘情，誤人猶是說聰明。

錢謝菴徵波詞云：『人爲傷心才學佛。』略可與此詞印證，然蘋香才高，其有和寡之歎歟。

第二章　陳文述與婦女文學下——其他婦女界——

雲伯平生韻事甚多，嘗爲小青菊香雲友修墓於西泠，徵詩題詠，一時閨秀，如汪逸珠方若徵錢蓮因沈采石黃蘭嫩……俱有題詠；紅粉聯吟，頗極一時之盛。又雲伯客京師日，曾爲李晨蘭及楊蕊淵傭書，助之著述，後鐫「蕊蘭書記」小印以爲紀念。西泠閨詠所云：『我是嬋娟舊書記，遺編珍重護靈芸。』卽指是也。

雲伯有姬人文靜玉管湘玉，亦均能詩。其子婦自然好學齋主人，尤爲一時之秀。而西泠閨詠一書，其所收婦女詩，亦不亞隨園詩話。故論者往往以碧城隨園幷舉，職此故耳。

第一節　秋雁詩人

李晨蘭字佩金，長洲人，工詞，著有生香館集。西泠閨詠稱其『玉潔蘭薰，閨房之秀。』有秋雁詩四首，傳誦一時。陳雲伯爲刻「秋雁詩人」小印貽之，推崇至矣。詩云：

無端燕市起悲歌，帶得商聲又渡河，
千里鄉心隨月遠，一年愁緒入秋多；
水邊就夢雲無影，天際驚寒夜有波，
屈宋風流零落盡，那堪重向洞庭過。
晚來風雨晚來霜，不爲悲秋亦斷腸，
蘆葦作花多冷澹，鷺鷗無語亦淒涼；
窮途容易迷歸路，棲隱何如在故鄉，

一種白頭緣底事，田田祇解覆鴛鴦。
誰凭高樓一笛橫，憑空吹落苦吟聲，
能鳴未必眞爲福，有跡多嫌累此生；
入世豈容矰繳避，就人終覺羽毛輕，
越鳧楚乙休題品，識字何曾爲近名。
夜闌飛渡恨漫漫，多恐江南到亦難，
偶聽弓弦驚寤寐，久疏箋字報平安；
箏無急柱寧辭鼓，琴有哀音未忍彈，
可忍西風吹別調，離羣還較此間寒。

此詩不脫不黏，幽怨之思，溢於言表，江南人至呼爲「李秋雁」，可謂極一時之聲譽矣。秋雁又有秋夜懷林風詩，亦極淒婉。林風姓許氏，名庭珠，婁縣人。秋雁從宦錦城日，與訂閨房文字之交，蓋戞然有林下風者也。

詩云：

經年不見許飛瓊，悵望瑤臺十二城，

明月多情來獨夜，西風作意送秋聲，
漫拈紅豆歌長恨，靜掩銀屏背短檠，
斗帳涼生蘭燭炧，亂蛩爭語夢難成。
嬌小堪憐蕚綠華，塵寰一去渺天涯，
數竿竹影搖淸幌，一縷茶煙漾碧紗，
憔悴秋魂寒戀夢，伶俜病蝶瘦依花，
彩鸞已作文簫偶，忘卻林宮是故家。
芙蓉露冷晚烟收，翡翠簾櫳玉一鉤，
贏得詩詞原合病，生來情性只宜秋，
緘題花葉纏綿恨，細吐春絲宛轉愁，
惟恐畫欄鸚鵡醒，悄將錦字讀從頭。
無聊閒炷水沉香，瑟瑟羅衣怯夜涼，
秋雨秋風關塞冷，湘雲湘水海天荒，
耽書祇爲愁無奈，諱病誰知恨轉長，

不信年來消瘦甚，　開箱怕檢舊衣裳。

第二節　琴清閣主

金匱楊蕊淵芸，善塡詞，著有琴清閣集，嘗輯古今閨閣詩話爲金箱薈說（一名嬋娟錄），陳雲伯爲之序。在京師日，與李秋雁爲文字交，結社分題，裁紅刻翠，都中仕女，播爲美談。琴清閣集有題返生香古詩一章，極空靈窅渺之致，迻錄如次：

瓊雲散影仙姝泣，　海上桃花幾回碧，
十二飛樓弱水西，　返生香斷何從覓。
空留妙句寫烏絲，　鏤雪團香絕妙詞，
千古玉臺遺跡在，　鮑家小賦謝家詩。
吟邊想像人如玉，　林下風清絕塵俗，
巧掠鳴蟬薄鬢青，　雙描出繭修蛾綠。
姊妹聯吟擘彩牋，　疎香妝閣冶春天，

芭蕉影裏風如扇，　豆蔻梢頭月乍弦。
一家詞藻人間罕，　雙成合作飛瓊伴，
午夢初回倚繡床，　晚妝纔試拈花管。
愛仿官奴寫洛神，　曾摹周昉畫朝雲，
綺琴夜拂銀鉤手，　金甑朝繙貝葉文。
吳江波冷湘娥弔，　惆悵含嚬不成笑，
紅柳纔牽幔外絲，　綠章已赴雲間召。
夜雨燈昏翡翠屏，　蓮韡輕躡鳳皇翎，
三生慧業知重證，　一枕遊仙怨早醒。
猊床肯下眞師拜，　靈姿合受天人戒，
出世原無不死方，　忘情且說無生話。
懺除綺語竟歸禪，　穩坐耆尼九品蓮，
莫向三山談舊事，　又勞天上葬神仙。

蕊淵爲楊蓉裳之女，幼受四聲，慧辨琴音，妙修簫譜。琴清閣詞，風美流發，在片玉寇柳之間。南陵徐氏，刋小檀欒室閨秀詞，取以冠首，其意蓋以爲清代閨秀第一人也。

蕊淵之表妹顧領，字羽素，無錫人，著有蓮香詞。羽素爲詞人立方之長女，兼塘之女兄。幼習爲詩，兼工長短句。性愛梅，顏所居曰「綠梅影樓」，作圖塡詞，一時名公才媛，應題甚夥。蕊淵有懷羽素兼調兼塘弟婦臨江仙詞一闋，風流蘊藉，殊稱雅謔。詞云：

記得髫年携手處，紅橋畫舫蓉湖。別來蘭訊未曾疏，新詞牋百幅，錯落瞻明珠。竹北花南香伴少，近時標格誰如？清心一片映冰壺，顧家新婦好，得似小姑無。

羽素有法駕引四首，殊少俗韻，蓋其淵源家學也。詞云：

人間世，人間世，小謫廿年留。琪樹折殘滄海夜，瓊花吹碎碧城秋；天上有離愁。

瑤池上，瑤池上，異味出天厨。阿母待餐青鳳髓，麻姑手擘紫麟脯；遊宴到方壺。

清虛府，清虛府，寶鏡影團圞。玉兎生依青桂樹，金蟇爬上白雲端

；風露最高寒。

東華籙，東華籙，曾作散花來。涼月無塵鸞鶴夢，殘香有恨鳳凰臺

；刧後辨餘灰。

第三節　白雲洞天詩主

蘭因集載沈采石詩云：

吹徹三妹媚，聲聲玉笛當，
樓曾倚鸚鵡，碑不篆鴛鴦，
玉是嬋娟字，花稱姊妹行，
西湖比西子，辛苦爲誰香。

采石名㲉，嘉興人，父山漁名光春，故禾中宿學，著有醉墨齋詩集。母許氏名英號梅村，著有清芬閣吟稿。采石少學詩於父，學畫於母，又與其弟西雍相切

磋，一時有左太沖貴嬪之目，著有白雲洞天詩一卷。

中興四將歌云：

中興有四將：　韓岳乃可稱；
張劉何爲者，　而亦居其名。
張驕劉惰不足道，　握兵乃比韓岳早，
韓岳自是生死臣，　金牌痛哭騎驢老。
圖其像者劉松年，　笑他亦厠韓岳間，
此圖傳之萬萬古，　論功論罪俱照然。
吁嗟！張劉地下如有知，
請看靈巖西湖兩墓定國元勳碑。

題劉阮入天台圖云：

做到神仙便有情，　會仙石上訂三生，
重來未必來時路，　幾樹桃花照眼明。

春遊云：

知我春遊天乍晴，鳥啼花落踏春行，
雲山佳處眞如畫，一幅生綃寫不成。

聞鄰曲云：

歌聲宛轉是誰家，自啓珠簾月半斜，
聽到四絃淒絕處，一庭銀海漫梨花。

采石又工畫，嘗爲吳蘋香繪苧蘿烟雨箑子，兼以寫生尺幅見惠；蘋香塡靑玉案詞以謝之，推獎備至，乃知才女無所不能也。又嘗爲陳雲伯鄭夫人賦白牡丹詩一首，風華卓絕。詩云：

素心畢竟讓花王，侍從多騎白鳳凰，
富貴自應留本色，天人原不要濃妝；
館陶仙子情如玉，虢國夫人影亦香，
寄語讕言莫相戲，洗紅久已譜淸商。

陳雲伯又嘗序其畫理齋詩集，獎挹備至。序中所述女子之能畫者，俱一時之姝彥，覽之可以見當時女子藝術之盛。序云：

……金雲門之金碧樓臺，則李昭道趙伯駒也；汪逸珠之綺纖人物，則董叔達劉松年也；屈宛仙之白描，黃蘭陬之水墨，則李龍眠趙子固也；碧梧織雲玳梁筠如梅卿畹芳智珠香輪之寫生，則滕易裕黃伯鸞也。至接武荆關，追蹤韋柳；烟毫既潤，彤管尤工；惟女士爲兼擅矣。其謀篇也，如其落墨；其賡韻也，如其摹古；其琢句也，如其用皴；其選詞也，如其傅色；離詩論畫，其黃皆令乎？離畫論詩，其卞篆生乎？鳴環動珮，人言當時之令嫺；石色雲峯，我謂閨中之摩詰矣。

第四節　秋紅丈室

秋紅丈室遺詩，乃秀水王仲瞿繼室山陰金雲門禮嬴之所著，陳雲伯嘗屬其姬人吳門文靜玉湘霞校錄之，附於仲瞿煙霞萬古樓詩選之後，卷首有湘霞詩敍一篇云：

……余歸碧城，嘗從孝慧宜人（汪端）問字，見案頭置孝廉烟霞萬古樓詩，中附夫人詩甚多。頤道又從他書錄十餘首，屬余收藏，因幷錄而存之，曰「秋紅丈室遺詩」。丈室在錢唐武林門外西馬塍南，宋姜白石故居也；曰「丈室」夫人中年筆墨之暇皈禪處也。今來春穀，適頤道爲刻孝廉詩，因併付梓，重校一過，并誌緣起，道光庚子（一八四〇）重九，吳門文靜玉書於春穀官舍之明霞軒。

讀此序可以知雲門能詩善畫，而又耽於佛學者。雲門多才藝，得湘霞而益彰，紅粉知己，雲門可以不死矣。按雲門又號昭明閣內史，幼嫻翰墨，自歸仲瞿，益以詩文書畫相商榷，志氣高遠，兩人亦自以爲非凡夫婦也。性喜佳山水，吳越幽勝之區，同舟并轡，索探殆盡，故其畫得山水之助爲多焉。嘗禮天竺，雲門以手製觀音圓通二十五像爲仲瞿祈祐，并呈詩曰：『神仙墮落爲名士，菩薩慈悲現女身。』後居西湖紅柏山莊得嘔血疾，皈心淨土，趺坐二百五十餘日，丁卯（一八〇七）四日化去。遺令以維摩詰經殉，年三十有六。仲瞿悼以詩云：『撒手懸崖我不如，居然龍女證明珠；淨居會散維摩老，閒煞明朝香積厨。』鐵雲爲志其墓。（見墨林今話）

雲門嘗寓居武林門外紅柏山莊，雲山如畫，詩以寫之：

梅妻鶴子林君復，　泛宅浮家張志和、
如此溪山留不得，　五湖歸計又如何。

自題梅月雙清圖云：

三分鼻功德，　一個月聰明；
約我西溪住，　梅花可有情。

墨林今話云：『仲瞿跋其梅月雙清圖云：「追鍾王楷法於千條萬蕊中，爲元章古法之所未窺。」』則其妙於畫梅，可以見矣。

雲門又有泛舟東郭云：

羅隱歸來一釣竿，　寒山腳下住方干，
向來山水江南好，　從古文章蜀道難；
惡木肯容鸞鳥足，　蓮花亦是鑑湖官，
箬門殘照鵝峯影，　留段斜陽看不完。

英姿卓犖，不愧與仲瞿笙磬同音。

墨林今話又載其奩中遺詩，五絕如：

梅子酸心樹，桃花短命枝；
可憐馬塍月，孤負我來時。

七絕如：

自覺驚魂不得留，梅花開放月辭樓；
斷腸祇有梅花樹，種好梅花不白頭。

又詩云：

門外桃花開未開，童奴來報滿田栽；
桃花有個該開處，拍手厓邊看去來。

雲門居西湖紅柏山莊，皈心淨土，此首尤見徹悟，一片禪機，拈花微笑，雲門殆生有自來矣。

雲門又工畫，頤道居士畫林新詠閨閣一門，詠金雲門云：『山繞紅樓水繞門，玉壺斑管寫黃昏，建安七子圖還在，此是金釵畫狀元。』其推崇贊歎，可謂至矣。

第五節　小鷗波館

校錄秋紅丈室遺詩之文湘霞，本高氏女，慕文端容之爲人，因改氏文。善畫，書學晉人，著有小停雲館詩鈔，其詩載杭郡詩三輯。雲伯又有姬人曰管湘玉名筠，錢唐人也，所居曰小鷗波館，著有小鷗波館詩集，卽雲伯頤道堂文集中所謂「閨房之侶，向爲鷗波」者是也。

題桃花扇云：

絲竹蒼涼酒一尊，南朝遺事寫溫存，
江山誰墮新亭淚，花月空銷舊院魂；
公子才名歸黨局，美人消息種愁根，
不堪重話青溪事，落葉如霞冷白門。
江上青山翠黛浮，當年遺事水東流，
玉臺已破菱花鏡，紅粉甘居燕子樓，
復壁人遙梁苑暮，重門天遠秣陵秋，
美人恨血燕支色，一握冰紈弔莫愁。

軼事何年記板橋，　才人細意譜冰綃，
北來鼙鼓連三月，　南渡煙花又六朝；
水閣祇今聽暮雨，　石城依舊上寒潮，
新聲大有離騷意，　一片滄桑付紫簫。
漏舟歌舞自經年，　狎客新詞十種箋，
宰相無權驕節鎮，　君王有詔選嬋娟；
不聞戰馬嘶金鼓，　終見宮車走翠鈿，
讀到云亭新樂府，　南都遺事總淒然。

頤道堂集中，有秦淮訪李香君故居、題桃花扇樂府後七絕十六首，其末首云：「掌書捧硯坐桐霞，七字新題寫碧紗；解爲寒光惜佳俠，鷗波仙子碧城花。」即指湘玉而言，桐霞亦湘玉所居館名。

詠西湖云：

淡妝濃抹問何如，　周昉丹青好畫圖；
環翠春山凝淺黛，　橫波秋水漲清矑；

　　苧蘿原是傾城豔，　　花柳都疑絕世姝，
　　若把西湖比西子，　　西湖應是美人湖。

雲伯女弟子辛瑟嬋曰：『昔太白山人，援李供奉郎官湖之例，名西湖爲「高士湖」今得此詩，當改爲美人湖矣。』斯言可謂雅切。雲伯嘗貟官帑鉅萬，湘玉脫簪釧爲之解完，雲伯感之，告於家廟，正位爲嫡，情而俠者，其幹略何愧鬚眉耶。此外雲伯姬侍，尙有蔣蕊蘭字玉嫣，薛纖阿字雲姮二人，其詩俱見杭郡詩三輯。雲伯子裴之有才婦曰汪端，另詳次章。

第三章　婦女著述家

瓊閨之媛，繡閣之姝，刻紅翦綠，則優爲之。至於評隲詩文，而以選家見稱，精究漢學，而以治經獨著者，求之於二百餘年婦女中，眞如「鳳毛麟角」，余故特爲表出；蓋婦女有才非難，有識爲難也。

第一節　選政家之惲汪

選詩尤難於作詩也；蓋選詩之難，不難於選，而難於擇，其人除於文字賞鑑之外，并能瞭然於是非得失之故，與衰治亂之源，作者之個性與環境何如？詩學之源流與派別何如？條分縷晰，了然於胸；然後可以操選政矣。有清一代，詩媛輩出；而以選詩稱者，僅惲珍浦之閨秀正始集，汪允莊之明三十家詩選二書。然惲書簡陋，則又不若汪選精審也。

一

惲珠字珍浦，號星聯，晚號蓉湖道人，陽湖惲南田族孫毓秀女也。性穎慧，通孝經毛詩爾雅四子書；十歲工詩，十三工紩繡，從族姑惲冰習畫，得其法，著有紅香館集。

錦雞詩云：

閒對清波照彩衣，　偏身金錦世應稀；
一朝脫卻樊籠去，　好向朝陽學鳳飛。

珍浦平生慕李二曲先生以孝子爲醇儒，重刊其集，製序行世。又刻遜菴語錄，纂蘭閨寶錄六卷；又廣搜清朝女子之作，選爲正始集，二書可爲閨中之文獻。

儀徵相國，論爲「女中之儒」，可以知是書之見重於當時矣。

節錄正始集例言：

一、是集皆輯我朝閨秀所著，其前朝者，概不刋入。……雅正者付之梨棗，體制雖殊，要不失「敦厚溫柔」之旨。

一、我朝重熙累洽，化起宮闈；母后妃主，孝德休嘉，徽柔著矣，不以文采見長；卽偶有吟詠，亦非臣妾所敢妄錄。

一、排比次序，第一首錄宗室紅蘭主人女縣君作，「尊天潢」也。次錄先高祖姑科德氏，「述祖德」也。次錄族姑惲淸於作，「重家學」也。次錄畢韜文作，「標奇孝」也。次錄伊夫人作，「美賢淑」也。次錄尹太夫人作，「昭慈範」也。次錄林氏作，「揚貞烈」也。次錄希光作，「彰苦節」也。次錄李氏作，「敦詩品」也。餘則參仿欽定國朝詩別裁體例，分若干年爲一段落。特名媛年齒，後先莫可稽考；則以其夫若子之科名官爵爲斷；其無科名官爵者，按詩中可見之人，約略排次。一切無考者，以得詩之先後編入。

一、采詩先取專集，無專集者，就各家選本詩話輯入。餘則訪之族里閨友，美不勝收。今所選至多者，人不過十首。……………

一．各家詩集體例不一：有編年者，有分體者，有隨手雜錄者。茲集各就本人，以古今體類次，先樂府，次五言，次七言，以歸畫一。……………

一、閨秀每姓名下，各敍里居表字，與夫若子名位，以備徵信。………便讀者誦其詩如見其人。…………

一、我朝專選閨秀詩者：有王西樵然脂集，陳其年婦人集，胡抱一名媛詩鈔，汪心農擷芳全集，蔣涇西名媛繡鍼，許山臞雕華集。其以女史選詩者，則有王玉映名媛詩緯；然多採歷代閨秀，且未免偏尙才調。茲集所收，有十分之四，餘皆隨時采擇，積久成多。……

一、閨秀生於前明，其詩曾選入明詩綜及別裁集，而其人國初尙在者；如紀映淮朱中楣黃媛介方維儀諸人，或膺封爵，或爲遺逸；均一例選入。祁忠惠公夫人商景蘭，黃忠端公夫人蔡玉卿，其夫旣以大節殉明；婦人從夫，自應不選，以全其志。而仍錄其詩，附於商景徽及莊氏小傳中。

一、是集所選以性情貞淑，音律和雅爲最，風格之高，尙其餘事。至女冠緇尼，不乏能詩之人，殊不足以當閨秀，概置不錄。然如夏龍隱周羽步諸人，實有逃名全節之隱，故特附錄，以揚潛德。

一、青樓失行婦人，每多風雲月露之作；前人諸選，津津樂道，玆集不錄。然如柳如是衞融香湘雲蔡閏諸人，實能以晚節蓋，遵國家准旌之例，選入附錄，以示節取。

一諸閨友聞余輯錄是集，不吝賜敎，多以瓊章見貽，本應全列首集；特考各家選本：如鄧孝威名家詩觀，盧雅雨山左詩鈔，沈歸愚國朝詩別裁，鐵冶亭白山詩介，從無題詞，是以刋列卷後，以從雅好。……

正始集選詩之旨趣如何？僅覩其例言，不必觀其全書，而是非優劣，自灼然可見矣。

其優點：

一、采詩先取專集。

二、用編年體，分若干年爲一段落。

三、閨秀每姓名下，各敘里居表字。

四、敘地名官名，多從今稱，不尚古雅。

五、隨時采集，不依賴專集。

其劣點：

一、視選詩爲私乘，如「重家學」「述祖德」。

二、過於提倡「良妻賢母」「貞操苦節」。

三、過於尊重「夫權制度」，如商景蘭蔡玉卿兩例。

四、選詩偏重「貞淑性情」而忽略才華風格。

五、不選女冠緇尼青樓……之作。

綜觀上述諸條，正始集之優劣蓋參半；然其劣者，特以其所處時代不同，惲氏未必無見於此也。蓋評人論事，當具時代眼光，惲珍浦生禮義之家，處專制之世；自不能脫「時代」思想，正不可以其頑舊陳腐而漫然訾議之也。嗚呼！女子教育，充其極亦不過「敦厚溫柔」「良妻賢母」，惲氏特女子智識階級之代表人物耳，可慨也夫！

二

汪端字允莊錢唐人，陳雲伯之子婦也。著有自然好學齋集。幼聰穎，七歲賦春雪詩，讀者謂不減「柳絮因風」之作，因以小韞呼之。詩格幼即高雅，嘗取唐宋元明及清朝人詩，閱一過輒棄去；留青邱梅村兩家，已又去吳，曰：『梅村濃而無骨，不若青邱淡而有品。』及觀青邱以魏觀貽害，而七子標榜成習。牧齋歸愚選本，推夢陽而抑青邱；大恨之，誓翻詩壇寃案。因選明詩初二集，有論世知人之識；明代賢奸治亂之迹，亦略具焉。

允莊生平，於淸最愛王仲瞿與王井叔二人詩。井叔名嘉祿長洲人，爲吳門七子翹楚，著嗣雅堂初二集若干卷，桐月修簫譜詞若干卷，尤工駢體文。允莊嘗置二人詩於案頭，呼之曰「老王先生」，「小王先生」。

自然好學齋集中，七律最佳：如明詩選題詞三十首，西湖詠古十六首，皆明整清麗。管湘玉尤稱其哭王紫湘詩十六章云：『寄哀思，極沉痛，不妬之美，上符關雎樛木，非直詩之工也。』紫湘蓋陳裴之姬人也。

允莊平生，其足以表現其才識，而爲畢生之大著者，厥爲明三十家詩選；此書長處，惟梁楚生明三十家詩選序，最能言之：

……允莊所選，以清蒼雅正爲宗，一掃前後七子門逕，於文成青邱清江孟載諸人，表章尤力。至於是非得失之故，興衰治亂之源，尤三致意焉。讀是書者，不特三百年詩學源流，朗若列眉；卽三百年之是非得失，亦瞭如指掌。選詩若此，可以傳矣。

允莊之論明代諸家詩，頗具特識，其論樂府之體：

……劉文成，鬱伊善感，欷歔欲絕，離騷之苗裔也。高青邱，清華朗潤，秀骨天成，唐人之勝境也。何大復，源於漢魏開寶，而能自抒杪緒。徐昌穀，六朝風度，嫻雅絕倫。謝茂秦，小樂府最爲擅場，閨情邊塞，不減王少伯李君虞之作。凡此數家自當爲樂府正宗。而李西涯之咏史，王鳳洲之敍事，陸桴亭之激揚忠孝，則皆變體之正也。至若李滄溟「撏撦剽竊，詞義艱晦，」竹垞斥爲妄人也固宜。

其論五言古云：

元季多近纖靡，劉文成起而振之，醇古遒鍊，抗行杜陵。青邱得柴桑之眞樸，輞川之雅澹，可謂異曲同工。他如張志道之宏朗，楊孟載之蒼奇，林子羽追琢工秀，不在常劉以下。正嘉間，大復骨重神寒，昌穀清聲古色，皇甫昆季，圭臬三謝，高子業接迹曲江，此皆一時之雋，足相羽翼。華子潛歸季思吳凝父李長蘅錢欽光張祖望諸人，規橅林壑，淸曠絕塵，亦不媿隱逸詩人之目。若顧亭林磊落英多，陸桴亭雄深淵雅，則又獨闢門徑，前無古人矣。

其論七言古云：

明初青邱沉鬱宕逸，兼太白杜韓之長。貝清江張志道，鮮明緊健，頗近元遺山虞道園二家。孫仲衍學岑嘉州，明雋清奇，善言風景。李草閣歌行學杜，材力馳騁，足以赴之；惜波瀾較少耳。宏正間諸家，多宗少陵，實自西涯啟之；而大復雄麗，尤爲奇玉特珠。嘉隆以下，作者殊寡，鳳洲富健，尚欠安詳；滄溟浮囂，更不足取。其後陳忠裕夏節愍，格古意新，陸桴亭才氣無前，陳元孝語能獨造，撐持末季，深賴此數公爲。

其論五言律云：

文成俎豆少陵，青邱上法右丞，下參大歷十子。貝清江以温厚勝，張志道以瑰麗勝，楊孟載以清新勝，袁海叟以秀潔勝，林子羽以精鍊勝，程節愍以雅正勝。大復於李杜王岑，皆能神肖。昌穀嗣襄陽之清音。茂秦振嘉州之逸響，可稱極盛。王鳳洲陳忠裕夏節愍桴亭亭林元孝，氣格沈雄，自是大家。而邊華泉皇甫子循高子業區海目鄺湛若，趣味澄敻，如清沇之貫逵，亦猶畫家逸品也。

其論七言律云：

文成激昂悲感，青邱超妙清華，足稱兩雄並峙。貝清江張志道楊孟載林子羽程節愍甘彥初張來儀諸家，功力純熟，詞旨葱蒨，均堪媲美。

渾雅則推西涯，秀朗則推大復，爽健則推茂秦。滄溟雖高華精麗，而用字雷同，易取人厭；昔人嘗集其江湖乾坤落日浮雲秋色風塵中原吾輩等字爲詩戲之，故非惡謔。鳳洲雄闊，惜乏深思，未云貴品。陳忠裕夏節愍，珍詞縟句，雅鍊莊嚴。亭林桴亭元孝，開闔渾涵，龍驤虎步，並爲絕調。此外邊華泉徐惟和兄弟，曹志節程孟陽諸家，圓秀娟妍，得衷合度，皆不失爲名家也。

其論五言絕云：

青邱昌穀華泉茂秦，并得王韋之髓。王子衡徐惟和范東生林初文，亦有佳製，此外殊寥寥矣。

其論七言絕云：

文成青邱志道孟載劉子高張來儀劉仲修王安中，並有唐人風度。而海叟神味雋永，仲衍自然明秀，尤爲本色當行。西涯大復，朗朗有致。昌穀學王龍標，滄溟學李太白，格高韻絕，咸臻極境。徐惟和兄弟，曹忠節程孟陽王介人范東主謝在杭林初文諸人，措詞婉雅，綽有餘妍，斯可與劉賓客鄭都官，把臂入林耳。

明三十家詩選例言中，有允莊論詩一段，甚精闢。茲摘錄之：

嘗謂詩不可不「淸」而尤不可不「眞」；「淸」者，詩之「神」也。王孟韋柳，如幽泉曲磵，飛瀑寒潭，其神淸矣。李杜韓蘇，如長江大河，魚龍百變，其神亦未嘗不淸也。若神不能淸，徒事抹月批風，枯淡閒寂，則假王孟而已。「眞」者，詩之「骨」也。詩以詞爲膚，以意爲骨。康樂跅弛，故其詩豪邁；元亮高逸，故其詩沖澹；少陵崎嶇戎馬，故其詩沈鬱；靑蓮嚮慕仙靈，故其詩超曠。後人讀之，想見其人性情出處，所以爲眞詩。若乃生休明之世，而無病呻吟，處衡泌之間，而恣談國是，則僞少陵而已。

然脂餘韻謂：『允莊明三十家詩選，遠在牧齋竹垞歸愚諸選本上。』觀其所論說，精闢廉悍，雖老儒先生，亦當咋舌，婦人而能如此，寧非天授。吾故論之曰：『自然好學齋，淸代第一才婦也。』昔陳雲伯爲允莊傳，推獎備至，稱爲「孝慧宜人」以雲伯之才之位，而猶傾折若此，則吾言益不孤矣。

第二節　漢學家之王照圓（附郝懿）

郝懿行蘭皐之室王婉佺照圓，山東福山人。蘭皐嘉慶己未（一七九九）進士，有才名。婉佺書法歐柳，工古文，得六朝人筆意。尤精漢學，握鉛懷槧，日與蘭皐考訂經史疑義，疏爾雅，箋山海經，名噪都下。所著有列女傳補註八卷，敘錄一卷，列女傳校正一卷，敘贊一卷，夢書一卷，婉佺詩草。

馬瑞辰列女傳補注序云：

……其立論，則意本禮經；其詁義，則讀應爾雅。考僞正謬，必廣證乎羣書；訂異參聞，亦兼綜夫衆說；博而不蕪，精而不鑿，洵足傳子政之家法，紹惠姬之懿範已。

臧庸列女傳補註序云：

……詮釋名理，詞簡義洽。校正文字，精確不磨。貫串經傳，尤多心得。

列女傳補註一書，既爲當時人所推重，必有可觀，惜案頭無此書以印證之也。其詩說二卷，詩問七卷，及列女傳補註八卷，女錄一卷，女校一卷，前清光緒八年（一八八二），順天府尹畢道遠等，進呈御覽。奉上諭有「博涉經史，疏解精嚴」等語。嗚呼！稽古之榮，於此爲盛，二百餘年中，一人而已。

齊河郝秋巖嘗贈以詩云：

文星夜朗銀河北，賢媛聲華溢京國，
續史無慚世叔妻，生花肯讓江郎筆。
憐爾文章播上清，蛾眉不愧號先生，
遙遙願識瓊枝色，春夢無因到鳳城。

然脂餘韻云：『蘭皋以著述馳聲翰苑。婉佺亦文章博洽，名與夫偶，學者稱婉佺先生。』此卽郝秋巖所謂「蛾眉不愧號先生」也。

秋巖名豐，齊河郝鏡亭之女，少穎悟，學詩於宋湘皋及叔父寅亭，閨中著碧梧窗小草，嫁後有蘊香閣詩鈔，孀居有恤緯吟。

歸寧云：

女行遠慈幃，一歲一歸寧，

兄弟喜相問，姊妹歡相迎，
相將入舊室，環坐話離情。
阿母把手問：緣何太瘦生？
憶昨去膝下，母疾體未平，
瘦生動母憐，欲泣還復停；
母安兒自安，切勿傷零丁，
區區饑與寒，那敢陳母聽。

此詩絮絮喁喁，如小女兒語，令人想見母女之愛。

夏日云：

斜風細雨送微涼，簾幕沈沈夏日長，
棋本怡情輸亦喜，詩惟寫意拙何妨；
翠篁聲裏琴三疊，紅芰香中酒一觴，
逸興無窮天欲暮，更看霽月下迴廊。

此詩末聯，極有神韻。早發平原云：『車聲撼月影，馬跡破霜痕。』亦傳誦一時。秋巖又有讀史一律，極感慨悲歌之致，詩云：

鬻架牙籤信手開，英雄竹帛半塵埃，
時來屠狗亦王佐，事去臥龍非將才；
金馬功名託諸謔，長沙心力寄悲哀，
悠悠得失休重論，千古昆明有劫灰。

秋巖晚歲孀居，故恤緯吟中，每多慘怛淒楚之音。然如海鹽貞女行，寄贈章邱馬小姐，歷下韓氏雙孝女詩，則每多稱揚貞女節婦之辭。豈其身知孀居之苦，而故示人以「衞道」之名歟。嗚呼！清代二百餘年無辜婦女，呻吟宛轉於舊禮教束縛之下，而不敢自破其樊籬，每每飲恨而死者，正不知其幾千萬也。尋常女子無論矣，而所謂知識階級中人，亦不敢稍事反動，甚且推波逐瀾，激揚蹈厲，提筆至此，未嘗不爲之扼腕而三歎也。昔汪容甫中作女子許嫁而壻死從死及守志義痛論未嫁女子守貞及從死之非。乃章學誠等反爲文以駁之，斥爲有傷名教，斥爲喪心病狂，斥爲伯夷與盜跖無分，邪說鼓簧，深入人心，致使「守貞」「死節」等名詞，爲女子操行上之金科玉律，如天經地義，不敢或違。女子之不幸，誰作倆耶！余編清代婦女文學，有時統計其一生身世，十之六七，嫠居以死，紅顏命薄，往往爲之頓足。以爲女子讀書，其成績僅僅如是，誠不若蓬頭赤脚，村姥鄉姑之爲快活矣。余之此論，誠未免越出吾書之範圍，然蘊於心者既久，故一觸卽發，亦不計其言之激也。

第三節　詩論家之沈郭（附郭六芳）

錢唐沈湘佩善寶，詩媛也，著有鴻雪樓集，名媛詩話。其論詩云：

> 詩猶花也：牡丹芍藥，具國色天香，一望知其富貴；他如梅品孤高，水仙清潔，李桃穠豔，蘭菊幽貞。此外則或以香勝，或以色著，但具一致，皆足賞心，何必泥定一格也。然最怕翦綵爲之，毫無神韻，令人見之生倦。

佩湘此論，卽主張詩貴自然眞率，切忌矯揉造作。其論詩如此，故其詩亦多從至情流露，絕無裁紅翦綠之習。李世治序其鴻雪樓詩集云：『女史母吳浣素夫人，一時名媛，才藻富麗，著有簫引樓集。女史秉承有自，可謂不櫛進士矣。』

富呢楊阿序云：『女史穎悟絕倫，性篤孝友，故其爲詩，至情流露，深得溫厚和平之旨。』觀兩序所稱，知佩湘之詩學，蓋有自來矣。

佩湘有秋日感懷詩四首，所述諸女友，俱一時姝彥，讀之可以略窺知當時文壇狀況也。

其一：

印窗斜月影娟娟，白露迷漫水接天，

邱壑趣尋丁卯集，蟲魚書註癸辛編；

夢中覆鹿情常幻，江上征鴻信不傳，久不接丁步珊龔瑟君兩妹書

欲寫湖光寄縑素，雙峯螺髻鎖寒煙。

其二：

領略宣文白雪詩，幸隨月姊侍西池，時集許雲林姊處梁楚生首唱命和

烏絲翠帙瑤華草，席怡珊著有瑤草珠華閣詩集碧串紅牙漱玉詞；吳蘋香姊著有花簾詞稿

江夏無雙唐博士，謂黃穎卿夫人金閨第一漢班姬，謂鮑玉士夫人

同岑更喜同聲應，項緗卿吳茝香兩夫人兼善詞畫愧我尖叉步韻遲。

其三：

滕王高閣舊登臨，南浦西山思不禁，
秋水豔留才子句，芳碑香表美人心；
萍蓬蹤跡三生夢，冰雪襟懷七字吟，（豫章劉夢雲姊有大道還從心內求句）
千里難忘聯袂日，箋雲遙隔嶺雲深。

其四：

雪泥鴻爪憶當年，菽水關心放畫船，
鶯脰湖中銀鱠美，鹿筋祠外玉蓮鮮，
櫂飛黃浦千重浪，車歷青齊九點烟，
往返雲山供嘯傲，墨花灑徧海苔牋。

佩湘之父韻秋，歿於西江官舍，宦囊如洗。時佩湘才垂髫，日勤翰墨，不數年，求詩畫者踵至；因以潤筆所入，奉母課弟，遠近皆稱其賢孝。佩湘有妹曰善芳，字蘭仙，亦能詩，然曇花一現，年僅十九。其詩亦見杭郡詩三輯，茲不錄。

女子論詩，佩湘之外，有湘潭郭六芳，其論詩云：

玉溪獺祭非偏論，長吉鬼才亦妙評；
儂愛湘江江水好，有波瀾處十分淸。
廚下調羹已六年，酸鹹情性笑人偏；
近來領略詩中味，八百珍饈總要鮮。
今古才人一例看，端莊流麗并兼難；
桃花輕薄梅花冷，占盡春風是牡丹。

六芳字漱玉，著有繡珠軒詩鈔，絕句最佳。歸安舟中云：

曾經有夢到瀟湘，夢裏歸家路渺茫；
今日聽風兼聽水，轉疑儂又夢還鄉。

舟還長沙云：

儂家家住兩湖東，十二珠簾夕照紅；
今日忽從江上望，始知家在畫圖中。

六芳妹潤玉，字昭華，所著有簪花閣詩草梧笙館聯吟，又嘗手刊湘潭郭氏三代閨秀詩集，以誌家學。女月裳，何慶涵之室，書家子貞之子婦也，亦工詩。昭華詩，清新俊逸，超然物表。

秋日懷六芳姊云：

玉簫宛轉答清歌，明月當庭一鏡磨；
想到微吟依修竹，秋風翠袖晚涼多。

梅影云：

一鉤新月破黃昏，翠羽翩翩恰到門；
喚起梨雲同一夢，綠雲滿地了無痕。

偶吟云：

風搖翠竹影參差，低拂南窗暑不知；
一榻夢回春意淡，一簾花影一篇詩。

題環碧園云：

玻璃四面影縱橫，細草含香恰嫩晴；
一幅春山好圖畫，花藏樓閣柳藏鶯。

諸詩皆能抒寫性靈，一洗尋常斧鑿堆砌之跡，迥非裁紅刻綠之徒，所能夢想者也。

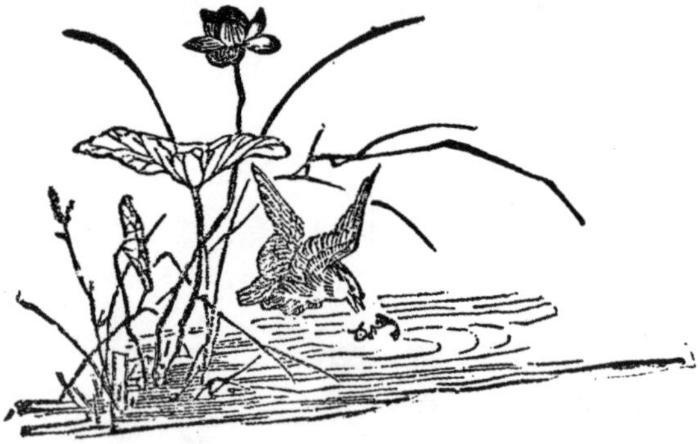

第四編　清代婦女文學之衰落時期

第一章　曾國藩俞樾與婦女文學

原夫一代學術文章之盛，必有魁碩傑出之士，以樹其風聲。於是下焉者，靡然影從，如丸之走坂，水之就下焉。有清一代，二百餘年間，其婦女文學之所以超邁前古者，要亦在倡導之有人耳。西河漁洋，樹之於前，隨園碧城，崛起於後，而其間復有畢秋帆阮芸臺杭堇浦陳其年郭頻伽……諸人之推波助瀾。於是閨襜英奇，玉臺藝乘，遂極一代之盛矣。道咸以後，國家多故，士大夫亦無復優遊於學問文章；而風氣之變，隨園碧城兩先生，均爲世詬病。故家大族，流風餘韻，漸就澌滅；卽詩教之光燄，亦無復曩時之盛。雖其間時復有曾文正俞曲園諸人，於戎馬倥傯之餘，略事揄揚，已成弩末。故在此時期，其婦女文學，無卓犖特異之可述，僅毗陵諸女，嫋嫋餘音，維持於不墜耳。

第一節　何慧生

咸豐丁巳（一八五七）龍翰臣啟瑞之歿於軍次也，曾文正輓以聯云：『豫章平寇，桑梓保民；休誇書生立功，皆從廿年積累立德立言而出。翠竹淚斑，蒼梧魂返；莫疑命婦死節，亦猶萬古臣子死忠死孝之常。』此聯雖輓翰臣，亦兼輓其夫人也。其夫人何慧生字蓮因，善化人，著有梅神吟館詩詞集一卷，其卷末有兒子龍繼棟跋云：

梅神吟館詩詞一卷，先繼妣何夫人作。夫人以咸豐癸丑（一八五三）歸我先君爲繼室。甫五年，先君卒於官，夫人投繯殉焉。奇節高行，震於一時，顧於命婦受封，格於例不合旌表。此集閱二十年，幸無佚敓。又於他所得夫人寄先君手札二紙後附詩詞，今詞中浣溪沙一首，乃從此札補入者。

墨餘偶談稱：『女史有「寒沙兩岸雪，漁火半汀星」一聯，膾炙人口久矣。』吟館殘稿，類多慷慨悲歌之什，如放言云：

天涯擾擾盡風塵，欲報君恩愧此身，
若使朝廷用巾幗，高涼應有洗夫人。

清之季世，國是日非，外有强鄰之逼，內有權臣之禍。士大夫有志之輩，無不慷慨悲歌，大有擊楫中流之概，而風氣所趨，卽瓊閨之姝，繡閣之彥，亦往往以「紅粉英雄」自命；時會使然，亦不知其何以至此也。此詩大有磨盾橫槊，拔刀殺敵之概，然亦不過慷慨當歌之意耳。

余最愛其寒夜云：

寒風蕭蕭響修竹，抱琴閒作水仙曲，
月明天際鶴歸來，夜深獨伴梅花宿。

詩格清高，斯爲閨閣本色詩，迥別於拈脂弄粉者也。

第二節　曾紀耀

湘鄉曾文正公之女紀耀，字仲璜，光緒間隨其兄劼剛侍郎，出使英法，歿於西洋旅次，有紫琅玕院遺稿二十篇。

月夜憶淑懿誦芬及諸妹云：

開軒望園圃，皎月照樓臺，
微風送琴聲，聽之起徘徊；
美人隔秋水，欲往悵溯洄，

俯仰情抑鬱，遣懷聊舉杯；
杯盡亦已醉，結衷若為開，
聚散人之常，何乃苦縈迴，
聚固深所願，散亦無可哀，
恍然悟此理，萬里無纖埃。

粟香五筆稱，侍郎識語，以為『雋永之言，居然可誦。』此其一也。

第三節　周貽蘩與左又宜

湘潭周貽蘩，字茹馨，姊貽端，即左文襄宗棠之室也，貽蘩與姊幷傳詩學於母氏王。文襄曾合刻其詩詞為慈雲詩鈔，貽蘩又著靜一齋詩餘。

桂殿秋詠鷹云：

衰草地，密雲天，將軍走馬獵燕然，重圍拚斷龍堆雪，六翮衝開雁塞煙。

詞甚渾雄，茹馨又有詠孫夫人紅拂諸詩，聽雨詞有「三杯酒續三更夢，一滴聲含一點秋」之句，幽秀可誦。其姪女翼杶字德媗，著有吟香齋詩餘一卷。左又宜字鹿孫，左文襄之女孫也。擅吟弄，尤耽倚聲，著有綴芬閣詩詞各一卷，蒨秀窅渺，而詞爲尤勝。蝶戀花云：

殘月橫窗簾似水，人在天涯，秋在蟲聲裏。一院暝煙飛不起，臨風戲擲相思子。　玉楯朱闌閒徙倚。良夜迢迢，一半消磨醉。覓得新詞還自喜，悄吟背立紅檀几。

柳梢青云：

簾捲香銷，輕寒惻惻。良夜迢迢，春過春分，月圓月半，花發花朝。　年年此際春饒，花月下金尊酒澆。邀月長空，祝花生日，且盡今宵。

虞美人寄外徐州道上云：

宵長漏永鐙初灺，積雪明鴛瓦。月波寒浸小庭心，睡鴨香銷還自擁重衾。　郵籤細數程過半，腸逐車輪轉。殘淮殘汴易生愁，爲恐朔風吹霞白君頭。

蘇幕遮云：

漏沉沉，香裊裊。廊轉花深，簾幙風來小。試拍紅牙歌水調，尺半湘筠，吹弄霜天曉。　醉顏酡，明鏡照。過盡韶光，事事輸年少。來日白頭昨翠葆，自後思量，更說而今好。

然脂餘韻曰：『又宜歸新建夏劍丞爲繼妻。時夏服官江南，頗疲政役，然卓犖自喜，縱覽墳籍，不廢聲詩。又宜亦夙擅吟詠，尤工倚聲。黝壁膏檠，對榻冥索，神開靈伏，精魂回移，迭不覺邂逅何所。夏嘗詭語賓親，帷几之側，網旃之上，殆緬穹巖大谷，惘惘與造物者游也。』又宜又工繡，嘗繡三村桃花圖綴夏驀山谿詞其上，見者驚歎。宣統辛亥（一九一一）卒於滬，年三十有七。

第四節　俞絿裳

錢唐許子原之室俞繡孫，字絿裳，俞曲園次女也。幼時曲園以詠月爲題，使賦一詩甚工，曲園大喜，名其居曰慧福樓。比歸子原，子原亦好倚聲，絿裳乃益致力於詞。年三十四以產厄卒。病前數日，自將詩詞稿悉付焚如，曲園檢其未焚稿序而刻之，名曰「慧福樓幸草」，蓋取論衡所謂火燔野草，其所不燔，名曰幸草之意也。

長亭怨慢寄靜壹主人子原別號云：

正三月落花飛絮，歲歲銷魂，綠波南浦。賸有紅牋，斷腸留得斷腸句。一江春水，量不盡，情如許。欲別更徘徊，但淚眼盈盈相覷。日暮。縱歸舟不遠，已抵萬重雲樹。無眠强睡，怕辜負翠衾分與。想別後獨自歸來，對羅帳，淒涼誰語。只兩地相思，挑盡一燈疏雨。

洞仙歌云：

無端一別。隔雲山千里，錦字緘愁倩誰寄？算浮生總是，會少離多，拚負却燈下花前月底。記曾留後約，何事蹉跎？冷落銀屏舊時意。寄語遠遊人，知否閨中，空望斷歸舟天際？更莫問相思幾多深？也不說相思，者般滋味。

浪淘沙云：

記得昔同遊，楊柳灣頭，落花流水兩悠悠。莫道春愁禁不起，還是春愁。欵乃艣聲柔，夢亦難留。輕寒翠被冷香篝。睡起斜陽明雉堞，錯認杭州。

清麗芊緜，能於詞句之間，流露眞誠深摯之情，三首小令，抵過一篇江淹別賦矣。又靑玉案詠端五云：

一樽淺注菖蒲綠，漸醉倚，屏山曲。戲作綵絲長命續，瑤階煙草，翠簾風竹，庭院淸無俗。輕衫乍換冰綃縠，也不學，新妝束。午睡醒來釵墜玉。聯吟人去，對花人獨，歸燕梁間宿。

綵裳之母姚文玉，女之雯，均以能詩名。文玉著有含章集。兪曲園視學中州罷官歸，有「朝冠卸後一身輕」之句，爲時傳誦。晚年善病，長齋繡佛，卒年六十。曲園爲作百絕句以悼之，取元稹「貧賤夫妻百事哀」之意，名曰百哀篇。之雯字修梅，著有湘雲館詩鈔。幼讀唐詩三百首，未半卽能吟詠。慕西湖之勝，每謂倘得卜居於此，便不再作世想矣。

第五節　江緗芬與沈綺

元和江緗芬，江霄緯之女也。光緒丙寅（一八九六）霄緯以名翰林出宰秦中，緗芬隨侍任所，年才十五耳。能詩，尤喜數學，自加減乘除以至分數化法比例開方勾股三角，三月間盡通之；繼學代數天元，悟元代二術中西之通，學益大精。年二十遽以染疫卒。霄緯輯其遺著，名曰「西樓遺草」，俞曲園題詩云：『數理精微聖代開，閨中亦復擅奇才，疇人傳補葛王沈（謂海寧葛宜常熟沈綺江寧王貞儀也）再補文通愛女來。聰明本是世間無，不厭推尋到六觚，嘲橘亦存圜徑數，切瓜便是割圜圖。趨庭更復學吟詩，不是尋常聲悅詞，說兎論猫都有意，待從集外再搜遺。才命相兼自古難，此才留與後人看，千秋兩卷西樓集，壓到前朝葉小鸞。』其推獎蓋亦至矣。

緗芬淸暇歌云：

婢子厭肥肉，僕人製新裘，一門喜氣集，四序春風收。居官之樂樂如此，祇有吾父深更研獄忙無已。幕客愁無依，閽人意蕭索，寂寂若無人，呼之遲遲諾。去官之日乃如斯，祇有吾父嘯歌清暇示兒詩。

品菊七絕三首云：

我愛牡丹兼愛菊，姹紫嫣紅笑俗目；
富貴場中晚節全，方知平澹是奇福。
桃李春風不耐久，寒梅霜雪難消受；
祇有菊花最適中，旁人笑我淵明後。
人道菊花何太瘦，須知瘦骨堪經久；
試看萬紫與千紅，一到秋來何所有。

然脂餘韻稱其『不專於爲詩，而集中所作，取境特高。』如此詩清高絕俗，無一字涉纖，的是清才。集中又有嘲橘詩一首，有爲而發，尤得味外味。題曰：城固產橘，甘而小，徑不盈寸，其略大者，土人稱曰「橘王」，詩以嘲之云：

我聞彈棋有橘叟，又聞山中有橘婢，
橘王之名何自來，夜郎自大至於此。

圍祇三寸弱，　徑祇一寸長，
生長漢中地，　合稱漢中王；
我將挈汝至閩粵，　攜汝至蘇杭，
大於王者且數倍，　見之得無心慚惶。
僭王始芊姓，　假王有韓信，
藐茲果實微，　豈曰王之藎。
吁嗟乎！稱王如橘且休論，　喋喋小儒且自尊。
畢竟橘王尚有味，　猶勝人間迂腐氣。

曲園所謂疇人傳補葛王沈之沈，即指沈綺，三家中最爲傑出。綺字素君，常熟殷墉室，卒年僅二十一，而所著有文集四卷，四六二卷，唾花詞一卷，管窺一得十二卷，徐庾補註四卷。使天假之年，將如尤西堂序湯卿謀湘中草所謂「著作塞破宇宙」矣，欲不早死得乎。詩名環碧軒集，黃鐘大呂，清廟明堂之器，亦非鏗鏗細響也。錄別云：

南山一何平，　海水不可竭，

悠悠天地間，我獨與君別。
明月耀前庭，忽忽成圓缺，
朝花粲高柯，紛紛落飄瞥；
人生無百年，容華易銷歇，
如何動相違，致此長孑孑，
含悽坐夜闌。仰見明河沒。

其二：

盤中雙玉環，本出連城珍，
琢以古良工，精巧方入神，
視世無足當，什襲全其眞，
常恐偶褻越，負此千金身；
何期感同調，琴瑟旋相親；
相親未逾時，相送長河濱，
長河無還流，遠憶多苦辛。

其三：

歡娛無百歲，聚散那不休，
喻彼大海潮，晨夕無停流；
憶昔與君別，惆悵不能留，
迴身就綺閣，兀坐來煩憂，
亦有盈樽酒，非君誰勸酬；
仰視雲中鳥，嗷嗷求其儔，
緊獨成相失，山川鬱綢繆，
何時當來歸，與我常優遊。

素君他作如大風泊包山，登莫釐峰絕頂，題次昇姊秋林小景，廢莊弔古仿李賀體，皆力追元音，不肯作唐以後語。斷句如江村云：『潮到將呑岸，雲飛欲動山。』秋夕云：『梧桐雙井月，砧杵一城秋。』春日山莊雜興云：『花氣常浮澗，禽聲半在雲。』亦均清逸可誦。

緗芬有詠算絕句八首，其末章亦曾稱素君。詩云：

女弟隨園侈美談，浪將詩句播江南，
何如新輯疇人傳，搜到名媛得粲三。

自註亦謂『海寧葛宜，常熟沈綺，江寧王貞儀也。』緗芬又詠算絕句一首，詞甚新穎，故仍錄之：

刺繡閒來意可娛，梅文鼎書李尚之草足臨摹，
小鬟錯認描花樣，新繪容圓勾股圖。

然脂餘韻謂：『女士生平私淑扶風。江建霞先生將之楚南學使任，緗芬以詩送之云：「量才憑玉尺，搜不到閨媛，應有能文者，扶風一脈存。」建霞見之大笑曰：「此是一難題目。」逾年寄緗芬詩云：「一脈扶風曾未得，蓮花幕下待君來。」此靈鶼遺事之可傳者。』

第二章　毗陵四女與二王二左

武進張宛鄰詞選，爲倚聲家圭臬，其子仲遠，曾刊其女兄弟詩詞，爲毗陵四女集，一門風雅，可想見其淵源有自矣。長緖英字孟緹，著有澹菊軒集；次珊英

字緯青，著有緯青遺稿；三綸英字婉紃，著有綠槐書屋詩集；季紈英字若綺，著有餐楓館稿。安吳包世臣嘗論之曰：

緯青幽雋，婉紃排奡，若綺和雅，各得先生之一體，恭人（孟緹）則纏綿悱惻，不失於愚。屬詞比事，必達其志。節旄膏澤，多所自得，被文采而能高翔矣。（見包世臣藝舟雙楫）

孟緹嘗因擷芳集收閨秀詩太濫，正始集選閨秀詩太簡，故另選一帙曰國朝列女詩錄。

其詞如浪淘沙云：

病怯晚寒嚴，休捲重簾，穿簾無奈朔風尖。人與梅花同瘦損，一晌懨懨。新月上雕簷，眉影纖纖，閒愁暗逐漏聲添。回首嶽雲千里外，清淚空沾。

沈湘佩名媛詩話云：『孟緹詞筆秀逸，眞得碧山白雲之神，壬寅荷花日，余過澹菊軒，時孟緹初病起，因論夷務未平，養癰成患，相對扼腕，出其近作念奴嬌半闋云：

良辰易誤，儘風風雨雨，送將春去。蘭蕙忍教摧折盡，賸有漫空飛絮。塞雁驚弦，蜀鵑啼血，總是傷心處。已悲衰謝，那堪更聽鼙鼓。……………

後半未成，屬余足之，余卽續云：

聞說照海妖氛，沿江毒霧，戰艦橫瓜步，銅礮鐵輪雖猛捷，豈少水師强弩。壯士衝冠，書生投筆，談笑平夷虜。妙高臺畔，蛾眉曾佐神武。

孟緹笑曰：「卿詞雄壯，不減坡仙，余前半太弱，恐不相稱，余覺雖出兩手，氣頗貫串，惟孟緹細膩之致，予鹵莽之狀，相形之下，令人一望而知爲兩人作也。」」閨閣弱女，而能關懷時局若此，豈殆魯之漆室女耶。

婉紃能詩復工書，安吳包世臣嘗稱之，其弟仲遠有綠槐書屋肆書圖記，敍述甚詳，玆摘錄之：

……性婉柔，體弱若不勝衣，而下筆輒剛健沉毅，不可控制。爲二三寸正書，神采奕奕，端嚴遒麗。爲分書，格勢峭遠，筆力雄厚。

又云：

由北碑上溯西晉，歸於漢人，涇包先生愼伯，宜興吳先生仲倫，湘潭周子堅鹺使，同里陸先生邵文，劉處士廉方，幷歎賞之；由是書名漸播，乞書者無虛日。

又云：

每晨起盥沐，卽據案作書，書數百字，乃啟戶理妝，或閉戶就寢，盡百字乃臥，嘗中夜不寢，輒起作書，家人勸其少休，曰：『吾一日不作書，若有所失，欲罷不能矣。』

讀此記，可以見婉紃作書之勤，與其致力之深。書既如此，其詩亦探源選樓，宗陶阮而參顏謝。五七言近體，尤淸老簡質，不爲綺麗之作，蓋閨閣中之俊才也。

記夢云：

忽傳羽檄事遄征，寶勒花驄擁翠旌，
浩蕩軍威驚海嶼，手揮長劍斬蛟鯨。

木蘭紅線盡從軍，鳳舞鸞迴結陣雲，
十萬樓船齊破浪，海天如鏡淨無氛。
凱歌同唱金鐃曲，露布親揮盾鼻文，
一夕功成酬壯志，歸來重著舊羅裙。
千古戰爭都是夢，九重恩澤正如膏，
釜魚螳臂終何益，安得憂魂貸爾曹。

秋夜懷夫子四絕云：

老去心情異昔時，曉風殘月總相思，
廿年憂患無窮恨，贏有蕭蕭兩鬢絲。
寒潮蕭瑟皖江秋，楓落烏啼感舊遊，
獨客不知何處宿，荻花風裏送扁舟。
連宵苦雨難成寐，莫道秋窗不肯明，
半月簾櫳慵不卷，隔林慣聽晚鴉聲。
君懷慷慨輕離別，久厭秦徐酬贈詩，

忽憶少陵垂老句，　　薄裳單枕獨吟時。

婉紃嗜讀書，熟精選理。中年始爲詩，不苟作，作輒精詣。家貧，所居室簿算刀尺米鹽，與書册相錯，非事文墨而曠婦工者比。其詩多家庭骨肉敦勗思念勞苦之篇，藹然孝弟友愛，纏綿悱惻，自肺腑流出。詞雅而體清，力遒而骨峻，當其得志，倏與神會。讀此紀夢四章，蕭然草萊之中，乃有此懷抱，豈尙尋常巾幗人耶。

第一節　王采蘋

太倉王采蘋澗香，爲武進張宛鄰之外孫女，其母卽餐楓館稿著者張紈英也。澗香爲王原祁六世孫女，少依其舅仲遠武昌官舍，與其妹采蘩采藻，同受書於孟緹婉紃二姨母。時孟緹詩既名家，婉紃書尤雄出，湖南曾文正胡文忠二公頗推美之，欽爲卓絕。采蘋上承姆敎，雅擅藝能，屹然爲同光閨媛中一大手筆，所著有棣華館詩課，讀選樓詩十卷。

詠寶劍云：

秋水横三尺，　　長虹倚九天，

一揮開絕域，萬里靜烽烟，
結佩心徒壯，啣盃醉可憐，
延津不變化，何處問龍泉。

納涼云：

細雨送夕涼，乍晴深院潔，
花光浥微潤，露氣生虛白，
蟲吟良夜永，坐久心逾寂，
蕭蕭太古秋，詩懷似明月。

龐德公故居云：

景升碌碌安能致，元直悠悠未識眞，
漢上青山容大隱，隆中茅屋是芳鄰，
臥龍已爲蒼生起，尺蠖堪存濁世身，
三顧儻煩先主降，也應魚水契君臣。

鸚鵡洲云：

荒洲孤塚著才名，憑弔蒼茫百感生，
千古江聲猶激壯，一時意氣劇縱橫；
當筵撾鼓情難遏，卽席揮毫賦亦精，
炙手嚴威付平視，庸庸愧煞漢簪纓。

春草云：

千里緜緜故國思，春風吹綠到天涯，
平原拱木江淹恨，楚澤芳蘅屈子辭；
一碧遙知新雨後，寸心空戀夕陽遲，
萋萋海畔松楸路，寒食愁吟上塚詞。

采蘋工古近體詩，兼精篆隸楷書，逼近北魏，畫翎毛花卉尤長。年七十餘，河督許振禕聘爲女師，爲刻其詩草行世。女弟采蘩采藻采芹，亦能詩，家庭唱和，棣華館詩課，蓋作於是時也。

采蘋爲無錫程培元室，然脂餘韻云：『采蘋結褵未久，卽喪所天，先後仰藥死未遂，於是以青裙白髮之身，爲東諸侯課女弟子，謀食饘家。其遇愈窮，而其詩益工。』

與采蘋同時者，有吳蘭畹字宛之，常熟人，張孟緹之女孫也。著有灌香草堂詩稿，悱惻深摯，有閨中唱和合刻詞稿曰沅蘭詞。嘗繪退食聯吟圖，一時傳爲佳話。其夫山東巡撫宜興任道鎔也。

第二節　左氏姊妹

陽湖左錫璇字芙江，其女弟錫嘉字小雲，均以詩名，卽吾書所謂「二左」者也。芙江幼受贅於張孟緹，工詩詞，畫宗南田，亦秀潤有法，歸武進袁訒菴績懋，琴鳴瑟應，至相得也。不數年訒菴殉於匪難，故鄉又經賊燹，流寓關中，拮据支持，其境遇有甚難堪者，時年甫三十也。著有紅蕉仙館詩詞。

小除夕寄調水調歌頭云：

離合自今古，斬不斷情關。東流流水不盡，何日復西還？欲借吳鈎三尺，掃淨邊塵萬里，巾幗事征鞍。多少心頭恨，清淚不勝彈。

酒樽間，人影瘦，夜燈寒，不知今夕何夕？獨醉不成歡。人世悲歡不定，歲月一年已盡，無語倚闌干。風雨荒郵夜，歸夢到長安。

詞句雄壯，能從大處落筆，不比小紅低唱，是從澹菊軒中得來。「欲借吳鈎三尺，掃淨邊塵萬里，」則又巾幗英雄語矣。

妹錫嘉，一號浣芬，幼聰穎過人，工繡譜，喜詩書。九歲失恃，育於叔母家。父病，嘗封股和藥。與姊芙江，一時有「左家孝女」之稱。咸豐辛亥（一八五一）歸華陽曾詠爲繼室，著冷吟仙館詩詞鈔。

明月店題壁云：

銜泥投野店，瓦燈嵌壁龕；
草草理行裝，荆扉掩明月。

雨後云：

短籬穿過一枝竹，小院分栽半畝花；
雨後暗量瓜蔓架，明朝看長幾分芽。

稚子云：

青門瓜下綠茸茸，稚子尋聲捕草蟲；

忽轉砌坳無覓處，驚飛蝴蝶過牆東。

三詩清趣淡逸，毫不染華豔氣，而描寫情景如畫，的是能手。粟香隨筆記其佳句，如『三分涼意三分病，轉覺秋光此地多。』落葉云：『生機榮悴皆前定，莫爲飄零恨朔風。』林尙辰稱其詩多悲憤感慨之辭，亦處境使然也。

小雲又工畫，宗甌香館沒骨法，而設色鮮麗，筆力遒勁，能自成一家，不落恆蹊。曾吟村（詠字）歿於太平軍次，小雲扶柩歸葬，自寫孤舟回蜀圖，其族弟佑卿題詩曰：『蜀山突兀蜀江清，江上秋風動素旌，落日夔巫一回首，哀猿惟有斷腸聲。莫道魂歸蜀道難，危途履險得平安，此中淒苦憑誰見，一片峨眉月影寒。』讀此詩，可以想見小雲身世之淒涼矣。

第三章　翠螺閣稿與當時婦女之關係

翠螺閣詩詞稿之著者淩祉媛，字茝沅，錢唐人也。生而穎慧，七歲母授以毛詩內則諸篇，已窺大義。女紅之暇，以詠詩作字自娛；間爲小詞，曼聲自度，飄飄然有出塵之概。年二十歸丁松生丙。母患風疾，動止維艱，故常歸寧奉侍，已而疾加劇，乃遍詣廟中，禱於神，願以身代，而家人未之知也；既而泣語其夫曰：『吾不久於世矣，以身代母矣，勿漏言以重親憂。』未幾卽病，迨母病愈，而祉媛遂卒，歸松生才三載耳。時咸豐二年（一八五二）五月二十日也。

翠螺閣詩詞稿，名動一時，于克襄序云：

近體及詩餘，清麗芊綿，温潤如玉，猶可想見林下之風。至於懷古諸章，如詠岳武穆梁紅玉等作，感慨淋漓，沈鬱頓挫，其議論雄偉，幾欲與古人頡頏，非復兒女子之態；安得以尋常閨秀目之哉。及讀放歌一詩，則飄飄然有乘鸞駕鶴之思，聞作此詩後，未幾卽下世。……

關秋芙瑛有序翠螺閣詩詞稿駢文一篇，茲節錄之：

……而莅沅（祉媛字）夫人復以翡翠之心，運鑪鞴其手，韶應鐸而競響，菊爲蘭之殿芳。釵釧鉼盎，爲器不嫌夫異；醍醐酥酪，至味終歸於和。所著翠螺閣詩四卷，搴芳媚春，蜚玉疑霧；蘭息胎夢，椒馨麗篇。轆轤井中之絲，藁砧山上之唱，潭水春影，芳草日夕而動魂；紈扇秋輪，素月司魄以悽夜。餐花咀雪，旁及詩餘，華豔之才，殆有天相焉。

而乃蓮屐謠夢，蘭煤讖凶，百子之幔不晨，併肩之氈觸痛。琴瑟在御，紘筈遽離，以愛婦高柔，作悼亡潘岳；展象文之簟，莫解胸春，發蟲網之奩，祇增眉繭。嗟嗟！廿四宮眞靈之位，慧業何多；九十劫鍛金之姻，妄緣奚極。雖鳳遺羽以傳采，豹著文而在皮，球璧一篇，烟墨千古；亦飲者留名之想，盡戲言當日之心。而簪星隕秋，玉樹凋夜，華鬘小劫，已完弦氏餘緣；淚雨秋墳，豈憶鮑家遺唱哉。……

此序作於咸豐四年（一八五四）四月，蓋距茝沅之死，僅二年也。序之末段，秋芙對於茝沅之夭，多抱同調之痛，蓋秋芙亦落魄憔悴，才人命薄之流亞也。

茝沅近體諸作，清雋邁俗，風度絕佳，如西湖雜詩云：

簫管聲中漾畫橈，夜香鬢影暗魂銷，
流金橋與塗金塔，不數金鍋頃刻銷。
集慶禪林落日秋，昔時遊讌趁風流，
畫圖不缺江山缺，空羨閻妃面目留。
半閒堂外繞烟嵐，疊石玲瓏曲徑探，

冷笑平章事樓閣，丹青未及木棉龕。
禁煙時節近三三，陌上人歸渡錦驂，
桃李未開梅已謝，春風開煞馬頭藍。
桃花流水了無痕，油壁香車杳墓門，
簡簡不呼呼小小，西泠橋畔弔芳魂。
十里湖光漾碧空，湧金門外杏花紅，
土宜齊向湖濵賣，黃胖春遊樣最工。
流水潺潺響不停，飛來峯下冷泉亭，
媧皇遺恨知誰補，萬古天留一綫青。
南屏山色最青奇，斷塔斜陽影半欹，
一字訛沿存兩可，黃妃勝建號黃皮。

余前謂金纖纖詩，如新嫁娘花燭之夕，烟視媚行，婉豔欲絕。莅沅此詩，其用筆之飄渺，情致之纏綿，直欲步其後塵矣。

卽日云：

晚風庭院夕陽斜，十二梳櫳啟碧紗；
忽見一雙綠蝴蝶，飛飛飛上水葓花。

裏湖櫂歌云：

輞川莊外浪迢迢，攜得青樽復碧簫；
商略儂舟泊何處，嫩寒春曉段家橋。

春閨云：

薛濤箋滑界烏絲，自寫深閨漱玉詞，
一字推敲嫌不穩，碧桃花底立多時。
夕陽斜映小紅樓，楊柳依依最解愁，
燕子已歸香已燼，簾垂閒煞月兒鉤。

茝沅早慧，年七八歲卽解儷語，叔父譽偶以厚樸囑對，茝沅卽舉薄荷以應。其集外佳句如春眺云：『溪波新綠平篙眼，樓角微黃上柳鬢。』病中卽事云：『因貪月色猶憑檻，爲愛花香不放簾。』閒情云：『新鈔眉史調烏麝，細把心經教綠鸚。』五言斷句如『平橋楊柳雨，深院海棠風。』『病多聊種藥，愁絕不關花。』之類，皆少年所作，爲其叔父所激賞者也。

葭沅又工詞，其小令多清逸可誦。

菩薩蠻詞云：

簷鈴驚破紅閨夢，曉妝人怯餘寒重。纖手捲簾衣，風前放燕飛。

落紅紛似雪，倦了尋香蝶。樓外易斜暉，春歸人未歸。

翠螺閣稿，閨秀題詞者頗多，序則有吳蘋香藻、關秋芙瑛。秋芙之序，既已見前矣。其他題詩者，則有錢塘鮑玉士靚、仁和高子柔茹、仁和施蓮因貞、錢唐孫譜香佩蘭、錢塘張蓮卿佩珍。題詞者則有吳縣陸芝僊蒨、錢唐韓菊如瑛、仁和夏偶鄰蒨雯、漢陽燕燕貽翼、仁和趙君蘭我佩、仁和汪雯卿靜娟，皆一時閨秀。

韓菊如憶江南二闋云：

聰明誤，冰雪擅才華。秋雨芙蓉人似玉，春風楊柳筆生花，雲錦織流霞。

聰明誤，才藻損年華。賸有新編工柳絮，堪嗟薄命比桃花，鸞馭返煙霞。

陸芝僊名蒨，著有倩影樓遺稿，乳飛燕題翠螺閣稿云：

獨抱牙琴怨，忒無端一彈再鼓，朱絃重斷。天下傷心誰似此，恨海終難塡滿。歎歲月暗中偸換。刻燭論詩人似玉，怎怱怱鏡裏空花幻；便夢也，抑何短。　翠螺眉黛紅螺硯，最淒涼一般閒卻，張郎斑管。賸有閨中酬唱稿，待付香檀梨板；未讀也寸腸先亂。何況癡情儂亦累，算蠶絲未了餘生喘。愁病味，備嘗慣。

此詞聲情淒越，抑何言之悲也。按粟香四筆，芝僊事親至孝，于歸後，伉儷敦篤，相敬如賓，雖徐淑秦嘉，殆無以過。後其夫沉湎於酒，漸至狂惑。閨門之內，禮敬蓋寡，芝僊怡然受之，不以爲忤。卒爲讒言所中，焚稿歸毘陵。長齋奉母，口不言文。居三載，賊至常郡，豔芝僊色，欲犯之，芝僊厲聲大駡，賊怒叢刃刺之，至死駡不絕口，時咸豐庚申（一八六〇）也。

第四章　林敬紉與鑑湖女俠

婦女中清才易遇，奇才難逢　若清初之三傑——沈雲英劉淑英畢韜文。奇則奇矣，然而文采未極也。吾於遜清，又得二人焉：曰林敬紉，曰鑑湖女俠。二人者，一則胸羅武庫，智全廣信；一則奔走革命，功在國家。雖其傳不以文字，而其文字，要亦非凡響也。

第一節　智全廣信之林敬紉

咸豐間，侯官沈文肅公以名翰林出守江西廣信府。時值粵西羣盜，蔓延江西各郡，而廣信全城之功，林夫人之力爲多。夫人名敬紉，文忠公之女沈文肅公之妻也；才兼文武。沈公不時公出，外間文書，均由夫人一手批答，代拆代行。某年月日，賊大股將圍廣信，時沈公偕廉侍郎兆綸出城招募籌餉，正在百里內外，夫人情急，乃刺指血致書求援師於浙將饒鎮軍。時饒公以浙軍駐守玉山，距廣信甚近，得林夫人書，又念本爲林公舊屬；躊躇之間，忽天降大雨，饒公即乘機統軍順流而下，直至廣信、賊乃解圍遠遁。時沈公招募籌餉事畢亦回廣信，與饒鎮軍籌善後事宜，後賊亦未能再至。（見蕭穆敬甫類稿）其致饒鎮軍書曰：

將軍漳江戰績，嘖嘖人口，里曲婦孺，莫不知海內饒公矣。此將軍以援師得名於天下者也。此間太守，聞吉安失守之信，預備城守，偕廉侍郎往河口籌饟招募。但爲勢已迫，招募恐無及，縱倉卒得募而返，驅市人而戰之，尤所難也。頃來探報，知昨日貴溪失守，人心皇皇，吏民鋪戶，遷徙一空，署中僮僕，紛紛告去；死守之義，不足以責此輩，只得聽之，氏則倚劍與井爲命而已。太守明早歸郡，夫婦二人，荷國厚恩，不得藉手以報，徒死無益，將軍聞之，能無心惻乎？將軍以浙軍駐玉山，固浙防也。廣信爲玉山屏蔽，賊得廣信，乘勝以抵玉山，雖孫吳不能爲謀，賁育不能爲守，衢嚴一帶，恐不可問，全廣信即以保玉山，不待智者辨之，浙大吏不能越境咎將軍也。先宮保文忠公，奉詔出師，中道賫志，至今以爲心痛；今得死此，爲厲殺賊，在天之靈，實式憑之。鄉間市民，不喻其心，以輿來迎赴封禁山避賊，指劍與井誓之，皆泣而去。太守明晨得饟歸後，再當專牘奉迓，得拔隊確音，當執爨以犒前部。敢對使幾拜，爲七邑生靈請命。昔睢陽嬰城，許遠亦以不朽，太守忠肝鐵石，固將軍所不吝與同傳者也，否則賀蘭之師，千秋同恨，惟將軍擇利而行之。刺血陳書，願聞明令。

林夫人此書，字字中肯，宛轉曲折之中，兼具嚴正剛勁之氣，以是知林夫人不第胸羅武庫，智勇兼全，卽文筆亦非老於文律者不能辨也。又文忠有女孫步荀適沈次裳，雅擅吟咏，有詩載然脂餘韻。

第二節　排滿革命之鑑湖女俠

秋瑾字璿卿更字競雄，山陰人，鑑湖女俠其號也。讀書通大義，嫻於詞令，工詩文詞，著作甚美，又好劍俠傳，習騎馬，善飲酒，慕朱家郭解之爲人，明媚倜儻，儼然花木蘭秦良玉之倫也。光緒甲辰，東渡日本，晤孫中山於江戶，入同盟會爲會員，日以排滿革命爲職志。丁未歸紹興，主明道女學，及大通體育會。體育會者，徐錫麟之所創，而瑾爲之主持者也。時徐方在皖圖大舉，而瑾與通聲氣，往來吳越間以爲之備。徐案既發，黨禍浸尋及紹興，瑾遂不免於難。先是有郡人胡道南者，夙與瑾忤，徐案敗後，竟輸其情於紹興知府貴福；貴福，滿人也，急白諸巡撫張曾敭，曾敭以詢湯壽潛張美翊，咸謂信然。遂遣兵往捕之，踰日，殺之於古軒亭口，時六月六日黎明也。見者，謂女俠始終無所供，惟書『秋雨秋風愁煞人』七字而已。其友人吳芝瑛等爲斂葬於西湖，題其墓曰：「嗚呼鑑湖女俠秋瑾之墓」，旋觸當道忌，墓毁。及民國成立，重表其墓，並建風雨亭，以旌其烈。女俠適湘潭王廷鈞，生子女各一，女桂芬亦能文，綽落有母風。

女俠歿後，其詩詞散各方，其友人王芷馥何震爲裒集之，得百餘首，顏曰秋瑾詩詞。丁未刊於東京，章炳麟蘇曼殊爲之序。余讀其詩詞，多慷慨激昂之音；凡歡愉憂憤之情，身世家國之感，一寄之吟咏，思有所寄，援筆直攄。而生平志節，又隱然言表，殆所謂自能發抒其性靈者歟。

秋瑾之詩詞，何震秋瑾詩詞後記，最能得其要趣，其言曰：

人治者，摧折天才之具也。天才貴肆，人治貴拘；惟盡抉人治之藩，斯天才之發育，依自然而舒，充然有以自遂。否則靈智雖具，遏於人治，亦將斲其萌櫱，以歸於梏亡。中國婦學，興於三代之前；而自古迄今，才知之女不數出，其故何哉？蓋婦教設官，首崇四德；而公宮女史之所戒，其條目節次，均立文以爲坊。由是足不踰閾，跧伏閨闥，安於所習，蔽所不見以錮其思索，障其靈源；學業所證，志氣亦鮮所發舒，膠固沉溺，有若天囚。雖以詩言志，而詩之本眞不見。曠觀古今女子，其賦詩倚聲者以千百計，然標託引喻，伊鬱善感；詩詞彌工，而託體彌卑。會稽章氏謂『古之女子，因習禮以達詩。』不知古之所謂禮者，揭人治以爲範，使繫身禮教之中；則高曠之志，靈敏之質，均將汩沒於無形，以反於頑冥，處秉禮之世，安有所謂性靈之詩哉。是則以人治遏天才，於女子爲特甚。秋瑾者女子之富於天才者也。反古易常，不爲綱維所域，又執持光復之誼，諳悉清廷政教之非。嘗遊蒞日本，往來楚越燕雲間，以與志士相接納。雖言行不自檢，然尚氣節，重然諾，大昌俠烈之風，均與古代婦學異軌。…………雖然瑾之克舒其才，瑾之不囿於人治也。儻人治既廢，則女子之具天才者，不爲人治所束，勢必益臻於靈智，其心智之瀹，必非今日所能躋。然則今之興女教者，其發舒其才以遂其自繇之性乎？抑將囿於淺俗以遏其靈敏之機乎？觀於秋瑾之詩詞，可以判其得失矣。

此序非但論秋瑾詩詞動中肯綮，即所論中國婦教之弊，亦顯然若揭。余早蓄此意，思爲著論。今見何震此序，懽喜讚歎，以爲實獲我心，附著於此，以濟吾說。近人章錫琛曾言：『女子讀書，在昔不過有產階級一種點綴，無非藉此學得一些三從四德之奴隸道德，吟風弄月之詞章而已。』（婦女問題十講中國婦女思想發達史）此眞慨乎其言之也。

秋瑾之身世與其詩詞之價值，既略如上述矣，茲舉數例，以證前言。

其近體詩如赤壁懷古云：

潼潼水勢響江東，此地曾聞用火攻；
怪道儂來憑弔日，岸花焦灼尙餘紅。

芝龕記題後（董寅伯之王父所作傳奇）

今古爭傳女狀頭，紅顏誰說不封侯；
馬家婦共沈家女，曾有威名振九州。
搘撐乾坤女土司，將軍才調絕塵姿；
靴刀帕首桃花馬，不愧名稱娘子師。
莫重男兒薄女兒，平臺詩句賜蛾眉；

吾儕得此添生色，始信英雄亦有雌。
百萬軍中救父回，千羣胡馬一時灰；
而今浙水名猶在，想見將軍昔日才。
謫來塵世恥爲男，翠鬢荷戈上將壇；
忠孝而今歸女子，千秋羞說左寧南。
忠孝聲名播帝都，將軍報國有良姝；
可憐不倩丹青筆，繪出娉婷兩女圖。
結束戎粧貌出奇，個人如玉錦駝騎；
同心兩女肩朝事，多少男兒首自低。
肉食朝臣盡素餐，精忠報國賴紅顏；
壯哉奇女談軍事，鼎足當年花木蘭。

詩筆磊落有英氣，眞稱其性情矣。善化何蓮因曾有句云：『若使朝廷用巾幗，高涼應有洗夫人。』此詩未嘗無磨盾橫槊，拔刀殺敵之概；然亦不過慷慨當歌之意耳。若秋瑾者不惟能言之，且能行之。『儒士思投筆，閨人欲負戈。』（集中感事五律句）眞高出尋常萬萬矣。若章太炎所謂『余視其語，婉㜣若不稱其情性者。』（序中語）則非所論於此詩矣。

踏青記事四首云：

女隣寄到踏青書，來日晴明定不虛；
粧物隔宵齊打點，鳳頭鞋子繡羅襦。
曲徑珊珊芳草茸，相攜同過小橋東；
一灣流水無情甚，不送愁情送落紅。
柳陰深處囀黃鸝，芳草萋萋綠滿隄；
笑指誰家樓閣好，珠簾斜捲海棠枝。
西隣亦爲踏青來，攜手花間笑語纔；
昨日卿經賈傅廟，今朝儂上定王臺。

秋日獨坐云：

小坐臨窗把卷哦，湘簾不捲靜垂波；
室因地僻知音少，人到無聊感慨多；

半壁綠苔蛩語響，一庭黃葉雨聲和；
劇憐北地秋風早，已覺涼侵翠袖羅。

紅蓮云：

洛妃乘醉下瑤臺，手把紅衣次第裁，
應是絳雲天上幻，莫疑玫瑰水中開；
仙人遊戲曾栽火，處士豪情欲懺悔；
奪得胭脂山一座，江南兒女棹歌來。

白蓮云；

莫是仙娥墜玉璫，宵來幻出水雲鄉，
朦朧池畔訝堆雪，淡泊風前有異香；
國色由來誇素面，佳人原不藉濃粧；
東皇爲恐紅塵涴，親賜寒簧明月裳。

女俠放縱自豪，喜酒善擊劍。往來東瀛，恆佩短刀自隨。余幼時曾見其和裝小影一幅，右手把劍，隱隱有俠氣。嘗脫簪珥解寧河某君之難。某女士贈詩有「

隱娘俠氣原仙客，良玉英風豈女兒。」可以髣髴其生平矣。女俠善劍，故集中有詠劍之歌凡二：一爲日本鈴木文學士寶刀歌，一爲劍歌，蓋借以自況也。茲錄其劍歌云：

若耶之水赤堇鐵，鑄出霜鋒凜冰雪，歐冶爐中造化工，應與世間凡劍別。夜夜靈光射斗牛，英風豪氣動諸侯，也曾渴飲樓蘭血，幾度功銘上將樓。何期一旦落君手，右手把劍左把酒，酒酣耳熱起舞時，夭矯如見龍蛇走。肯因乞米向胡奴，誰識英雄困道途。名刺懷中半磨滅，長歌居處食無魚。熱腸古道宜多毀，英雄末路徒爾爾；走遍天涯知者稀，手持長劍爲知己。歸來寂寞閉重軒，燈下摩挲認血痕，君不見孟嘗門下三千客，彈鋏由來解報恩。

秋瑾爲人，女性自尊之信念極强，此其意時時流露於詞句中。如「莫重男兒重女兒」「謫來塵世恥爲男」「始信英雄亦有雌」諸句，及集中自題男裝小照一首，可以窺其旨趣矣。又滿江紅兩闋，表現此意尤深，眞女豪也。詞云：

骯髒塵寰，問幾個男兒英哲。算只有蛾眉隊裏，時聞傑出。良玉勛名襟上淚，雲英事業心頭血。醉摩挲長劍作龍吟，聲悲咽。　自由香，常思爇；家國恨，何時泄。勸吾儕今日，各宜努力。振拔須思安種類，繁華莫但誇良玦。算弓鞋三寸太無爲，宜改革。

又前調：

小住京華，早又是中秋佳節。爲籬下黃花開遍，秋容如拭。四面歌殘終破楚，八年風味徒思浙。苦將儂强派作蛾眉，殊未屑。　身不得，男兒列，心卻比，男兒烈。算平生肝膽，因人常熱。俗子胸襟誰識我，英雄末路當磨折。莽紅塵何處覓知音，青衫溼。

上兩闋雄壯激越，稱其情性，若以下所錄，則又變易其情調矣。

唐多令秋雨云：

腸斷雨聲秋，煙波湘水流，悶無言獨上粧樓。憶到今宵人已去，誰伴我，數更籌。　寒重冷衾裯，風狂亂幙鉤，挑鐙重起倚熏篝。窗內漏聲窗外雨，頻點滴，助人愁。

浪淘沙秋夜云：

窗外落梧聲，無限淒清。蛩鳴啾唧夜黃昏，秋氣感人眠不得，細數疊更。　斜月上簾紋，竹影縱橫，一分愁作十分痕。幾陣吹來風乍冷，寒透羅衾。

集中又有羅敷媚春，減字木蘭花夏，玉交枝秋，更漏子冬四闋。茲錄其羅敷媚春日一闋，則其餘風調可想矣。

寒梅報道春風至，鶯啼翠簾，蝶飛錦簷，楊柳依依綠似煙。　桃花還同人面好，花映前川，人倚秋千，一曲清歌醉綺筵。

望海樓送陳彥安孫多琨二姊回國一闋，中多激壯語，又如此江山後半闋尤沉痛：『曰歸也歸何處？猛回頭祖國鼾眠如故。外患侵陵，內容腐敗，沒箇英雄作主。天乎太瞀！看如此江山，忍歸胡虜。豆剖瓜分，都爲吾故土。』江陰陳靜英滿江紅感懷云：『問蒼天生我竟何爲？空拋擲。』又云：『笑眼前碌碌盡庸流，誰相識。』語甚粗豪，讀清季文學者，可以想見其政教之情形，外患侵陵，內容腐敗。雖紅閨亦眷懷若此，「如此江山忍歸胡虜」於是乎清政不得不革矣。

至於所謂解寧河某君之難者，略見吳芝瑛秋瑾傳：『女士東遊時，時值寧河某君，以戊戌事自首繫刑部獄。女士方脫簪珥謀學費，窘廹萬狀，不得遽行。聞寧河事，乃出其所得金送入獄，以濟其急；并囑送金者勿告姓名。迨寧河遇赦出獄始知之，時女士已東渡去，寧河寓書謝之，事後與人語，輒爲涕零；然女士與寧河，初不相識也。」嗚呼！可以風矣。

第五章　滿洲文學

愛新覺羅氏，以滿族入主中原，二百七十餘年；其文物學術之盛，實遠過金元。卽其間詩媛詞客之衆，亦非兩朝所能及也。昔王幼遐畢生致力於詞，及論詞至滿洲，嘗曰：『滿洲詞人，男有成容若，女有太淸春而已。』然此不過舉其最著者言之耳，他如蘭軒遺集之宗室蘭軒，絢春堂吟草之烏雲珠，冷齋吟初稿之冰月，如亭詩草之瑩川，亦皆佼佼者也。至於覺羅八姑科德氏完顏兌碩塔哈庫里雅氏齡文，則又各擅特出之才，能自鳴於一時者也。

第一節　太淸春之詞

顧春字子春，滿洲西林人，太淸春其自號也，著有東海漁歌，天游閣詩稿。

名媛詩話云：『太清才氣橫溢，援筆立成。待人誠信，無矯矜習氣，倡和皆即席揮毫，不待銅鉢聲終，俱已脫稿。天遊閣集中諸作，全以神行，絕不拘拘繩墨。』此數語可以見其大凡矣。

漁歌集中和宋人詞甚多不備錄。錄其小令數首，以見一斑。

春夜調寄早春怨云：

楊柳風斜，黃昏人靜，睡穩棲鴉。短燭燒殘，長更坐盡，小篆添些。紅樓不閉窗紗，被一縷春痕暗遮。澹澹輕烟，溶溶院落，月在梨花。

九日調寄鷓鴣天云：

九日登高眼界寬，菊花纔放小金團。縠紋細浪參差水，佛髻青螺大小山。人易老，惜流年，茱萸插帽不成歡。西風那管離情苦，又送征鴻下遠灘。

擬古調寄定風波云：

花裏樓臺看不真，綠楊隔斷倚樓人。誰謂含愁獨不見，一片，桃花人面可憐春。芳草萋萋天遠近，難問；馬蹄到處總銷魂，數盡歸鴉三兩陣，偏襯，蕭蕭暮雨又黃昏。

碧桃調寄醉東風云：

玉妃妝卸，天上瓊枝亞。立盡東風明月下，露井初開昨夜。結伴閬苑飛仙，上清淪謫塵寰。蕚綠華來無定，羽衣不耐春寒。

題墨梔子團扇寄雲姜調寄醉桃源云：

花肥葉大兩三枝，香浮白玉卮。輕羅團扇寫冰姿，何勞賦粉施。新雨後，好風吹，閒階月上時。碧天如水影遲遲，清芬晚更宜。

又因雲林見贈雁足書燈，塡琴調相思引小令以申謝之云：

雁字分飛思不禁，聽風聽雨夢難尋。露華庭院，燈影照清心。贈我不須長夜飲，感君聊賦短檠吟。熒熒一點，應惜寸光陰。

太清諸詞，精工巧麗，備極才情，固不僅爲滿洲詞人中之傑出，卽在二百餘年文學史上，其詞之地位，亦不屈居蘋香秋水下也。

雲林爲德清許周生之長女，與太清極密，雲林表姊汪允莊，爲陳雲伯子婦，有自然好學齋詩集。雲伯嘗因雲林轉丐太清詩未得，乃假名代作，太清因痛詆之，事見集中。

第二節　科德氏與其他作者

科德氏工琴，著有琴譜十八卷，爲操縵家特創之製。乾隆間曾採入四庫全書。氏有姪留保，幼失怙，撫養督課如己子。後留保舉康熙辛丑（一七七二）進士，屢典文衡；沈歸愚杭堇浦袁子才，皆其門下士也。氏間作詩，輒隨手棄去，故無遺稿。正始集記其池上夜坐云：

初月掛林梢，池水尙耿耿，
微風自東來，翦碎琉璃影；
雲斂碧天高，夜靜秋容暝，
欲撫枯桐枝，先得淸虛境。

完顏兌字悅姑，著有花堁閒吟，曾輯古今閨閣瑣事爲一册，名花堁叢談。憫忠寺看白牡丹云：

三春花事太匆匆，又駕巾車踏軟紅，
一自香塵滿戰骨，玉顏惆悵對東風。

齡文字友竹，姓庫里雅氏，幼隨父宦湖南，從彭雪琴侍郎問字學詩，著有絮香吟館小草。

送雪琴師予告還鄉二律云：

謝爵歸田放棹行，望雲遙拜送先生，
一船書卷歸衡嶽，萬里江淮洗甲兵；
春雨碧螺思茗煮，秋風紫蟹憶樽傾，
慚予立雪程門久，又把離歌唱渭城。
問字無由道阻長，燕山楚水兩茫茫，
廿年事業功千載，兩袖清風月一囊；
喜有新詩題畫本，難教舊夢到衡陽，
峯頭歲歲南迴雁，遙望平安寄數行。

氣魄雄厚，落落大方，如此頌剛直、方爲得體，豈尋常女兒家翦紅刻綠者所可比耶。

碩塔哈有和白曉月題壁韻云：

領略春光今共誰，杜鵑聲裏最堪悲；
香閨夢繞沙場月，會見征人亦淚垂。

此詩蒼涼淒楚，讀陳陶隴西行，可以彷彿其槪矣。

第六章　清代婦女詞學之盛

論中國之詞者，以五代爲最精，南宋最極其變，金元中衰，至明而大弊，有清一代，蔚然蒸起。故論者以爲詞至清代，殆貞元絕續之交也。清初諸公，承明代之弊，而能襲花間之貌，入南宋之室。其間如梅村漁洋芝麓竹垞，最負盛名，其後繼起者，有前七家後七家，前十家後十家之目。而朱（彝尊）陳（維崧）詞，尤流徧海內。蓋清代二百數十年中學問之業絕盛，自六書九數，經訓文辭，篆隸之字，開方之圖，推究於漢以後唐以前者，無不深研造微；而詞亦同躋其盛，世運升降，愈演愈進，固亦潮流之所驅矣。

乾隆以後，詞分兩派，厲鶚開浙西派，張皋文開常州派。厲鶚詞宗竹垞，一以姜張爲法，頗得其神；末流漸趨於堆砌，遂無價值之可言。張皋文起而振之，與弟琦選唐宋詞四十四家百六十首爲詞選一書，闡意內言外之旨，推文微事著之原；比傅景物，張皇幽渺，振北宋名家之緒，開倚聲家未有之境。其後荆溪周止厂踵揚其緒，而常州詞派之根基益固矣。於是時會所趨，風氣之來，而閨閣倚聲，亦超越前古。小檀欒室彙判閨秀詞，搜羅有清一代專集，至百餘家之譜，嗚呼盛矣！蔑以加矣！茲於論述婦女詞之前，略述清代詞學之源流與派別，庶知婦女倚聲，亦各有其淵源之所自也。

第一節　常州詞派之女作家

有清中葉以後，閨閣之能詞者，要以楊蕊淵莊盤珠爲大家。南陵徐氏小檀欒閨秀詞，置蕊淵第一，其詩詞前章既已言之矣。而盤珠秋水一編，尤傳播於藝林。盤珠名蓮佩，莊有鈞之女，著有秋水軒詞一卷。有鈞善說詩，盤珠聽之不倦。每謂父曰：『願聞正聲，不願聞變聲。』有鈞授以漢唐諸家詩，諷詠終日，遂耽吟咏，稍長益工，將及笄已裒然成集矣。古今體凡數百首，古體如苦雨吟牧牛詞養竇詞逼眞古樂府。今體輕盈婉妙，其佳句如：『霜華欲下秋蟲覺，節序將來病骨知。』『嫩柳似波春欲動，薄烟如霧月初生。』皆可傳誦。嫁中表吳承之，翁遠宦，姑早喪，仍依母家，育子女秉操家政，年二十五，竟以瘵卒。

盤珠秋水一編，傳播藝林，尤以錢唐關秋芙選刊本爲最精。

詠絡緯調寄探芳訊云：

冷消息，到曉露牆根，晚煙籬隙。正繡衾夢斷，豆花又風急。殘燈窗裏明還暗，月在窗前白。忽驚猜巷北街西，那家宵績。　何日，便成匹。怪響引絲長，緩憐絲澀；靜夜寒閨，幽韻雜刀尺。亂愁誰漾千千縷，爭把秋心織。便無愁，亦自聽他不得。

然脂餘韻評此詞謂如率更得意書，鐵畫銀鈎，力透紙背。又踏莎行奉答大兄寄示京口懷古詞云：

白日西馳，大江東注，朝朝暮暮相逢處。其旁坐老有青山，不愁不笑看今古。　渡口帆檣，波心鐘鼓，後人又逐前人去。莫將詞句擲寒濤，多情恐惹蛟龍怒。

豪情壯采，大有「關西大漢執鐵綽板唱大江東去」之概。若至『一院海棠春不管，儂替花愁；知道明年人在否？花替儂愁。』則又韻格卑下，復堂所謂「東風紅豆最可傳」也。

毘陵閨秀，瓣香秋水者爲多。伍蘭儀尤能嗣響盤珠，有綠蔭山房詞稿。送春調寄壺中天云：

簾前鳥語，正景色融和，乍晴天氣。柳綠桃殘春已暮，惆悵人生如寄。匣裏珠璣，囊中錦繡，一旦皆捐棄。浮雲過盡，塵緣回想無味。堪歎粉蝶尋香，遊蜂釀蜜，也被韶光餌。轉瞬落花紅滿地，猶是相偎相倚。萬種淒涼，千般懊惱，終日如沉醉。無情風雨，韶光一霎更易。

蘭儀夫陸雁峰殉咸豐庚申（一八六〇）之難，故其詞類多緜邈悱惻，悽楚動人之作，蓋其身世使然也。

陽湖趙鶴皋之室呂采芝壽華，有幽竹齋詩，及秋笳詞一卷。柏舟早賦，率多悽楚之音。

春暮憶妹調寄蝶戀花云：

寂寞重簾庭院悄，門掩梨花，燕子歸來早。寒食清明都過了，池塘又見荷錢小。極目荒煙迷古道，冀北江南，夢逐征鴻渺。盼得魚書偏草草，近來肥瘦難知曉。

悽惻惓戀，感人至深。若詩集中之詠菊：『不與春花並，幽然獨自芳，無言人共淡，有節晚能香。』則又託物自喻矣。

儀徵畢幾庵之配楊芬若，著有綰春詞。幾庵選銷魂詞，以芬若之作為殿，芬若又有綰春樓詩詞話，惜未之見。

醉桃源云：

晚妝樓上夕陽斜，無聊掩碧紗。東風不管病愁加，開殘紅杏花。香篆冷，繡簾遮，春深別恨賒。可堪夢裏說還家，魂銷天一涯。

珍珠令云：

鷓鴣唱斷江南路，春光暮，早吹落櫻桃飛絮。彈淚問東風，奈東風不語。一寸柔腸愁萬縷，撥瑤琴心情難訴；又院宇黃昏，蕭蕭疏雨。

太常引云：

斷腸春色可憐宵，心事湧如潮，倩魂不禁銷，奈夢裏蓬山路遙。桃花簾外，嫩寒如水，吹瘦小紅簫。銀燭不勝嬌，早又是盈盈淚消。

青浦胡智珠能詩，著抱月詠小律，有詠蠶豆云：『花開低傍麥畦邊，面面圓勻結實鮮；且喜嘗新共櫻筍，正當四月養蠶天。』不即不離，清新有味。其女淑慧號定生，適鄭海門，早寡。因父母年老無子，乃爲女塾師以盡孝養。工琴，所著曰琴外詩鈔。又能倚聲，著有瘦吟詞一卷。其桃花漁隱曲一首，頗具風趣：

君不見武陵桃花源，避世人從此中去。又不見天台桃花源，采藥人來此間住。春來何處花間廬　人生祇合花中居。綠波春水遠復遠，頭銜自署桃花漁。吏隱案牘煩，市隱錢刀俗，農隱苦勤勞，禪隱愔寂寞。爭似烟波作釣徒，花外千山萬山綠。烏犍下飲桃花泉，白鷗飛過桃花田；漁婦兩鬢桃葉嫣，漁娃雙髻桃根妍。釣竿閒弄桃花烟，綠簑醉擁桃花眠；我攜筆硯桃花前，寫作人間桃花仙。

陽湖劉琬懷字撰芳，著有問月樓詩草，又工詞。家園中有紅藥數十叢，臺榭參差，欄干曲折，與諸昆仲及同堂姊妹常聚集其間，分題吟咏，塡有長短調六十闋，名紅藥闌詞。後至京師，又成數十闋，名補闌詞。浣溪沙二首云：

消遣閒愁百卉中，金鈴小宕語丁冬，海棠紅暖一簾風。　漫學唐宮傳鼓促，未煩隋院翦刀工，輕衫薄袖倚闌東。看花

坐對銀釭細細挑，停鍼忽聽雨蕭蕭，幾聲風驟打窗寮。　多事檐前懸鐵馬，無端庭畔種紅蕉，總拌不寐到明朝。聽雨

撰芳詩有重九寄諸兄弟云：『杞菊花前秋興豪，未知佳節可登高，好邀明月成三影，莫使新霜感二毛；門外更無人送酒，籬邊剩有我題糕，遡來懷抱從誰訴，倚偏西風讀楚騷。』毋金壇虞靄仙友蘭，著有樹蕙軒集，贈影云：『脈脈挑鐙夜，寥寥對月時，苦衷千萬緒，惟爾最深知。』撰芳幼承慈訓，又與諸昆仲棣萼競芳，宜其詩筆之俊逸矣。

廣陵徐元瑞工詞，幾入李易安之室，其佳作如：

珠簾輕揭，憔悴憐黃葉。忽憶小亭人乍別，正是重陽時節。　當初一段清秋，平分兩地離愁。試向西風寄問，知他還似儂不？清平樂

起來慵向粧臺倚，亂綰凌雲髻。歸期曾說柳青時，鎭日懨懨只是惱春遲。　小園昨夜西風劣，吹落漫天雪。侍兒佯笑捲簾紗，卻道玉梅已放滿枝花。虞美人

獨坐數歸期，花影重重月影低。無計徘徊思好句，支頤，除卻春愁沒箇題。　閒倚畫樓西，芳草青青失舊堤。猶記當時人去處，依依，紅杏花邊卓酒旗。南鄉子

余前所述吳派閨秀詞，係信筆寫來，固未按先後時代也。清初當浙江派詞風靡一世之時，而梁溪顧梁汾貞觀出，獨以清剛爲主，自標勁韻。彈指一編，調高響逸，屹然爲一時大家。其女兒貞立字文婉，亦爲閨閣女宗。棣萼競秀，一時傳爲美談。文婉又號避秦人，所著有栖香閣集。

浣溪沙云：

風雨妨春苦不寬，開簾怕見嫩紅殘，錦屏深護早春寒。新懶一身扶不起，愁痕萬點鏡慵看，空拈斑管寫長歎。

又云：

獨坐無聊對簡編，閒題恨字滿花箋，夕陽西去轉悽然。掩淚低徊妝閣畔，掀簾私語瘦梅前，此時試問阿誰憐？

又云：

曉日凝妝上翠樓，惱人春色遍枝頭，湘簾風細蕩銀鈎。燕子未歸寒惻惻，梅花初落恨幽幽，重門深鎖一天愁。

與避秦人閨中相唱和者，有金壇王朗，朗字仲英，著有古香亭詞，次回女也。次回以香奩豔體，盛傳吳下。朗亦生而夙悟，詩歌書畫，靡不精工。尤長小詞，爲古今絕調。生平著述極富，中經兵火，多所遺失，嘗於扇頭寫閨情浪淘沙三首，才致橫逸，眞所謂「卻扇一顧，傾城無色矣」。

其一云：

幾日病淹煎，昨夜遲眠，强移心緒鏡臺前。雙鬢淡煙低髻滑，自亦生憐。不貼翠花鈿，嬾易衣鮮，碧油衫子裩紅邊，爲怯遊人如蟻擁，故揀陰天。

其二云：

疎雨滴青籢，花壓重簷，繡幃人倦思懨懨。昨夜春寒眠不足，莫捲湘簾。羅袖護摻摻，怕拂妝奩，獸爐香燼侍兒添。爲甚雙蛾長翠鎖，自也憎嫌。

其三云：

斜倚鏡臺前，長歎無言，菱花蝕彩箇人蔫。分付侍兒收拾去，莫拭紅綿。滿砌小榆錢，難買春還，若爲留住豔陽天。人去更兼春去也，煩惱無邊。

仲英又有春愁浣溪沙詞，陳其年最愛詠之。謂『「抱月懷風」四字，非溫韋不能爲也，綠肥紅瘦，何足言警。』其前段云：

抱月懷風繞夜堂，看花寫影上窗紗，薄寒春懶被池香。……

陳其年又稱其「昨夜睡濃兼好夢，一身春懶起還遲」之句。仲英父次回，官楚中學博，郎集唐餞行，中有「君向瀟湘我向秦」之句，其敏慧可想矣。比仲英稍後者，梁溪有浦映綠，字湘青，適武進黃永，著有繡香小草。湘青自序其集云：

> 柳絮風多，敢望謝庭之句；眉山木老，浪傳蘇妹之名。然而日暖晝長，燕翻鶯舞；頗弄文墨，不敢告人。近因雲孫，北首燕路，寂寂家居，偶編舊集，復輯新篇。珍珠一載，羞居崇嘏之家；象管數言，或玷徐陵之選。

湘青有題周絡隱自寫坐月浣花圖滿江紅詞云：

> 彼美人兮，宛相對姍姍欲下。恰此夕月華如洗，花枝低亞。盼到圓時仍未滿，花開當半還愁謝。與花神月姊細商量，歸來罷。憐嫩蕊，銀瓶瀉；廻清影，晶簾掛。奈晚妝猶怯，鏡臺初架。二十餘年芳草恨，兩三更後長吁夜。幾時將絡秀舊心情，呼兒話。

絡隱周姓名炤，字寶鐙，江夏女子也；歸漢陽李雲田爲小婦，初不知已有大婦也。眉黛間恆有楚色。雲田別號耨香，愛客游，嘗携坐月浣花圖自隨，絡隱亦能詩，其聞外君耨香子將歸云：『茶花梅蕊自紛飛，小圃身如坐翠微，不定陰晴天欲倦，何妨燕雀晚知歸；王孫歲歲懷芳草，侍女朝朝倚繡幃，見說畫眉人且近，湘山如黛未應稀。』

宜興周止庵濟論詞最工，其側室蘇穆字佩襄亦工詞，有貯素樓集。

第二節　浙江詞派之女作家

浙派詞，梅村漁洋，篳路先驅。及秀水朱竹垞出，一以姜張爲法，於是浙派之根基以立。一傳至樊榭，是爲極盛，再傳而爲枚菴頻伽，南宋風流，稍稍盡矣，而婉約淸空，猶不失爲詞壇健者。趙秋舲務爲剽滑諧美之辭，則去古逾遠，悅今逾甚。其女君蘭，能世其家學，所作以輕圓流麗見長。然比之常州派之激昂善變，則邈乎遠矣。

君蘭字我佩，仁和人，著有碧桃仙館詞，卽前所云題翠螺閣詞稿者也。其詞徐氏小檀欒室已收入叢刊中。

卜算子云：

密意亂如絲，別淚濃於酒。眉上春山鬢際霞，都爲春消瘦。　記得去時言，約在梅開後。風信而今過海棠，到底歸來否？

鬢雲鬆云：

釧金鬆，釵玉溜，新月如眉門。數盡迢迢良夜漏，夢也難成，睡也難成就。　綠陰肥，紅雨瘦，春去天涯，人去天涯久。客裏傷春兼病酒，花似當時，人似當時否？

浣溪沙云：

寒戀重衾麝靄消，瘦魂飛上木蘭橈，些些微夢段家橋。　楊柳簾櫳無賴月，梨花院落可憐宵，那人何處夜吹簫？

前兩詞輕滑柔脆，後一詞柔麗多情，至於洞仙歌六月十日有懷湖上昔遊，則又委婉動人矣，詞云：

去年今日，記紅腔唱徹，畫舫聯吟載明月，自秋風別後，冷了鷗盟，湘浦外，盼斷玉人遺玦。　萍蹤原是夢，夢忒如煙，聚散浮雲易消滅。又是去年時，又是花開，更又是月圓時節。怎今日飄零各天涯，料銀漢姮娥，也應愁絕。

鬢雲鬆寄外云：

雨疏疏，風細細，翠袖生涼，人坐紗屏裏。小夢惺忪眠又起，下了簾鉤，疊了芙蓉被。　匣中書，書上字，字字相思，書滿桃花紙。雙鯉迢迢和淚寄，水遠山長，傳到君邊未？

深情婉媚，極纏緜溫文之至，若柳梢青重陽風雨口占一詞，則又可追蹤李易安矣，詞云：

冷冷淸淸，風風雨雨，寂寂寥寥。密密疎疎，蕭蕭颯颯，暮暮朝朝。倦遊人怕登高，拚冷落詩瓢酒瓢。病裏看花，愁邊說夢，那不魂銷。

碧桃仙館詞，卷首有君蘭同里程秉釗序。稱是書於同治初元（一八六二）從海陵錄得。君蘭又工詩善畫，俱見程序。程既得是書，其婦友琴主人熟誦傾服，以爲不可磨滅，因題賣花聲一闋於後，并識數語，紅粉知己，君蘭可以無憾矣。

馮柳東名登府，塡詞爲浙派眉目，所著有月湖秋瑟，花墩琴雅諸詞。其室人李婉字梅卿，亦工詩詞，著有寒月樓殘稿，其春寒絕句云：『夕陽畫閣曬鶯衣，了鳥初開待燕飛，一樣養花天氣好，川紅何瘦海紅肥。』讀此可以知其才情之一斑矣。

其詞有寒夜南柯子，婉媚多姿，詞云：

細點瓜虀譜，閒栽萱草花，三年爲婦慣貧家，且喜蘆簾紙閣手同叉。獸炭溫篝局，蛾燈罷紡車，戲他兒女綰雙丫，懶放鴛針今夜較寒些。

梅卿又有「雪影壓殘鳥夢，月痕冷葬花身」二語，語有鬼氣，殆其不永年之徵。殆後柳東題城頭月詞於其集後云：『唐詩一卷曾親授，紅豆雙聲就。篝局偎寒，紡車絮雨，夢也休回首。蘆簾十載爲新婦，草草分離驟。寫韻樓空，橫琴月冷，總是斷腸候。』悽麗悱惻，想見其鼓盆之痛也。

錢裴仲字餐霞，適浙西戚曼亭，工詩能畫，尤擅倚聲學，著有花雨庵詞稿，傳播藝林。

清明掃墓調寄高陽臺云：

啣肉鴉盤，飛灰蝶舞，纍纍多少荒墳。青草萋萋，染他幾許啼痕。東風不管傷心地，放垂楊冷眼窺人。暗銷凝，岸柳汀蒲，都返春魂。 平橋曲水依然在，但懽情頓減，疎了清樽。搖雨孤篷，重來不是尋春。無端逗起閒情緒，恨桃花點綴柴門。再休題，那裏芳津，那日湔裙？

餐霞遭粵匪之亂，避寇南玉港，作詞有云：『淒涼時節淒涼雨，人在淒涼裏。』旋卒，殯於滬上。嘗作遊仙詩，有句云：『行到樓臺最深處，一雙青鳥啄桃花。』故平湖張鹿仙題其遺集有「桃花青鳥，當時愛說仙遊」之語也。

仁和孫秀芬字蓀意，著有衍波詞一卷。清圓流轉，出入於頻伽憶雲二家，附庸浙派，當之無愧。

蝶戀花云：

深掩重門春院靜，又是年時，一段銷魂景。未過花朝春尚嫩。柳梢漸覺黃金褪。 睡起髻鬟斜不整。注罷沉檀，火滅香篝冷。簾外櫻桃花落盡，晚來幾陣東風緊。

前調七夕云：

又見佳期逢七夕，烏鵲橋成，欲渡還嬌怯。一歲離情應更切，銀河執手低低說。莫怪天孫腸斷絕，修到神仙，尚有生離別。風露悄涼人寂寂，夜深獨向瑤階立。

二詞麗靡曼雅，深情蘊藉，絕似花簾集中佳著，豈尋常揉脂弄粉者之所能比儷耶。

浙派詞中，婦女倚聲，在有清中葉以後，當推吳蘋香關秋芙二人爲最。蘋香詩詞，已於前編（參看第三編第一章第六節）言之矣。秋芙前亦約略及之，茲特敍其詞，以爲浙派之殿。

秋芙名瑛，錢塘蔣藹卿之配，著有三十六芙蓉詩存，夢影樓詞。秋芙才高，詩詞書畫無不精，嘗學書於魏滋伯，學畫於楊渚白，學琴於李玉峯。鏡檻書牀，可想文采，工愁善病，終逃於禪。藹卿爲著秋鐙瑣憶一卷，所謂「閨房之事，有甚畫眉，香豔之詞，罔恤多口」者矣。

秋芙嘗自序其夢影樓詞云：

余學道十年，綺語之戒，誓不墮入。于歸後爲藹卿挈率，卒蹈故轍。然閨房倡酬，得亦旋棄。自交沈湘佩湘濤諸君，緘筒往來，人始有知余詞者。爾來篇章較多，藹卿爲存數十首梓行之，塵世間於是知有夢影樓詞矣。噫！一念之妄，墮身文海，夢影樓詞，豈久住五濁惡世間者。譬如鳴蜩，嘒嘒槐柳，秋霜既肅，遺蛻豈惜。白雲溶溶，余其去緱山笙鶴間乎！文字贅疣耳！藹卿盍亦棄此而從我遊也。

夢影詞淵源浙派，刻意清新，高陽臺送沈湘佩入都云：

淚雨飄愁，酒潮流夢，惜花人又長征，見說蘭橈，前頭已泊旗亭。垂楊原是傷心樹，怎怪他踠地青青；向天涯一樣纏緜，各自飄零。開筵且莫頻催酒，便千杯飲了，愁極還醒。且住春帆，聽儂細數郵程。壓船烟柳烏篷重，到江南應近清明。怕紅窗風雨瀟瀟，一路須聽。

蝶戀花云：

幾日池塘雲不住，柳也濛濛，想做清明雨。半榻茶煙和夢煮，畫屏幾點江南樹。欲捲珠簾風不許，如此黃昏，休去移箏柱。樓上晚山青不去，夕陽正在鴉歸處。

秋燈瑣憶中，記秋芙逸事甚多：池上桃花爲風雨所摧，秋芙拾花瓣砌字，作金門詞云：『春過半，花命亦如春短。一夜落紅吹漸滿，風狂春不管。』春字未成，而東風驟來，飄散滿地，秋芙悵然。藹卿曰：『此眞個風狂春不管矣。』相與一笑而罷。又喜種芭蕉，秋來風雨著蕉葉，聞之心與俱碎。藹卿戲題斷句於上云：『是誰多事種芭蕉，早也瀟瀟，晚也瀟瀟。』秋芙續云：『是君心緒太無聊，種了芭蕉，又怨芭蕉。』瑣瑣寫來，想見閨中雅趣。

秋芙夢影樓詞中，余最愛其夕陽調寄高陽臺一首云：

斷鴈飄愁，盤鴉聚暝，一鞭殘夢歸鞍。酒醒郵程，嶺雲隴樹漫漫。渡江幾點歸帆影，近荒林一帶楓丹。最難忘，第一峰前，立馬斜看。　而今休說鄉關路，剩濛濛煙水，瘦柳漁灣。短帽西風，古今無此荒寒。蘆笳聲裏旌旗起，問當年誰姓江山？有悠悠幾處牛羊，短笛吹還。

此詞沈雄激宕，中邊俱徹，若准張春水之例，亦可稱爲闗夕陽也。與秋芙唱和者，有陳湘英字雲仙，號花溪女史，海寧人，秋芙夫兄蔣恭亮之室也，少工吟咏，尤善倚聲，其詩見杭郡詩三輯。

第五編　清代婦女文學雜述

第一章　閨閣詩拾

清代婦女文學蟬聯遞嬗之大概情形，既已如前四編之所言矣。讀吾書者，或可於文學之變遷，社會之影響，派別之沿襲等等，而能得一「鳥瞰」的概念。雖然，勝清一朝，其閨襜英奇，超邁千古，計先後無慮數千人；卽就其著作觀之，昔王柳村葺江蘇詩徵一書，所藏弆本省閨秀集，已不下千家。祇江蘇一省，已若是之夥，徧中國二十二行省，上下二百七十餘年間，則婦女著作，更可想矣。故吾編是書，雖欲詳盡，而勢亦有所不能也。其尋常者無論矣，而平時傳播藝林，膾炙人口者，則又不能割愛。余故特闢是編，將有詩而無史者，或其生卒年代不甚顯著者，統入是編，在作者不致有遺珠之憾，而讀者亦稍慰求知之欲，此亦不得已而巧為之所也。

第一節　梯仙閣稿之陸鳳池及其他

黃宗羲之室葉寶林，少通經史，有詩二帙，清新雅麗。時越中閨秀有以詩酒結社者，葉聞之，蹙然曰：『此傷風敗俗之尤也。』卽取已稿焚之，不留隻字。

吾嘗論清初沈雲英劉淑英畢韜文爲閨閣三傑，葉寶林與蔡玉卿（黃道周室）則又閨閣中鐵漢也。

寶林有歲暮詩云：

歲暮何多感，蒼黃日腳斜，
嬌兒已去膝，竹馬尙留家；
柳老風如哭，梅寒雪不花，
去年除夕事，魂夢痛無涯。

黃幼藻字漢薦，福建莆田人，著有柳絮編。妹幼蘩字漢宮，亦能詩。而漢薦尤工文章；夫亡以清節稱。子名鍾，愛粵東山水，祝髮爲僧，法名海印，亦能詩文。漢薦有孤雁詩云：

渺渺高空外，長風一雁遲，
哀鳴關底事，澹遠寫相思；
瘦馬征夫淚，迴文少婦詩，
明年樓上過，莫向夕陽時。

章有湘字玉篋，江蘇華亭人，早寡，著有澄心堂集、望雲草、再生集、訴天雜記，皆孤猿寡鵠、自寫其憂傷哀怨之音。姊有源字瑞麟，妹有渭字玉璜，著淑清草、燕喜樓草。

玉篋有次玉璜妹來韻云：

記得西窗翦燭時，鴒原回首忽天涯，
夢魂不覺吳山遠，愁緒惟有夜月知；
畫閣焚香春汎汎，繡簾飛燕夜遲遲，
相期泖水歸寧日，重與殷勤話別離。

玉篋有哭夫子四律，其四云：

蜀魄啼鵑道路長，鶺鴒無復雨連牀，
中郎事業書千卷，子敬人琴淚幾行；
不死丹心終化石，餘生青鬢總成霜，
與君不共齊眉案，紙閣蘆簾瘞孟光。

李因字是庵，浙江會稽人，著有竹笑軒集。

湖上鏡閣云：

髻壓雙螺春事賒，釣綸來往自浮家，
小橋柳色朱闌近，檻外溪光送落花。
十里湖隄面面山，恰憐西子鏡臺閒，
幽心擬結茅菴住，不在林間在水間。

長安秋日云：

高樹秋聲入夢遲，夜來風雨簟涼時；
季鷹自解歸來好，縱乏蓴鱸亦動思。

吳朏字華生，華亭人。甘貧守志，以詩書畫自遣，時稱三絕。著有忘憂草、采石篇、風蘭獨嘯集。

豔曲云：

金屋暖生春，蘭階人似月；
但願如月圓，不願如月缺。
贈妾紫金環，遺郎白玉玦，

郎恩環不解，　妾心玉比潔。

沈樹榮字素嘉，吳江人。著希謝稿、月波詞。

送別云：

落葉楓林兩岸秋，　曾於南浦動離愁；
祗今一片江南月，　不照歸舟照去舟。

吳永和字元璧元和人，著有苔窗拾稿。早失怙，母老而貧，贖所鬻故居之半迎母共居，歿葬之。使幼弟與己子同學，孝思義氣，有足風也。潘稼堂爲作傳。

語夫子云：

他年偕隱卜幽居，　流水青山一草廬，
風外鳥啼移晚竹，　雨中客至翦春蔬；
低窗茗椀隨棋局，　小榻爐香讀道書，
安覺此身貧亦好，　眼前飄泊欲何如。

語女伴云：

莫訝隨行步每遲，　難將愁緒訴心知；

比來欲識儂懷抱，　試看芭蕉未展時。

顧道喜字靜簾，吳江人，許季通室，著有松影庵詞。順治戊戌（一六五八）進士竹隱虬，其次子也。風雅一門，淵源有自。竹隱之妹許定需字碩園，著有鎖香樓詞。竹隱之長女心榛字山有，幼字阿秦，與妹阿蕁阿蘇阿芬唱和爲樂。又與母妗張朵于，稱閨中詩友。朵于名蘩，著有衡樓詞。

戲爲外子撥悶云：

失意休敎苦自煎，　爲君把卷論前賢，
兒頑應笑同王霸，　婢鈍何須學鄭玄；
滌器當壚情更洽，　操春舉案志猶堅，
久藏賴有牀頭醞，　莫負梧桐月正圓。

初夏喜大人到舍云：

屏跡多年與世違，　偶探花信到柴扉，
典衣不惜沽春釀，　掃石何妨待月輝；
芍藥歛妝紅欲瘦，　芰荷出水碧初肥，

相看莫使花枝笑，　沈醉休辭酒力微。

吳江金法筵，聖歎人瑞之季女也。七歲能詩，聖歎愛之，爲賦「左家嬌女惜餘春」之句。于歸後遂以惜春名其軒與集。詩有道氣，心史叢刊考聖歎事甚悉。

偶然作云：

灼灼庭前花，　春風鬬紅紫，
隨榮復隨謝，　盛衰偶然爾；
草木豈無情，　誰能一生死，
我思更如何，　欲種菩提子。

雨云：

黯淡湖山雨氣連，　鵓鳩聲裏萬家烟，
直愁漠漠旁無地，　不見高高上有天；
石勢趁雷移隔浦，　濤聲逐電落平田，
憑闌萬慮捐除盡，　可似身居混沌先。

查惜字淑英，海寧人，馬寒中室，著有南樓吟香集。寒中居插花山中，築道古樓藏書萬卷，夫婦日坐樓中，以丹黃校讎爲樂。寒中嘗戀吳氏，經時始歸，淑英譙以詩云：

楊花豈向一人開，此去吳家笑幾回；
惆悵西山歸棹後，問他可有阿誰來。

寒中和答云：『楊花原是路旁開，且愛柔條看一回，假使春風戀箇煞，可知今夜未歸來。』其風情如此。

林英珮字懸藜，福建莆田人，林雲銘女，著有林大家詞。懸藜年十四，父遭變下獄，乃脫簪珥，致千緡，謀贖父命，匿幼弟深山中，身任家務，親寄饘橐，懷利刃衣袂間，以死自誓，父卒免於難，鄉里重之。

寄外云：

自君判袂數歸期，寂寞年華望裏依，
短枕淚隨流水遠，深閨夢入萬山遲；
孤鴻飛斷雲千疊，杜宇啼殘月一枝，
最是無情窗外柳，畫眉人去故絲絲。

袁寒篁字青湘，華亭人，著有綠窗小草。嘗以詩詞就正於焦南浦，其境遇之苦，南浦爲賦嬌女篇。有『寄跡窮巷間，蒿草掩裙幅，惡少頻窺覘，掩袂日啼哭』等句，當日情事，略可想見矣。

隋隄云：

汴水溶溶浸碧空，只今何處認隋宮，
亂鴉自集斜陽外，芳草猶存斷岸中；
惟有客舟依夜月，不留御柳舞春風，
千秋豔事眞陳跡，珍重羅衫淺淺紅。

自遣云：

療饑自有忘憂處，樂此衡門水一灣，
漫訝貧家無四壁，家無四壁好看山。

黃任有二女：長淑窕字姒洲，次淑畹字紉佩，均能詩。紉佩有題杏花雙燕圖詩載榕城詩話，爲杭堇浦所稱。詩云：

豔陽天氣試輕衫，媚紫嬌紅正鬭酣，

記得春明池館靜，落花風裏話呢喃。
夕陽亭院曲闌東，語燕時飛扇底風，
不管春來與春去，雙雙長在杏花中。

紉佩有女林瓊玉亦能詩，綽有母風。

毛秀惠字山輝，太倉人，王愫室。愫娛情畫理，不慕榮華，閨中人同此素心讀其詩想見其幽居之樂。

乙卯秋外赴金陵省試不售詩以慰之云：

新妝競掃學輕盈，俗豔由來易目成，
誰識天寒倚修竹，亭亭日落最孤清。
重陽風雨滯幽齋，失意人難作遣懷，
籬菊已花還覓醉，便須沽酒拔金釵。

漁父圖云：

竹竿裊裊微風裏，失魚不憂得不喜，
收綸放艇出蘆叢，白鷺橫空忽飛起。

江皋落日江水清，　水清無復見魚行，
仙源有路渺何處，　雲水蒼茫無限情。

陸鳳池字元霄，江蘇青浦人，上海曹一士繼室，著有梯仙閣餘課。一士字諤廷，雍正庚戌（一七三〇）進士，有文名。元霄愛讀離騷，嘗曰：『吾愛楚詞，恐年不永。』結褵甫六載而亡，年祗二十七。又工刺繡，病亟，語諤廷曰：『箱中存博古圖衫，一針一線，皆我心血，善藏之，他日示諸女，如見我也。』

元霄有三女：長錫珪字采蘩，著有拂珠樓詩鈔。次錫淑字采荇，著有晚晴樓集，三錫堃字采藻，著有五老堂詩稿。三女中尤以采荇最有名，其詩采入四庫全書。采荇中表行有朱影蓮者，工詩善簫。有句云：『按簫幾度徘徊立，不忍臨風送落花。』三年夫亡，每讀名媛詩，輒掩卷痛哭。尋卒，詩遂散失。采荇與影蓮最相契，有哭影蓮詩十律，見晚晴樓集。

元霄雖早卒，然其梯仙閣一集，已堪不朽。集首有陳鵬年儲大文焦袁熹序，見文淵閣書目，茲摘錄其數首焉。

冬日病起云：

病裏生涯百事賒，一絃一柱譜平沙；
彈來卻怪人偷聽，閒倚闌干看雪花。

寄外云：

煙水迢迢泛木蘭，寒風殘雪怯衣單，
客裘自著江邊雨，莫作臨行淚點看。

偶成云：

畫樓晴日捲蝦鬚，風細常凝香滿爐，
一卷離騷再三讀，等閒放卻繡工夫。

元霄歸諤廷時，年才十七，奩具旁皆文史也。尤愛楚詞，針黹暇必朗誦之。侍婢私語曰：『夫人所誦，與在家時何異。』諤廷因贈詩云：『幽意閒情不自知，碧窗吟偏楚人詞，添香侍女聽來慣，笑說書聲似舊時。』

趙婉揚字茀芸，上海人，著有幽蘭室詩草。

聞雁云：

秋意寥寥逼夜清，征鴻作陣警深更，

響傳天末乘風急，　影掠寒空帶月明；
金屋夢回他日恨，　玉關腸斷此時情，
鳳簫鸞管尋常聽，　可有冰絃爲寫聲。

第二節　蒭愁吟之姚棲霞與丁月隣母女

震澤姚魯望岱，長貧工詩，以客授老，而弱女棲霞五六歲卽能辨四聲，十歲後握管卽成章，其於詩生而近之，年十七而夭，著有蒭愁吟。計其吟詠不過五六年，又上無師承下鮮同志，獨能於荒郵茅屋中，刻志苦吟，視午夢堂一門風雅，覺彼易而此難矣。其詩秀麗婉約，時出新意，惟意調凄楚，如猿啼鶴唳，令人不堪卒讀。

陪二大人侍祖父疾云：

白髮頹然臥，　挑鐙伴擁衾，
兒孫空滿眼，　家事尙關心；
客館風霜冷，　天涯疾病深，

如何寒夜漏，欲曉又沉沉。

哭祖父云：

頻年作客力摧頹，雪裏鄉關抱病回，
龐老安閒曾未得，嵩山拄杖忽相催；
百年家累雙蓬鬢，千古窮愁一土堆，
腸斷悠悠風木恨，哭聲長聽二親哀。

棲霞詩句淒楚，不惟其窮愁之作如此；卽其泛泛寫景，亦時帶慘怛之音。如山塘絕句等篇，蓋其環境使然，憂能傷人，此棲霞所以早夭歟。

山塘絕句云：

眞娘墓畔花經雨，白傅隄邊草帶烟，
處處亂鶯啼不住，春風狼藉舊山川。

棲霞臨終前數日，有寒夜不寐口占數絕，讀之淒人心脾。茲錄其五首，其二云：

青燈黯淡月昏黃，未斷癡魂早斷腸；

獸炭滿爐騰藥氣，飄來可是返生香？

其三云：

永夜沉沉更漏遲，無眠起坐强支持，
意中多少難言事，盡在低聲喚母時。

其四云：

爲兒含淚未曾乾，愈信恩酬罔極難，
不寐頻來問安否，一燈耐盡五更寒。

其五云：

浮生修短總虛華，幻跡拚歸夢裏家；
試問窗前今夜月，照人還得幾回斜？

其六云：

不堪情事付淒然，淚點深沾繡枕邊；
此疾自知無起日，疏松影裏寄長眠。

丁月鄰字素娟，適許氏，早寡，著有頌琴樓草。其境遇之窮，亦姚棲霞一流也。讀其攜婿女至先塋一首，可以窺其身世矣。

詩云：

颯颯寒風吹紙錢，松楸漸長墓門烟，
黔婁地下終同穴，蕭史樓頭恰比肩；
下拜雙雙憐此日，孤生一一話當年，
衰門香火憑誰繼，麥飯還須百六天。

寄女用寄到秋日雜咏韻云：

離懷默默鎖雙蛾，歎息流光掣電過，
小立苔階看秋色，一宵黃葉似愁多。
數聲過雁唳長空，開徧芙蓉落盡楓，
恰憶小時嚴夜課，碧紗窗下一燈紅。

素娟女名珠字孟淵，著有蘐宧吟。

秋日感懷云：

淅淅金風入翠幃，夜寒如水强支持；

憐他一點銀釭影，猶似當年夜課時。

五月二十四日夜作云：

去年此日事堪思，繞膝牽衣惜別時，
淒絕今宵燈影畔，更無人再問歸期。

題母夫人先塋詩後云：

棠梨花落雨如絲，荒塚誰澆酒半巵？
寂寞夜臺千載恨，淒涼客館一身羈，
愁腸已逐殘魂斷，痛淚還和宿墨滋，
最是不堪傾聽處，慈烏啼上隔牆枝。

孟淵晚年嘗爲女塾師，稍贍其家。母女才媛，一則茹荼嘗膽，霜辛露酸，一則白髮青燈，筆耕煙耨；詩人身世，豈不大可哀耶。

余曾於第三編第三章中略敘清代婦女著述家，茲讀小檀欒室閨秀小傳，復得一人曰王貞儀。貞儀字德卿，江寧人。記誦淹貫，最嗜梅氏天算之學，著有術算簡存五卷，星象圖釋二卷，籌算易知重訂策算證訛西洋籌算堪刪女蒙拾誦沈痾囈語各一卷，象數窺餘四卷，文選詩賦參詳十卷，繡帙餘箋十卷，德風亭初集十四卷，二集六卷。以一弱女子，而著述之夥若此，在清代婦女中，當首屈一指矣。

第三節　壽花軒老人與夢湘樓母女及其他

林佩環順天宛平人，張船山問陶之室。船山乾隆庚戌（一七九〇）進士，以詩畫名。與林氏琴瑟諧和，得倡隨之樂，佩環嘗有句云：

愛君筆底有煙霞，自拔金釵付酒家；
修到人間才子婦，不辭清瘦似梅花。

船山和之有「夜窗同夢筆生花」之句，見張維屏松軒隨筆。船山有妹曰筠，亦能詩，江上對月有「窈窕雲扶月上遲」之句。見船山哭妹詩中。

梁符瑞字紫瑛，著有崑輝閣稿，其佳句如中秋云：『滿地秋聲黃葉裏，一天離思碧雲端。』詠虞美人云：『宮中有土難埋恨，帳下聞歌尙愴神。』皆泠然可誦。紫瑛次妹蓉函字韻書，著有影香窗詩鈔，工琴善畫，尤善塡詞，間作小文小賦，亦深得騷雅之遺。紫瑛之妹秀芸，工繪事亦善爲詩。與諸姊唱和，獨能作豪壯語。如出山海關云：『海光時動壁，城勢欲爭山。』渡巨流河云：『倒影萬峯環北鎮，急流千里接東瀛。』又出都作云：

京國陔蘭近十霜，閩雲回首轉蒼茫，
今朝忽唱歸來曲，不道還鄉似別鄉。

朱美英字蕊生，海鹽人，著有倚雲樓集。

詠苔痕云：

東風二月麗人天，匝地莓苔分外妍，
濃綠層層緣砌畔，遙青點點貼階前；
雜將芳草痕難辨，襯到殘花色倍鮮，
正是當窗無個事，終朝相對擘吟箋。

題蕊仙叔母凝香圖遺稿云：

夢斷吳淞天一方，哦松相與伴淒涼；
可憐借樹軒中月，曾照當年覓句忙。

葉小鸞六世姪孫女秋霞名璠華，舜湖沈琛匡室也，有小疏香閣稿。

歸舟卽事云：

小閣疏香深倚櫳，無端一月別匆匆，
隔湖望着讀書處，牆角有梅紅未紅。

曉起云：

曉鶯催起繞闌吟，露冷蒼苔羅襪侵；
溜下玉釵尋不見，小庭風緊落花深。

柯錦機有送夫應試調郎二首，載隨園詩話。

送夫應試云：

劍匣書囊自檢詳，冬裘夏葛賦行裝，
西風忽送來朝別，明月休沉此夜光；
見說試文容易作，須知客感最難防，
莫誇司馬題橋柱，富貴何如守故鄉。

調郎云：

午夜剔銀燈，蘭房私事急。

薰蕕郎不知，　故故偎儂立。

元和許廷鑅之女許孟昭字景班，與孫女楚畹，均能詩，見別裁集。景班有寒夜曲云：

金翦生寒夜漏長，　玉人纖手懶縫裳；
素娥偏耐秋光冷，　來照鴛鴦瓦上霜。

楚畹亦有寒夜曲云：

沉沉夜永漏聲添，　倚戶蕭條對彩蟾，
青女不知幽院冷，　還吹霜氣入重檐。

歙縣程葆之母汪嫈字雅安，著有雅安書屋詩集。

抵邗見大弟感賦云：

一千里外程途遠，　廿五年來感慨長；
積得胸中千萬語，　一回啟口一神傷。

汪懋芳字蘭畹，烏程人，著有壽花軒詩集。

秋日遣興云：

何處吹來一笛風？　消閒自課小兒童；
秋來稍喜身差健，　窗外薇花相對紅。

喜仲弟見過云：

譁笑兒童報客來，　草堂恰喜菊初開；
貧家食品無珍味，　只有醇醪是舊醅。

三月廿一日掃墓云：

莫道今年節候遲，　春來日日雨如絲；
長眠地下人知否，　麥飯兒孫春祭時。

懋芳為臺山尚書之母，臺山少孤，賴母教以成。壽花軒所存詩不多，鬻釵行結句云：『嗚呼寒閨一釵視如寶，一旦棄之殊草草！但得子孫清白守家風，何惜一釵不能保。』又晚年自述云：

喜長孫枝百事寬，　牽衣問字足承歡；
浮生肯向愁中老，　貧賤榮華一例看。

商寶意有女曰可字長白，有才而夭，著有曇花一現詩集。

憶鏡湖和大人韻云：

蝦籠蟹籪柳陰邊，雙槳凌波跳白船，

著色畫圖忘不得，紅霞一抹晚晴天。

鬬蟋蟀云：

誰敎嚄唶兩爭雄，白帝餘威到草蟲，

可惜旌旗兼壁壘，指揮都是小兒童。

隨園詩話：『余所娶姬人，無能詩者，惟蘇州陶姬有二首云。』詩云：

新年無處不張燈，笙鼓元宵響沸騰，

惟有學吟人愛靜，小樓坐看月高升。

無心閒步到蕭齋，忽有春風拂面來，

行過小橋池水活，梅花對我一枝開。

貴筑胡鳳翔之室許秀貞字芝仙，詩體清淡。其詩見黔詩紀略。

春日遊張氏別墅云：

柳煙開處露柴扉，燕子將雛傍晚歸，

最好年光三月半，　滿城兒女試春衣。

山行云：

板橋流水幾人家，　土屋茅檐一徑斜；
隔岸香風吹不斷，　山中開遍蒺藜花。

霽虹橋晚步云：

山含落日影微微，　小立波光上葛衣；
煙外有人炊荻火，　稻花香裏打魚歸。

吳絲字黃絹，莆田人。

過鶯脰湖絕句云：

風光淡淡晚涼天，　遙望漁家夕照邊；
傍岸綠陰藏釣艇，　一竿秋水半湖煙。

林文貞字韞林，莆田人，有韞林偶集，嘗隨宦山左，暮春濟寧道上，得詩一首，有依此詩景繪一便面者，韞林曰：『畫固好，但添個黃鸝，便失我言外遠情矣。』其詩云：

老樹深深俯碧泉，　隔林依約起炊煙；
再添一個黃鸝語，　便是江南二月天。

歸安談印蓮字步生，著有花中君子遺草。妹印梅字湘卿，著有九疑仙館詩詞存稿。姊妹同學於孫秋士。每有吟詠，騷壇名宿，爲之歛手。秋士嘗與其姊妹兩詩集爲花韻聯吟。

步生有題姚讀卿雨窗懷舊圖云：

比似微之與牧之，　前塵影事費尋思，
風風雨雨江南路，　紅豆花開又滿枝。

光緒初年，常熟有宗婉生者工詩，其女倩宜亦工詩。婉生著有夢湘樓詩稿，倩宜著有蘅香館吟草。

婉生有悼雲兒詩云：

老姑長慟痛孫亡，　夫婿枯眸悼子傷；
惟我傷心轉無淚，　爲兒檢點殮時裝。

雜感云：

鳳泊鸞飄信命乖，九齡稚子繫人懷；
不知曾減嬌痴否？昨夢催儂製錦鞋。

倩宜有春閨雜詠云：

滿庭長遍碧蘼蕪，露滑弓鞋怯欲扶，
閒握桃花新扇子，紅闌干外撲春駒。

翁之廉夢湘樓詞跋云：『宗婉生女士幼慧敏，嘗寄其父詩云：「椿庭別後嬾吟哦，聊把離懷付短歌，弟幼妹嬌兒自愛，阿孃多病奈愁何。」時年猶未笄也。論者以爲吾虞自道華夫人席佩蘭之後，多以女士爲詞宗焉。』夢湘樓詞稿凡五十一闋，其精鍊處正得白石師法。讀婉生詞者，宜求之於字句之間，乃可得其要矣。

第二章　婦女題壁詩

詩話說部中，往往有所謂「題壁詩」者，究不知其是眞是僞也，然其詩往往有眞情流露而爲天地間至文者。故未可以不知誰何之作，而一概抹殺也。本章所述，舉其著者。

第一節　清初之吳王與石驪樓歌之魏琴娘

清初錢唐有吳若華者，歸康某，結褵甫三月，清兵渡錢唐，從夫避亂天竺，後爲官軍所獲，挾之北去，題衢州旅壁四絕，見衆香詞。

其一：

風勁空江羯鼓催，降旗飄颭鳳城開，
將軍戰死君王繫，薄命紅顏馬上來。

其二：

廣陌黃塵暗鬢鴉，北風吹面落鉛華，
可憐夜月箜篌引，幾度關山作暮笳。

其三：

春花如醉綺如烟，良夜知心畫閣眠，
今日相思渾似夢，算來可恨是蒼天。

其四：

盈盈十五破瓜初，已作明妃別故廬，

誰散千金曹孟德，　　鑲黃旗下贖名姝。

詩後附識語云：『後之過此者，爲妾歸謝藁砧，當索我於白楊青塚間也。』見者哀而和之。又有阮郎歸一詞，載杭州西湖志。

衆香詞又載王素音長沙人，題良鄉琉璃河館壁詩三首，詞一首，幷序云：

妾生長江南，摧頹冀北，豺狼當道，強從毳帳偸生；鳥鼠同居，何曾將軍負腹。悲難自遣，事已如斯。因夜夢之迷離，寄朝吟之哀怨。嗟乎！高樓墮紅粉，固自慚石崇院內之妹；匕首耀青霜，當誓作兀朮帳下之婦。天下好事君子，其有憐而予乎？許虞侯可作，沙叱利終須斷頭陷胸；崑崙奴重生，紅綃妓不難衝垣奮壁。是所願也，敢薄世上少奇男；竊望圖之，應有俠心憐弱質。

詩云：

愁中得夢失長途，　女伴相攜聽鷓鴣，
卻是數聲吹去角，　醒來依舊酒家胡。
朝來馬上淚沾襟，　薄命輕如一縷塵，

青塚莫生殊域恨，明妃猶是爲和親。
多慧多魔欲問天，此身已拚入黃泉，
可憐魂魄無歸處，應向枝頭化杜鵑。

西泠閨詠亦載天台魏琴娘，順治三年（一六四六）死潤州甘露寺之楊公祠。題壁自序有云：『于歸三月，鞞鼓南來，擁之北去；歷河渡淮，幸託餘生，言來京口，遂入北固。……』觀其語意，蓋亦吳若華王素音之流亞也。秀水王仲瞿嘗作石颿樓歌紀其事。

第二節　延平女子與德州旅壁之琅玕

鈕玉樵觚賸有延平女子題壁詩，序云：

妾閩嶠名家，延平著姓。十三織素，左家賦嬌女之詩；二八結縭，新婦獲參軍之配。何異莫愁南國，得嫁阿侯；庶幾弄玉秦樓，相逢簫史。方調琴瑟，頓起干戈，夫死於兵，妾乃被掠。含羞歸故里，魂消劍浦之津；掩面强登輿，腸斷西陵之路。茲當北上，永隔南天，爰題驛舍數言，聊破愁城百疊。

詩云：

野燒獵獵北風哀，細馬氈車去不回；
紫玉青陵長已矣，泉臺當有望鄉臺。
那堪驛舍又黃昏，樺燭三條照淚痕，
想像延津沉故劍，相期青塚一歸魂。
昨夜嚴親入夢來，教兒忍死暫徘徊，
曹瞞死後交情薄，誰把文姬贖得回。
不道臨時死亦難，强爲歡笑淚偷彈，
同行女伴新梳裹，皂帕蒙頭壓繡鞍。

詩後署：「庚申季秋延平張氏題於沂水縣垜莊驛舍」，按庚申爲康熙十九年（一六八〇），此序及詩，悱惻哀怨，特不能無「夫人於此少商量」之歎耳。

女子琅玕，佚其姓，題德州旅壁一序二詩，序云：

妾家齊右，歡是吳儂。玉樹其人，紅葉贈我。既見君子，信綠綺之可媒；我思古人，願紅拂以爲友。佳人多嗟薄命，好緣肯俟來生。苦海斯離，多露勿畏。寶馬馱來剛半夜，老崑崙何所用之；彩鸞飛去向天邊，莽叱利從茲逝矣。聊題短句，用示情癡。

詩云：

何須押衙妙手，五更暗度香鞍，
誰續奇女子傳，小名喚作琅玕。
昨宵紅佛深閨，今日高唐去矣，
自憐身似楊花，願向天涯身死。

此詩放誕風流，不可爲訓，又迥別於前述諸詩矣。然脂餘韻亦載『四川通志有女子鵑紅題富莊驛壁詩六首并序。』亦復淒楚哀豔。好事者見而和之，且爲譜鵑紅記院本八齣以紀之。及讀陸祁孫崇百藥齋詩集，始知乃無行文人，酒後戲筆，然而後之人讀題壁詩者，益不無撲朔迷離之感矣。

第三章　清代之倡妓文學與其他

「紅顏薄命，」昔人所悲。生不逢辰，遭家不造，或淪於樂籍，或厠身緇尼。本其繡口錦心，發爲愁吟怨訴。至今讀之，猶令人愀焉寡歡，則其所處亦足悲矣。況以香君之志節堪嘉，小宛之才藝迥絕，直堪媲美花間，何忍棄之鄙下。此余之所以於名媛閨秀之外，而更致意於北里花間也。

第一節　葉素南李香君董小宛與其他

清初吳江有葉素南名文者，善寫蘭竹，工詩詞，初適嚴某，困於貧，落籍吳門；偶識雲間許太史，往來甚久，嘗有詩云：『荒齋蕭瑟簾櫳靜，好夢雲間許翰林』之句，後歸武陵張繡虎，出遊塞外而歿。其詩亦極纏緜綺麗之致。

寄鄒流綺云：

幾度黃昏後，懷君怯上樓；
娟娟松外月，偏照別離愁。

春寒夜雨云：

羅袂春寒斗帳空，夢殘芳草怨東風，
隔窗雨灑聲聲急，狼藉庭前一夜紅。

雨餘云：

連朝積雨灑窗紗，　遙聽枝頭噪晚鴉；
爲問年來惆悵事，　晝長休上七香車。

姚湘雲楚產也，少隨母至平望，遂家焉，既長，色藝俱妙，兼能作韻語，名亦日起，士大夫每過平望者，咸願一登其樓。而宴會酬酢，座無湘雲亦無以娛客也。松陵女子詩徵謂『今下塘有小娘浜，卽其故址。』

櫻桃湖上依依柳，　折送行人欲斷腸，
此日尙銜椒柏酒，　幾時重染橘橙香，
縱拈寶柱慵彈瑟，　更有何人爲解璫，
珍重臨歧無別語，　脫奴籍覆作思量。

徐月英送人詩云：

惆悵人間萬事違，　兩人同去一人歸；
生憎平望亭前水，　忍照鴛鴦相背飛。

松陵女子詩徵謂『翁海琛平望志，及翁稚鴟平望詩拾，皆載月英送人詩，而不詳其氏族里居。』沈南疑檇李詩繫以爲「嘉興妓」，要亦姚湘雲之流耳。

劉靜容江上名妓也，意度瀟灑，風韻不減徐娘，嘗登場演劇，一座傾靡，尤悔菴有留別靜容詩云：『無許消停靑鈿車，布帆容易便歸家，紅紅歌串拋朱豆，灼灼啼痕點絳紗；南曲關心人去後，西風回首雁橫斜；還期九日秋江上，載酒扁舟看荻花。』靜容和詩云：

掃眉才子過停車，鸚鵡傳言到妾家；
三日花名留玉礙，五雲彩筆照窗紗；
靑衫肯惜紅顏薄，翠袖容扶烏帽斜；
珍重春風數相訪，小庭新樹枇杷花。

清初李香君柳如是顧橫波，余嘗目之爲風塵三俠者也。柳顧旣見前編。香君名貞麗上元人，秦淮名妓也。嬌小玲瓏，人因呼爲「香扇墜」，與商邱侯方域有終身之約。時明福王正位南京，阮大鋮當國，欲羅致侯生，香君力諫，止不與通。嗣侯生客史可法幕下，香君獨守，權黨田仰聞其名，以重金邀致，香君辭不往，强之，乃毀容自全。會福王選伎梨園，大索入宮。香君託病，堅不承應，明亡卒歸侯生。今壯悔堂集有李姬傳。云亭山人孔尚任，又爲演桃花扇傳奇以表之。香魂忠骨，義膽俠腸，聞者咸傾倒不置。余澹心嘗有詩贈之，載板橋雜記。

香君有題女史盧允貞寒江曉泛圖詩，筆情瀟灑拔俗，不落尖新，詩云：

瑟瑟西風淨遠天，江山如畫鏡中懸；

不知何處烟波叟，日出呼兒泛釣船。

董白字小宛，號靑蓮女史，如臯人。本樂籍女，後歸冒襄。小宛天資巧慧，針神曲聖，食譜茶經，莫不精曉。稍長，慕吳門山水，徙居山塘，詠詩鼓琴，杜門謝客。歸冒後，居豔月樓中，鑒賞鼎彝書畫，相處九年而卒。辟疆（襄字）作影梅庵憶語以悼之，小宛曾裒集古今閨幃軼事爲一書名曰奩豔。

綠窗偶成云：

病眼看花愁思深，幽窗獨坐弄瑤琴；

黃鸝亦似知人意，柳外時時送好音。

衛融香字紺雪，長洲人。初墮烟花，與韋子甫有白首之約，韋索米他去，融香不負初心，身歷艱險訪得之。後子甫歿，融香雉經以殉。著有紺雪詩草。

秋月寄懷韋生云：

江城秋氣日蕭森，碎盡相思兩地心，
歲月無情催黑髮，關河有淚哭黃金；
薜蘿爭亂芙蓉色，絡緯愁兼蟋蟀吟，
寄語君平情未斷，章臺楊柳尚陰陰。

蔡閏仙字小秋，山西代州人。與趙宏燮之子有嚙臂盟。會趙子迫父命從軍，匆遽言旋，小秋卽杜門謝客。越九年趙自軍中歸，親訪之，納爲側室。送別云：

銀燈燄短金罍歇，欲語離情舌若結；
今夜蕭蕭一陣霜，來朝馬上看黃葉。

乙意蘭歷城人，能詩文，工製像生花卉。遇袁玉堂潔，決意委身相從。後玉堂以事戍邊，意蘭欲從行，其母尼之。意蘭製駢文陳情，乃策蹇就道，追玉堂至隴西及之。格於例，留寓關內三載，以待其歸。玉堂爲繪策蹇圖，一時名士題詠成帙。

意蘭有自製剪綵雙鷄贈主人云：

何防雌伏忽雄飛，　裁剪雙鷄寓意微；
有志四方男子事，　要耶早日策征騑。

顧子山眉綠樓詞，有過秦樓天津旅舍和女子題壁之作，并附載原詞云：

月舊愁新，宵長夜短，今夜如何能睡。燈疑淚暈，酒似心酸，一樣斷腸滋味。獨自背著窗兒，數盡寒更，嬾尋鴛被。更空槽馬嚙，荒郵人語，嘈嘈盈耳。　空歎息，落絮沾泥，飛花墮溷，往事不堪提起。美人紅拂，俠客黃衫，不信當時若此。試問茫茫大千，可有當年，崑崙奇士，提三尺青萍，訪我枇杷花裏。

近人嚼梅咀雪庵筆錄，亦載此事云：『天津旅店，舊傳有高芝仙校書題壁詞，調寄過秦樓。』按其詞，即顧氏所見者，惟後有跋語，則顧氏所未錄；意其時或先遭剝蝕矣。跋云：『妾本良家女，爲匪人所誘，誤墮風塵。父母早亡，叔氏又病，門戶衰微，勢力薄弱，遂無能與爭衡者。荏苒三年，朝夕惟以眼淚洗面。紛紜人海中，古押衙向何處求耶？北平高氏第三女芝仙留題。』又燕山孫詩樵餘墨偶讀亦紀其詞，幷云：『後讀潘紱庭封翁婕圓詞，謂有客近自天津來者，能舉其形貌居址者，言全稿尚多，大致悽婉動人。』嗚呼！有才如此，淪落北里，吾知風塵中其身世遭遇如高女者，正不知其幾何也。

第二節　女道士卞賽王微

唐時重道，貴人名家，多出爲女冠，至其末流，或尚佻達而慾禮法。故唐之女冠恆與士人往來酬答，失之流蕩，其異於倡妓者鮮矣。習俗相沿，無時或已。然而情場失意之徒，亦往往遁跡空門，此中固多傷心人別有懷抱者。

清初有女道士卞賽者，自稱玉京道人。能琴知書工小楷，善畫蘭，喜作風枝嬝娜，間作山水，喜著女子像。款署「畫中人」。清順治乙亥，南京城破，改道人裝。吳梅村曾作聽女道士卞玉京彈琴歌贈之。又有過錦樹林玉京道人墓詩。

題自畫小幅云：

沙鷗同住水雲鄉，不記荷花幾度香，
頗怪麻姑太多事，猶知人世有滄桑。

韓巫雲四川華陽人，工小楷，善歌舞。初墮風塵，名重一時。尋自悔淪落，委身一士人。繼士人病卒，乃削髮爲尼，更名幻雲，以清修終。

詠鈴兒草云：

衆芳燦燦獨青青，賺得明皇仔細聽。
寄語流鶯今且去，春風繫遍護花鈴。

江都王微字修微號草衣道人，工寫山水花卉。常往來西湖，遨遊楚粵，一揮千金，無吝色。繼參憨山大師於五龍，皈依禪悅。著有遠遊草，其詩清氣往來，不落纖微俗塵。如次韻答黃夫人云：

去住湖邊別有緣，門前紅葉滿來船。
劉綱夫婦霞爲骨，謝韞家庭雪作篇；
翠袖風前誰薄醉，黃楊樹底與參禪。
迴思飄渺伊人跡，只隔鴛鴦南浦煙。

秋日閒賦云：

露寒殘月上蒹葭，近日離魂未有涯；

寂寞經年人不見，　空房夜夜卜燈花。

錫山王韻香號清微道人，明裝薄媚，皓齒修眉。善畫蘭，解琴理，頗嫻吟句。慕瓊仙之淨業，希瑤寺之皈依，曾傳其紙鳶詩，有「未了青天一線緣」之句，識者知其尙虛淨業，然詞意實奇妙也。

第三節　當壚女馮二與盲女王三姑

毛西河少年時以度曲知名，薄遊馬州。當壚者馮二名紘應，聞西河歌，倩人致意，西河辭之曰：『吾不幸遭厄，吹篪渡江。彼傭不知意，豈誤以我爲少年遊耶。』次日遂行，馮氏有讀西河江城子二闋，詞意悽惋。

綠陰何處晚啼鶯，弄新聲，最關情。一夜寒花，吹落滿江城。讀得斷碑黃絹字，人已渡，暮潮橫。　蘭陵江上晚花飛，冷烟微，照人衣。無數新詞，最恨是桃枝。待得蘭陵新酒熟，桃葉好，送君遲。

錢唐王靑翰字香印，盲女也，人稱王三姑，工三絃子，間爲小詩亦工整，王夢樓杭堇浦袁簡齋諸人，均有詩贈之。而簡齋詩：『月好雲常掩，花嬌睡更紅。

暗中休摸索，我是白頭翁。』尤爲風趣。

香印有與金夫人夜話詩云：

波紋吹皺竹簾兒，煮茗紅閨睡較遲，

花暝柳昏春似水，小闌干外立多時。

香印身羅癈疾，而能以才藝顯，亦婦女史上一異人也。香印居慶春橋橋側，王夢樓爲書「青翰舟」三字榜之，見然脂餘韻。

清代婦女文學史附錄一

清代婦女著作家表

例言：

清代婦女，著作夥矣，勢非本書所能盡述。故吾於本書之末，附錄各家著作集。至於清人著述中，與本人有關係之軼事小史，亦併附註其出處書目以供參閱。

此表所列各家，依時代先後敍述，起自順治紀元迄於宣統辛亥，中間共二百六十七年。（一六四四——一九一一）

此表列法——先舉其姓名，次字或號，次籍貫，次著作，次參考本人史迹書目，末備考。

此表所列，以有著作集者爲限。無專集而僅傳一二詩句者不錄。吾書中已敍述各人，此表不更錄，避重複也。如表中所列諸人，與書中有關係者，亦附註於備考中，以便參證。

此表所列，多資於施學詩女士清代閨閣詩人徵略，特此誌謝。

姓名	字	籍貫	著作	參考書目	備考
姚淑	仲淑	金陵	鍾山秀才海棠居集	鈕琇觚賸	
方維儀	仲賢	桐城	清芬閣集	陳維崧婦人集 靜志居詩話	
方維則	季準	桐城	茂松閣集	同上	
吳柏	柏舟	錢唐	柏舟集	婦人集	
梁孟昭	夷素	錢唐	墨繡軒集	杭郡詩續輯 西泠閨詠	
趙昭	子惠	長洲	侶雲居遺藁	檇李詩繫	
申蕙	蘭芳	長洲	縫雲閣集	秀水縣志 衆香詞	
歸淑芬	素英	嘉興	雲和閣靜齋詩餘	周銘林下詞選	
黃德貞	月輝	嘉興	擘蓮詞	林下詞選	
孫蘭媛	介畹	嘉興	硯香閣詞	林下詞選	黃月輝女
孫蕙媛	靜畹	嘉興	愁餘吟	林下詞選	介畹妹
黃之柔	玉琴 靜宜	歙縣	玉琴齋集	詞苑叢談 名媛繡鍼	
項蘭貞	孟畹	嘉興	裁雲草	衆香詞	

夏淑吉	美南	華亭	龍隱遺草	正始集	
盛蘊貞	靜維	華亭	寄笠遺稿	嘉定縣志	
王鳳嫺	瑞卿	華亭	雙燕遺音貫珠集焚餘草	衆香詞	
張引元	文姝	華亭	貫珠集	衆香詞	瑞卿女
陳璘	蘭修	常熟	藕花莊詞	衆香詞	王煙客有藕花莊詞序
李國梅	芬子	興化	林下風清集	正始集	
邵笠	澹菴	泰州	薜蘿軒集		
徐淑秀	昭陽遺子		一葉落詞		明宮人
陳⿱㓞女	無垢	通州	茹蕙編		
陸觀蓮	少君	嘉善	蔣湖寓園草	正始集	
項珮	吹聆	秀水	藕花詩稿	靜志居詩話衆香詞	
徐燦	明霞湘蘋	吳縣	拙政園詩餘	杭郡詩輯	陳之璘繼室有燕京元夜詞著稱於世
陳皖永	倫光	海寧	素賞樓詩稿	杭郡詩輯	徐湘蘋從女
鍾韞	眉令	仁和	梅花園稿	杭郡詩輯	查慎行母

王芳與	芬從	仁和	玉樹樓詞 紉餘集	紅蕉集	
嚴曾杼	蘩餘	餘杭	素牕遺詠	衆香詞	
蔡婉羅	仙季	太倉	蕉閣詩餘	梅坡文鈔 衆香詞	
張學雅	古什	太原	繡餘遺草	林下詞選	流寓蘇州
張學典	古政	太原	花樵集	林下詞選 江南通志	古什妹
張學象	古圖	太原	硯隱集	名媛詩話 然脂餘韻	古政姊妹七人皆有集
丁白	素絲	西安	月來吟	衆香詞	
沈蕙玉	畹亭	震澤	聊一軒詩存	別裁集	
金淑修		秀水	頌古合響集	續畫徵錄 正始續集	子嘉炎康熙己未舉鴻博有文名
錢復	吹蘭	嘉善	桐花閣詩 拾瑤草	石瀨山房詩話	
宮婉蘭		海鹽	梅花樓集	婦人集	
葉宏緗	曉菴	崑山	繡餘小草	崑山新陽合志詞錄	
吳瑗	文青	無錫	喁喁集	柳塘詞話 衆香詞	
龐蕙纕	紉芳	吳江	唾香閣集	詞苑叢談 江蘇詩徵	

吳黃	文裳	嘉善	荻雪集	石瀨山房詩話 續檇李詩繫	夫錢拭從黃石齋講學大滌山
錢徹	玩塵	嘉興	淸眞集	衆香詞	
彭孫倩	孌如	海鹽	盤城遊草	正始集	彭羨門女兄
孫瑩	信芳	海鹽	碧筠軒詩稿	石瀨山房詩話	
吳宗愛	絳雪	永康	綠華詩草 六宜樓稿	許楣吳絳雪傳徐烈婦詩鈔題詞	黃韻珊桃谿雪傳奇爲絳雪作
韓韞玉		長洲	寸草軒詩	正始集 別裁集	父菼康熙癸丑狀元
王璋	季璞	錢塘	菀柳齋集	衆香詞	
趙承光	希孟	錢唐	閒遠樓集	衆香詞	
沈珮	飛霞	桐鄉	繡閒殘草	衆香詞	
王曇影	文娟	蘭谿	綺窗逸韻	衆香詞	文娟寡後龔半千有詩弔之
任淑儀	若韞	懷寧	婉眞閣集	衆香詞	
查淸	太淸	青陽	綠窗小草	衆香詞	
張鴻廡	淑舟	當塗	案廊閒草 紙閣初集	林下詞選	
姚鳳翽	季羽	桐城	賡噫集	衆香詞	

蔡琬 季玉 遼陽 蘊眞軒詩餘 名媛詩話 隨園詩話 毓榮女高其倬室
周仲姬 淑和 海澄 二如居集 閩川閨秀詩話
王煒 功史 太倉 翠微樓集 江蘇詩徵 檇李詩繫
黃筌 逸佩 太倉 蕉隱居集 竹淨軒詩話
顏芳在 柔仙 桐鄉 偶葉草 觚賸 妹宛在亦能詩
喻撚 惟綺 吉水 蕙芳集 林下詞選
陳縠 南滙 寓書樓遺稿 正始集
張粲 疏影 江寧 適燕吟 衆香詞
卓璨 文瑛 仁和 俯滄樓集 杭郡詩輯
孔素英 玉田 桐鄉 飛霞閣詩集 桐鄉縣志
孔繼孟 德隱 桐鄉 桂窗小草 續檇李詩繫 姊繼瑛妹繼坤皆能詩繼坤有聽竹樓詩
陸瞻雲 蘅磯 海鹽 適吾廬詩存 石瀨山房詩話
楊守儉 似音 海寧 靜君閣稿 兩浙輶軒錄 妹守閑亦工詩
葛宜 南有 海寧 玉窗遺草 杭郡詩輯

姚益敬	元吉	歸安	芬陀利居詩稿	吳興詩話	厲樊榭曾序其稿
吳巽	道嫻	嘉興	聽鴻樓詩稿	名媛繡鍼 梅里詩輯	哭母篇千四百餘字橫絕今古
曹鑑冰	月娥	金山	繡餘試硯稿 清閨吟	清詩備采集 江蘇詩徵	家貧授經稱葦堅先生
陳敬	端寧	華亭	山舟紉蘭集附詞	名媛詩話	嘗輯古今名媛考略未竟而卒
張佛繡	抱珠	青浦	職思居詩鈔	青浦縣志	父梁字大木康熙癸丑進士
姚允迪	蘊生	金山	秋琴閣詩鈔	正始集	幼從嫂張佛繡學詩
倪小	茁姑	青浦	斯堂吟	青浦縣志	其詞王昶青浦詩傳收之
葉慧光	妙明	南匯	懷情樓稿 疏蘭詞	清詩備采集	
葉魚魚	滑兮	南匯	鼓瑟樓詩草	正始集	慧光妹
周淑履		萊陽	深窗小詠 峽猿草	正始集 別裁集	
蔣季錫	蘋南	常熟	清芬閣集	正始集	工畫蔣廷錫妹
張令儀	柔嘉	桐城	蠹窗集	正始集	張英女
堵霞	巖如	無錫	含烟閣詞 三到堂稿	毛鶴舫詩話 南野堂筆記	善塡詞工畫花鳥蔬果不用粉本
黃曇生	護花	閩縣	蕭然集	正始集	方荔薌母

萬藻	揆齋	鄞縣	揆齋詩鈔	杭郡詩續輯	父萬經康熙癸未翰林
吳靜	定生	昭文	飲冰集	長眞閣集 蘇州府志	
張瓊娘		武進	憐影軒詩詞	西青散記	
李芹	璧池	臨川	四本堂集	杭郡詩續輯	李穆堂女孫
閔懷英	蘭軒	錢唐	猗香樓吟稿附詞畹餘小草	兩浙輶軒錄	與許學蘊爲閨友
許學蘊	玨樓	錢唐	玨樓吟稿	杭郡詩輯	
陳克毅	盈素	海寧	餘生集	續檇李詩繫	
沈退清	素卿	仁和	詩經說意集凝愁小草墨繡窩文集	應城縣志	
孫淡英	蘭雪	嘉善	繡閒集	石瀨山房詩話 續檇李詩繫	
吳瑛	雪湄	錢唐	芳蓀書屋詞	西泠閨詠 杭郡詩輯	
郭蕙	素嫺	仁和	澄香閣吟	杭郡詩輯	李調元雨村詩話極賞其詩
薛福媛	瑤臺	常州	牡丹花國小史遺香集	武進陽湖合志	
戴韞玉	西齋	歸安	西齋遺稿	杭郡詩輯	
陳瓊圃	閬眞	仁和	鋤月小稿	杭郡詩輯	姊瓊茝亦能詩

温慕貞		烏程	隱硯樓詩	兩浙輶軒續錄	妹廉貞亦能詩
孔昭蕙	樹香	桐鄉	桐華書屋詩鈔	兩浙輶軒續錄 續檇李詩繫	
許　琛	素心	侯官	疏影樓稿	正始集	
廖淑籌	壽竹	侯官	琅玕集	正始集	
李若琛		連江	蝶案香塵集	閩川閨秀詩話	
何玉瑛	梅隣	侯官	疏影軒遺草	閩川閨秀詩話 正始集	
鄭瑤圃		閩縣	繡餘吟草	閩川閨秀詩話	
陳靜淵		鳳臺	悟因樓存草	正始集	陳廷敬女孫
杭溫如	玉輝	長安	息存室吟稿	正始集	
王素雯	雲仙	孝感	綠吟草	湖北詩徵	
沈　彩	虹屏	平湖	春雨樓集	石瀨山房詩話	陸梅谷愛姬
梅玉卿	瑤仙	天津	紅豆山房集	檀萃紅豆山房集序	
曹柔和	荇賓	上海	玉映樓稿	上海縣志	
葉金支	秀華	上海	安神閨房集 效颦集	上海縣志	

楊鳳姝	蘋香	吳縣	鴻寶樓詩稿	上海縣志	
金　順	德人	烏程	傳書樓稿	桐鄉縣志 正始集	
張儷青		桐鄉	繡餘雜詠	桐鄉縣志	
沈宛珠	月波	桐鄉	怡致軒詩稿	桐鄉縣志	有和王漁洋秋柳詩
任湘芝		宜興	松筠閣詩 雙鴛詞	宜興縣志	
徐晚芝		宜興	秋芸閣詩詞	宜興縣志	
陸青存	若筠	濟寧	森玉堂詩	杭郡詩續輯	
戴若英	嗛雪	錢唐	凝香閣詩集	杭郡詩續輯	
陳　立	止君	仁和	合籥樓稿	惜抱軒文集	
戴佩荃	蘋南	歸安	蘋南遺草	杭郡詩續輯	
趙德珍	蘭素	德清	得月樓存稿	續檇李詩繫	
徐　錦	珠村	嘉興	紅餘小草	石瀨山房詩話 農隙筆談	朱辰應室
梅　清	冰若	秀水	月樓吟稿	石瀨山房詩話	
莊德芬	端人	武進	晚翠軒集	正始續集	

張淑蓮	品香	上虞	澄輝閣吟草	正始集	年九十餘神明不衰時謂昇平人瑞
印白蘭	幽谷	嘉定	繡餘草	吳騫拜經樓詩話 寶山縣志 正始集	
吳若雲	絳衣	嘉定	吹蘭詩鈔 罷繡吟		
劉文如	書之	揚州	四史疑年錄	研經室集	阮元側室
屈秉筠	婉仙	常熟	蘊玉樓集	天眞閣文集 墨林今話	婉仙爲隨園女弟子高足惜余書忘敍入
徐裕馨	蘭蘊	錢唐	蘭蘊詩草	杭郡詩續輯 西泠閨詠	其詩爲隨園所稱
張玉珍	藍生	華亭	晚香居詞	隨園詩話 桐鄉縣志	王述庵錢竹汀吳白華諸人皆相推許
鮑之蘭	畹芬	丹徒	起雲閣吟稿	北江詩話 丹徒縣志	
鮑之蕙	茝香	丹徒	清娛閣吟稿	丹徒縣志	
鮑之芬	浣雲	丹徒	藥窗吟稿三秀齋詞海天萍寄吟稿	丹徒縣志	駱佩香欲與聯盟却之
孫蓀意	秀芬	仁和	貽硯齋詩稿 衍波詞二卷	杭郡詩輯 北江詩話	曾著銜蟬小錄
王　倩	琬紅	錢唐	小嫏嬛吟稿	杭郡詩續輯	與王倩字梅卿者異見本書隨園女弟子節
陳端生		錢唐	繪影閣集	西泠閨詠	陳長生姊見本書織雲樓葉氏女媳節
王湘娥	月田	錢唐	繡餘吟	杭郡詩續輯	

陳安茲		德化	芝室草	正始集	子廷基道光乙丑進士有詩名
董雲鶴		吳江	涵淸閣集	蘇州府志	
李錫桂	月樵	綿竹	紅蕉碧梧軒稿	正始集	與曾靜香同輯國朝閨秀所知集
陶　善	月溪	長洲	璠樓吟稿	雨般秋雨盦隨筆 正始集	
汪玉英	吟香	歙縣	吟香榭初稿 瑞芝堂詩稿	正始續集	父訒庵曾輯選擷芳集
何佩芬	吟香	歙縣	綠筠閣詩鈔	正始續集	
季蘭韻	湘娟	常熟	楚畹閣詩餘	墨林今話	
沈　綺	素君	常熟	環碧軒集 唾花詞	正始集	又著文集四卷四六二卷徐庚補註四卷
吳　玖	瑟兮	石門	寫韻樓集	桐鄉縣志	工畫山水花鳥有寫韻樓畫册
程　芝	瑞卿	桐鄉	吐鳳軒詩草	桐鄉縣志	咏孤雁詩最有名
汪彩書	桂芬	荊溪	雙梧軒詩 聯吟集	荊溪縣志	姊文月有靜好軒吟稿長女佩金亦能詩
任玉巵		荊溪	撥香齋集	任安上悔堂隨筆 宜興志	
屠鏡心		宜興	玩月軒詩草	宜興縣志	
黃蘭雪	香冰	荊溪	月珠樓詞	名媛詩話	

熊璉	商珍	如皋	澹仙詩文詞鈔　長恨編	履園叢話　通州志	曾著詩話四卷
石學仙		如皋	冰蓮繡閣詩鈔	正始集	
莊燾	磐山	奉賢	翦水山房集	羣雅集	徐祖鎏王文治曾序其詩集
陸素心	蘭坨	平湖	碧雲軒集	石瀨山房詩話	
唐敏	夢蘭	嘉興	竹影軒詩	石瀨山房詩話	
林桂芳	蘭九	平湖	蕉軒別集　生翠集	石瀨山房詩話	
陸彬	雯英	平湖	問月樓詩燼	續檇李詩繫	
張步護	貽令	海鹽	嗣香樓詩稿	續檇李詩繫	
顧蘊玉	絳霞	崑山	芸暉閣吟草	崑山新陽合志	
吳荔娘	絳卿	莆田	蘭陂剩稿	正始集	庵人女
王韻梅	素卿	常熟	問月樓詞	名媛詩話　玉瓊集	席道華高篃王菊裳三人曾序其集
王謝	絮卿		瘦紅閣稿	正始續集	素卿妹
丁采芝	芝潤	無錫	芝潤山房詩詞稿	正始續集	
潘素心	虛白	山陰	不櫛吟	餘墨偶談　隨園詩話	

王韞徽	瀞音	婁縣	環靑閣詩稿	兩般秋雨盦隨筆 合肥學舍扎記	父冶山乾隆乙未傳臚以詩名
趙棻	儀姞	上海	濾月軒集	兩浙輶軒續錄 瀛壖雜志	妹茉亦工詩
朱美英	蕊生	海鹽	倚雲樓遺草	杭郡詩三輯 名媛詩話	
吾德明	左芬	海鹽	豈園吟	蘐洲館詩話	
徐恆和	久和	海鹽	借樹樓草	蘐洲館詩話	
徐人雅	藕仙	海鹽	紡餘吟稿	兩浙輶軒續錄	
吳恆	蘭貞	海鹽	望雲樓詩	杭郡詩三輯	
吳愼	厚安	海鹽	琴滕軒詩鈔	杭郡詩三輯	蘭貞妹
潘佩芳		錢唐	畫蘭室詩稿	兩浙輶軒續錄	
孫廷楷	芸軒	錢唐	晴雲閣詩草	杭郡詩續輯	妹廷鳳亦能詩
高鳳閣	佩文	仁和	一琴一鶴軒詩草	杭郡詩三輯	妹鳳樓有澹宜書屋詩草
曹愼儀	叔蕙	新建	玉雨詞	汪全德玉雨詞序	
劉淑	芳愫	金谿	蕙風閣詩鈔	正始集	
汪蕙	蘭英	海寧	斗室吟草	兩浙輶軒續錄	

袁　華	綬華	嘉興	綬華樓詩鈔	緝雅堂詩話	
陳爾士	煒卿	餘杭	聽松樓遺稿	杭州府志 名媛詩話	
孫汝蘭	湘筌	魯山	參香室詩詞	玉瓊集	
王蘭佩	德卿	錢唐	茂萱閣靜好樓詩草	杭郡詩續輯	
胡　緣	香輪	平湖	琴韻樓詩	緝雅堂詩話	
夏伊蘭	佩仙	錢唐	吟紅閣詩鈔	正始續集	道光六年卒年僅十五
邵　蘭	南蘋	錢唐	紉香室遺稿	杭郡詩三輯	
汪韞玉	蘭雪	休寧	聽月樓遺草	兩浙輶軒續錄	
程蟾仙		新安	三宜樓遺詩	杭郡詩三輯	
席慧文	怡珊	澠池	瑤草珠花閣集	西泠閨詠	
許延礽	雲林	德清	福連室集	西泠閨詠	
黃　巽	順之	仁和	聽月樓詩	杭郡詩續輯	梁紹壬晉竹之配妹履字穎卿工詩
項緗章	屏山	錢唐	翰墨和鳴館集	杭郡詩三輯	妹項紉字祖香
鮑　靚	玉士	錢唐	見青閣詩稿	杭郡詩三輯 西泠閨詠	

包韞珍　亭玉　錢唐　淨綠軒詩詞　杭郡詩三輯　關鍈爲序其詩
錢蕙纕　嘉定　女書癡詩稿　兩浙輶軒續錄
錢　鍈　澹人　嘉定　湘靑閣集　蔣敦復錢孺人傳
錢仲淑　鹿君　嘉定　焚餘詩草　嘉定縣志
浦君香　嘉定　君香遺稿　正始集　妹畹香著聽月樓詩
熊象慧　芝霞　潛山　紫霞閣詩詞　聽秋聲館詞話
柯紉秋　心蘭　膠州　香芸閣賸稿　聽秋聲館詞話
丁善儀　芝仙　無錫　雙淸閣詩詞　聽秋聲館詞話
張　淑　若蘭　嘉興　鈔香閣集　蕢洲館詩話
任夢檀　嘉興　碎錦集　遠香詩話　履園叢話
吳　筠　湘蘋　嘉興　早花集　兩浙輶軒錄　履園叢話
沈　鑫　韞珍　嘉興　能閒草堂稿　兩浙輶軒續錄
張　鳳　含珍　平湖　讀畫樓詩稿　錢福昌讀畫樓詩序　高蘭曾張氏傳
黃友琴　美心　宛平　南濱偶存稿　正始續集

袁　嘉	柔吉	錢唐	湘痕閣詩稿	王篤生崇節母傳	隨園女孫
吳淑儀	芝仙	仁和	寫韻樓詩	自然好學齋詩鈔	
邵無瑕		富陽	獨坐樓焚餘草	杭郡詩三輯	
湯湘芷	佩芬	陽湖	桐陰書屋詩鈔 靜好樓倡和詩	杭郡詩三輯	工詞有企翁詞
宗　桂	秋丹	會稽	秋爽亭詩鈔	正始續集	妹宗梅有六竹居詩草宗慶有古歡詩稿
高　篃	湘筠	元和	繡篋詩詞小集	閨閣詩鈔	
唐靜嫻	種玉田婦	南滙	瀉珠閣稿	正始集	
潘煥媊	件霞	羅田	潄芳閣詩鈔	正始集	
李清輝		阜陽	蕙草堂雜詠	正始集	
顧　蕙	紉秋	吳縣	釀花菴小草	墨林今話 蘇州府志	
郭佩芳	慧瑛	吳縣	鳳池仙館詩詞	蘇州府志	
徐應嬛	姍若	吳江	須曼華館小稿	墨林今話	
錢蘅生	佩芬	平湖	梅花閣遺詩	兩浙輶軒續錄	
陶　淑	夢琴	新城	綠雪樓詩存	粟香四筆	

方若徽	仲蕙	桐城	閒雲閣詩鈔	杭郡詩三輯	國朝先正事略附方恪敏公傳
程元妹	慈雲	仁和	晚翠樓集	杭郡詩三輯	
程芙亭	芙亭	上虞	綠雲館吟草	兩浙輶軒錄 上虞縣志	
洪暉堂	素芸	鄞縣	聽篁閣存草	兩浙輶軒續錄	
陳織僊	雲裳	會稽	繡餘吟草	杭郡詩三輯	
勞蓉君	鏡香	山陰	綠雲山房詩草	兩浙輶軒續錄	
李昭敏		應城	桂閣詩	應城縣志	志又載其孤鶴詩示子其禍極有名
趙友蘭	佩芸	無錫	澹音閣詞	常州詞錄	
陳蘊蓮	慕青	江陰	信芳閣詩餘	常州詞錄 名媛詩話	
張友書	靜宜	丹徒	工餘吟草海鷗吟草詩詞集各三卷	丹徒縣志	
陳貞筠	蘭卿	海寧	蘭卿初稿	杭郡詩三輯	
陸瑀華		桐鄉	裁香室詩草	兩浙輶軒錄	
陳葆懿	純卿	嘉善	綺餘書屋詩稿	桐鄉縣志	
王瑤芬	雲藍	婺源	寫韻樓詩鈔	桐鄉縣志	

王玉芬	華芸	婺源	江聲帆影閣詩稿	杭郡詩三輯
端木順	少坤	青田	古香室詩稿	兩浙輶軒續錄
黄婉璚	葆儀	寧鄉	茶香閣遺草	南村草堂文鈔 香杜詩話
張秀端	蘭士	番禺	碧梧樓詩鈔	桐陰清話
周之鍈	研芬	嘉善	微雲室詩稿	孫福慶微雲室詩跋
沈允慎	湘濤	仁和	靜怡軒寫香樓 詠月軒詩詞	杭郡詩三輯
陸漱芳		仁和	自怡軒稿	杭郡詩三輯
鄭蘭孫	娱清	錢唐	蓮因室詩詞集	春在堂集
盧德儀	儷蘭	黄巖	蕉尾閣稿	張文虎盧孺人傳
孫蘭韞	九畹	錢唐	臥雲閣詩草	杭郡詩三輯
潘本温	虹衢	歸安	桐韻詩删 夢花小草	兩浙輶軒續錄
陳珍瑤	月史	歸安	賦燕樓吟草	湖州詩錄三編　妹珍珊亦工詩
闞壽坤	德嫻	合肥	紅韻閣稿	紅韻閣稿卷首題詞
謝　咸	永聲	仁和	茹香閣詩稿	杭郡詩三輯

朱　均　綺生　靖江　織蒲小草　繡餘吟　杭郡詩三輯
孫傳芳　浣雲　錢唐　曼陀羅室稿　兩浙輶軒續錄
黃雲湘　蘅卿　仁和　涵碧樓詩稿　杭郡詩三輯
鎖瑞芝　佩芳　錢唐　紅薔吟館詩稿　兩浙輶軒續錄
殷鍔金　素月　臨安　寒香館詩稿　杭郡詩三輯
鮑存軾　青娥　於潛　繡餘稿課兒稿　杭郡詩三輯
李　明　恒升　海寧　蘭佩閣詩存　杭郡詩三輯　子查有鈺輯海昌查氏詩合閨秀方外二百家
許誦珠　寶娟　海寧　澹吟仙館遺稿　杭郡詩三輯
何　京　佩瑤　蕭山　西河龕北詩集　兩浙輶軒續錄
冒　俊　碧纕　如皋　福祿鴛鴦閣稿　陳坤亡室冒恭人事狀　校刊王玉煐汪允莊吳蘋香莊盤珠四集
陳　鈺　靜瀹　錢唐　寒碧軒詩鈔　兩浙輶軒續錄　碧纕女
沈元梅　月笙　歸安　小鄉嬛室吟稿　兩浙輶軒續錄
朱保喆　錦香　長興　霽月樓詩稿　杭郡詩三輯
鄭佩珩　季珍　杭郡　夕陽紅半樓詩存　杭郡詩三輯

陸　蒨　芝仙　陽湖　倩影樓遺稿　粟香四筆

許德蘋　香濱　吳縣　和漱玉詞 潤南詞　顯志堂稿　又有駢體文鈔

吳　茝　之紉　吳縣　佩秋閣古今體詩賦集　蘇州府志

戴愼儀　長洲　醉月簃詩草　崑山新陽合志

顧蘊吾　蕙卿　長洲　評花閣古今體詩四卷　蘇州府志

袁毓卿　子芳　陽湖　桐陰書屋詞　聽秋聲館詞話

陸蓉佩　陽湖　光霽樓詞　夏子錫陸貞女傳

保蓮友　芸香館集　楊鍾羲雪橋詩話　姓那蘭遜氏

陳靜英　江陰　擷秀軒賸稿　粟香四筆

姚若蘅　芷湄　桐城　香紅閣詞　繆荃孫雲自在龕隨筆

沈　珂　雲浦　江陰　醉月軒詞　粟香隨筆

孫芳祖　心蘭　會稽　小螺盦詩草　兩浙輶軒續錄

王夢蘭　畹芬　三十六鴛鴦吟舫存稿附詩餘　李經羲外姑趙夫人詩集序

鄒佩蘭　金匱　紉餘小草　粟香五筆

錢　瑗	玉瑗	宛平	小玲瓏舫詞	粟香五筆	
朱承芳	蓉笙	錢唐	紫薇花館詩草	杭郡詩三輯	徐珂室
繆珠蓀	霞珍	江陰	霞珍殘稿	雲自在龕隨筆	
周維德	湘湄	山陰	千里樓詩草	兩浙輶軒續錄	
汪　清	湘卿	東臺	求福居詩文鈔	夏寅官繼室汪宜人事畧	又著國朝列女徵略國朝孝子徵略十卷
張　婉	容甫	太倉	三省樓賸稿	王祖畬先妣行略	
王元珠	雅如	上海	惋春遺稿	蘇紹柄亡婦傳略	
蕭道管	君珮	侯官	列女傳集註	石遺室文集	陳衍室
宋　貞	夢仙	上海	天籟閣四種	上海縣志	
周寶嫻	孟璇	海門	清遠閣遺稿	周家祿寶嫻壙銘	
徐蕙貞	蘭湘	石門	度鍼樓遺稿	徐自華蘭湘姊傳	
任崧珠	端卿		瑤清仙館遺詩	然脂餘韻	
朱德容	又貞	嘉善	猗蘭幽恨歸雲等集	正始續集	又貞適張我樸張因科場案流徙又貞爲尼
范妙惠		長洲	曇花軒草	正始續集	尼

尤　瑛	鍾玉	上元	春水舫殘稿	正始續集	本秦淮舊院妓精音律工尺牘後爲尼
吳娟娟	麋仙	石城	萍居集	正始續集	
廖惟珍	韻香	嘉定	傷心集	嘉定縣志	又有慧花軒借凡居等稿今佚
吳尚熹	小荷	南海	寫韻樓集	然脂餘韻	吳荷屋女
沈鵲應	孟雅	侯官	崦樓詞	然脂餘韻	戊戌六君子林旭之室
李愼容	稚清	閩縣	花影吹笙室稿	然脂餘韻	李拔可妹
梁　靄	佩瓊	番禺	飛素閣詩詞	然脂餘韻	夫潘蘭史有說劍堂集
陸　蕙	璞卿	吳江	甦香畫錄	然脂餘韻	張春水室
蔡秀清	錦堂	上海	績餘小草	然脂餘韻	
鄭　珊	瑤軒	廣東	三聽樓詩鈔	然脂餘韻	
何桂珍	梅因	善化	枸櫞軒詩詞鈔	然脂餘韻	何桂清妹
吳　蕙	蘭質		庚樓吟		吳漢槎女孫
許德蘊	懷玉	仁和	繡餘自好吟	然脂餘韻	徐乃昌室
劉壽萱		武進	夢蟾樓詩存		張文虎爲序而附刊於舒藝室叢稿中

劉古香　沇陽　古香詩詞集

呂清揚　眉生　旌德　遼東小草

又著小蓬萊仙館傳奇十種

清代婦女文學史附錄二

本書人名索隱表

五畫

六畫

七畫

八畫

九畫

十畫

十一畫

十二畫

十三畫

十四畫

十五畫

十六畫

十七畫

十八畫

十九畫

二十畫

二十一畫

二十二畫

清代婦女文學史終